LAS AVENTURAS DE Tom Sawyer

Austral Intrépida

MARK TWAIN

LAS AVENTURAS DE TOM SAWYER

Traducción

José Torroba

ESPASA

Obra editada en colaboración con Editorial Planeta – España

Título original: *The Adventures of Tom Sawyer*

Mark Twain

1921, Traducción: José Torroba

© 2016, Espasa Libros, S. L. U. – Barcelona, España

Derechos reservados

© 2022, Editorial Planeta Mexicana, S.A. de C.V.
Bajo el sello editorial AUSTRAL M.R.
Avenida Presidente Masarik núm. 111,
Piso 2, Polanco V Sección, Miguel Hidalgo
C.P. 11560, Ciudad de México
www.planetadelibros.com.mx

Diseño de colección: Austral / Área Editorial Grupo Planeta
Ilustración de portada: Vasava

Primera edición impresa en España en Austral: octubre de 2016
ISBN: 978-84-670-4847-6

Primera edición impresa en México en Austral en tapa dura: marzo de 2022
ISBN: 978-607-07-8482-8

Impreso en los talleres de Corporación en Servicios Integrales de Asesoría Profesional, S.A. de C.V., Calle E # 6, Parque Industrial Puebla 2000, C.P. 72225, Puebla, Pue.
Impreso y hecho en México / *Printed in Mexico*

Intrépido lector:

En una población a orillas del río Mississippi vive Tom Sawyer, un muchacho travieso, experto en saltarse las normas y escabullirse de la escuela para embarcarse en las aventuras más peligrosas y disparatadas.

A pesar de vivir en 1850, en el sur de Estados Unidos, en una época marcada por la esclavitud y a las puertas de una guerra inminente, Tom Sawyer respira libertad e imaginación.

Siempre al margen del mundo de los adultos, Tom se divierte de mil formas diferentes; jugando en el bosque, navegando en un barco pirata y buscando tesoros, pescando en el río o nadando, y comiendo manzanas como si fueran el dulce más preciado. Todo eso es lo que hace de Tom un personaje en el que de algún modo te reconocerás, porque con él te adentrarás en ese verano permanente que todos nos resistimos a olvidar.

¡Felices travesuras!

LAS AVENTURAS DE TOM SAWYER

PREFACIO

La mayor parte de las aventuras relatadas en este libro son cosas que han sucedido: una o dos me ocurrieron a mí; el resto, a muchachos que fueron mis compañeros de escuela. Huck Finn está tomado del natural; Tom Sawyer también, pero no de una sola persona: es una combinación de los rasgos característicos de tres mozalbetes conocidos míos, y por tanto, arquitectónicamente pertenece al orden compuesto.

Todas las supersticiones raras a que se hace alusión prevalecían en la época de esta historia, es decir, hace treinta o cuarenta años, entre los niños y los esclavos del Oeste.

Aunque este libro esté compuesto principalmente para entretener a muchachos y muchachas, espero que no por eso sea desdeñado por la gente adulta, pues también era mi propósito hacer que los mayores recordasen con agrado cómo fueron en otro tiempo y cómo sentían y pensaban y hablaban, y en qué curiosos trances se vieron a veces enredados.

EL AUTOR

CAPÍTULO 1

—¡Tom!

Silencio.

—¡Tom!

Silencio.

—¿Dónde andará metido ese chico? ¡Tom!

La anciana se bajó las gafas y miró por encima de ellas por todo el cuarto; después se las subió a la frente y miró por debajo. Rara vez miraba a través de los cristales a algo de tan poca monta como un chiquillo: eran aquellas las gafas de ceremonia, su mayor orgullo, construidas para dar ornamento antes que para su uso, y no hubiera visto mejor mirando a través de un culo de botella. Se quedó perpleja un instante y dijo, sin cólera, pero lo bastante alto para que la oyeran los muebles:

—Bueno; pues te aseguro que si te echo la mano encima te voy a...

No terminó la frase, porque para entonces estaba agachada dando estocadas con la escoba por debajo de la cama; así es que necesitaba todo su aliento para apoyar los escobazos con resoplidos. Lo único que consiguió desenterrar fue el gato.

—¡No se ha visto cosa igual que ese chico!

Fue hasta la puerta y se detuvo allí para recorrer con la mirada las tomateras y las hileras silvestres que constituían el jardín. Ni sombra de Tom. Alzó, pues, la voz a un decibelio calculado para larga distancia, y gritó:

—¡Eh! ¡Tooom!

Oyó tras ella un ligero ruido y se dio la vuelta al instante para atrapar a un chico por el borde de la chaqueta y detener su vuelo.

—¡Ahí estás! ¡Que no se me haya ocurrido pensar en ese armario...! ¿Qué estabas haciendo ahí?

—Nada.

—¿Nada? Mírate esas manos, mírate esa boca. ¿Qué es eso pegajoso?

—No lo sé, tía.

—Bueno, pues yo sí lo sé. Es mermelada, eso es. Mil veces te he dicho que como no dejes en paz esa mermelada te voy a despellejar vivo. Dame esa vara.

La vara se cernió en el aire. Aquello tenía mala pinta.

—¡Dios mío! ¡Mira lo que tienes detrás, tía!

La anciana giró en redondo, recogiéndose las faldas para esquivar el peligro, y en ese mismo instante escapó el chico, se encaramó por la alta valla de madera y desapareció. Su tía Polly se quedó un momento sorprendida, y después se echó a reír bondadosamente.

«¡Maldito niño! ¡Cuándo aprenderé! ¡Cuántas jugarretas como ésta me habrá hecho y aún le hago caso! Pero las viejas bobas somos más bobas que nadie. Un perro viejo no aprende trucos nuevos, como suele decirse. Pero, ¡Señor!, si no me la pega del mismo modo dos días seguidos, ¿cómo va una a saber por dónde va a salir? Parece que adivina hasta dónde puede atormentarme antes de que llegue a montar en cólera y sabe, el muy pillo, que si logra desconcertarme o hacerme reír, todo se ha acabado y no soy capaz de pegarle. No; la verdad es que no cumplo mi deber con este chico; ésa es la pura verdad. Tiene el diablo en el cuerpo, pero ¡qué le voy a hacer! Es el hijo de mi pobre hermana difunta y no tengo entrañas para zurrarle. Cada vez que le dejo sin castigo me remuerde la conciencia, y cada vez que le pego se me parte el corazón. ¡Todo sea por Dios! Pocos son los días del hombre nacido de mujer y llenos de tribulación, como dicen las Escrituras, y así lo creo. Esta tarde hará novillos y no tendré más remedio que hacerle trabajar mañana como castigo. Es duro obligarle a trabajar los sábados, cuando todos los chicos tienen fiesta; pero aborrece el trabajo más que cualquier otra cosa; yo tengo que ser un poco rígida con él, o voy a ser la perdición de ese niño.»

Tom hizo novillos, en efecto, y lo pasó en grande. Volvió a casa con el tiempo justo para ayudar a Jim, el negrito, a cortar la leña para el día siguiente y a hacer astillas antes de la cena; pero, al menos, llegó a tiempo para contar sus aventuras a Jim mientras éste hacía tres cuartas partes de la tarea. Sid, el hermano menor de Tom —o, mejor dicho, hermanastro—, ya había dado fin a la suya de recoger astillas, pues era un muchacho tranquilo, poco dado a aventuras ni calaveradas. Mientras Tom cenaba y escamoteaba terrones de azúcar cuando se le ofrecía la ocasión, su tía le hacía preguntas llenas de malicia y segundas intenciones, con el fin de hacerle picar el anzuelo y sonsacarle confesiones reveladoras. Como otras muchas personas sencillas e ingenuas, se enorgullecía de poseer un talento especial para la diplomacia tortuosa y sutil, y se complacía en mirar sus más obvios y transparentes trucos como maravillas de torpe astucia. Así, le dijo:

—Hacía bastante calor en la escuela, Tom, ¿no es cierto?

—Sí, señora.

—Muchísimo calor, ¿verdad?

—Sí, señora.

—¿Y no te entraron ganas de irte a nadar?

Tom sintió un poco de miedo, un indicio de sospecha alarmante. Examinó la cara de su tía Polly, pero no sacó nada en limpio. Así es que contestó:

—No, tía; vamos, no muchas.

La anciana alargó la mano y le palpó la camisa.

—Pero ahora no tienes demasiado calor.

Y se quedó tan satisfecha por haber descubierto que la camisa estaba seca sin dejar traslucir qué era lo que tenía en mente. Pero ya sabía Tom por dónde iban los tiros. Así es que se apresuró a parar el próximo golpe.

—Algunos chicos nos estuvimos echando agua por la cabeza. Aún la tengo húmeda. ¿Ves?

La tía Polly se quedó desconcertada, pensando que

no había advertido aquel detalle acusador y, además, le había fallado el tiro. Pero tuvo una nueva inspiración.

—Dime, Tom: para mojarte la cabeza, ¿no tuviste que descoserte el cuello de la camisa por donde yo te lo cosí? ¡Desabróchate la chaqueta!

Toda sombra de alarma desapareció de la cara de Tom. Abrió la chaqueta. El cuello estaba cosido, y bien cosido.

—¡Diablo de chico! Estaba segura de que habrías hecho novillos y de que te habrías ido a nadar. Me parece, Tom, que eres como un perro escarmentado, como suele decirse, y mejor de lo que pareces. Al menos, por esta vez.

Le dolía un poco que su sagacidad hubiera fallado, y se complacía de que Tom hubiera tropezado y obedecido por una vez.

Pero Sidney dijo:

—Pues yo diría que el cuello estaba cosido con hilo blanco y ahora es negro.

—¡Cierto que lo cosí con hilo blanco! ¡Tom!

Pero Tom no esperó al final. Mientras escapaba, gritó desde la puerta:

—Siddy, buena zurra te va a costar.

Ya en lugar seguro, sacó dos largas agujas que llevaba clavadas debajo de la solapa. En una había enrollado hilo negro, y en la otra, blanco.

«Si no es por Sid no lo descubre. ¡Caray! Unas veces lo cose con blanco, otras con negro. ¡Por qué no se decidirá de una vez por uno u otro! Así no hay quien lleve la cuenta. Pero Sid me las pagará, ¡maldita sea!»

No era el niño modélico del lugar. Al niño modélico lo conocía de sobra, y lo detestaba con toda su alma.

No habían pasado dos minutos cuando ya había olvidado sus problemas. No porque fueran ni una pizca menos graves y amargos de lo que son para los hombres maduros, sino porque un nuevo y absorbente interés los redujo a la nada y los apartó de su mente por el momento, del mismo modo que las desgracias de los mayores se olvidan en el anhelo y la excitación de nuevas empresas. Este nuevo interés era cierta novedad inapreciable en el arte de silbar, en el que acababa de adiestrarle un negro, y que ansiaba practicar a solas y tranquilo. Consistía en ciertas variaciones al estilo del trino de los pájaros, una especie de gorjeo líquido que resultaba de hacer vibrar la lengua contra el paladar y que se intercalaba en la melodía silbante. Probablemente el lector recuerda cómo se hace, si es que ha sido muchacho alguna vez. La aplicación y la perseverancia pronto le hicieron dar con el quid, y echó a andar calle adelante con la boca rebosando armonías y el alma llena de alegría. Sentía lo mismo que experimentaba el astrónomo al descubrir un nuevo planeta. No hay duda que en cuanto a lo intenso, hondo y puro del placer, la ventaja estaba del lado del muchacho, no del astrónomo.

Los atardeceres de verano eran largos. Aún no era de noche. De pronto, Tom suspendió el silbido: un forastero estaba ante él; un muchacho que apenas le llevaba un dedo de ventaja en la estatura. Un recién llegado, de cualquier edad o sexo, era una curiosidad emocionante

16

en el pequeño pueblo de Saint Petersburg. El chico, además, estaba bien trajeado y eso que no era festivo. Era simplemente asombroso. El sombrero era coquetón; la chaqueta de paño azul, nueva, bien cortada y elegante; y a igual altura estaban los pantalones. Tenía puestos los zapatos, aunque no era más que viernes. Hasta llevaba corbata: una cinta de colores vivos. En toda su persona había un aire de ciudad que le dolía a Tom como una injuria. Cuanto más contemplaba aquella esplendorosa maravilla, más alzaba en el aire la nariz, con un gesto de desdén por aquellas galas, y más rota y desastrada le iba pareciendo su propia vestimenta. Ninguno de los dos hablaba. Si uno se movía, movíase el otro; pero sólo de costado, haciendo rueda. Seguían cara a cara y mirándose a los ojos sin pestañear. Al fin, Tom dijo:

—Yo te puedo.

—Pues anda y haz la prueba.

—Pues sí que te puedo.

—Tú no me puedes.

—Sí que puedo.

—¡A que no!

—¡A que sí!

—¡A que no!

—Que sí.

—Que no.

Siguió una pausa embarazosa. Después prosiguió Tom:

—¿Cómo te llamas?

—¿Y a ti qué te importa?

17

—Pues si me da la gana, vas a ver si me importa.

—Pues ¿por qué no te atreves?

—Como hables mucho vas a ver.

—¡Mucho..., mucho..., mucho! Hala.

—Tú te crees muy listo, pero te puedo dar una tunda con una mano atada atrás si quiero.

—¿A que no me la das? Hablas demasiado.

—Lo haré si juegas conmigo.

—Sí, claro. He visto familias enteras en la misma situación.

—¡Listo! Te crees muy listo, ¿no? ¡Vaya sombrero!

—Pues atrévete a tocármelo. Si no te atreves eres un gallina.

—Tú eres un mentiroso.

—Más lo eres tú.

—Eres un embustero y un miedica.

—Anda, vete a paseo.

—Como me sigas diciendo cosas agarro una piedra y te la estrello en la cabeza.

—¡A que no!

—Pues claro que sí.

—Pues ¿por qué no lo haces? ¿Por qué dices que lo vas a hacer y no lo haces? Tienes miedo.

—Más tienes tú.

—De eso nada.

—Que sí.

Otra pausa, y más miradas, y más vueltas alrededor. Después empezaron a empujarse hombro con hombro.

—Vete de aquí —dijo Tom.

—Vete tú —dijo el otro.

—No quiero.

—Pues yo tampoco.

Y así siguieron, cada uno apoyado en una pierna como en un puntal, y los dos empujando con toda su alma y lanzándose odiosas miradas. Pero ninguno sacaba ventaja. Después de forcejear hasta que ambos se pusieron encendidos y arrebatados, los dos cedieron en el empuje, con desconfiada cautela, y Tom dijo:

—Tú eres un miedoso y un mequetrefe. Voy a decírselo a mi hermano mayor, que te puede aplastar con el dedo meñique.

—¡Y a mí qué me importa tu hermano! Yo tengo uno mayor que el tuyo, y si lo coge, lo tira por encima de esa cerca.

(Ambos hermanos eran imaginarios.)

—Eso es mentira.

—¡Porque tú lo digas!

Tom hizo una raya en el suelo con el dedo gordo del pie y dijo:

—Atrévete a pasar de aquí y soy capaz de pegarte hasta que no te puedas tener en pie. El que se atreva se la gana.

El recién llegado traspasó enseguida la raya y dijo:

—Ya está; a ver si haces lo que dices.

—No me vengas con ésas; anda con ojo.

—Bueno, pues ¡a que no lo haces!

—¡A que sí! Por dos centavos lo haría.

El recién llegado sacó dos centavos del bolsillo y se los alargó burlonamente.

Tom los tiró contra el suelo.

En el mismo instante rodaron los dos chicos, revolcándose en la tierra, agarrados como dos gatos, y durante un minuto forcejearon: tirándose del pelo y de las ropas se apuñaron y arañaron las narices, y se cubrieron de polvo y de gloria. Cuando la confusión tomó forma, a través de la polvareda de la batalla, apareció Tom sentado a horcajadas sobre el forastero y moliéndolo a puñetazos.

—¡Ríndete!

El forastero no hacía sino luchar para liberarse. Estaba llorando, sobre todo de rabia.

—¡Ríndete! —Y siguió el machacamiento.

Al fin el forastero balbuceó un «me rindo», y Tom le dejó levantarse y dijo:

—Eso para que aprendas. Otra vez mira con quién te metes.

El vencido se marchó, sacudiéndose el polvo de la ropa entre hipos y sollozos, y de cuando en cuando se volvía moviendo la cabeza y amenazando a Tom con lo que le iba a hacer «la próxima vez que lo cogiera». A lo cual Tom respondió con mofa y echó a andar con orgullo. Pero, tan pronto como volvió la espalda, su contrario cogió una piedra y se la arrojó, dándole entre los hombros, y enseguida le dio la espalda y corrió como un antílope. Tom persiguió al traidor hasta su casa y supo así dónde vivía. Tomó posiciones por algún tiempo junto a la puerta del jardín y desafió a su enemigo a salir a campo abierto; pero el enemigo se contentó con sacarle la lengua y hacerle muecas detrás de la vidriera. Al fin apareció la madre del forastero, y llamó a Tom malo, granuja y ordinario, ordenándole que se largase de allí. Tom se fue, pero no sin prometer antes que aquel chico se las pagaría.

Llegó muy tarde a casa aquella noche, y al encaramarse cautelosamente a la ventana, cayó en una emboscada preparada por su tía, la cual, al ver el estado en que traía las ropas, se afirmó en la resolución de hacerle pasar el sábado castigado haciendo trabajos forzosos.

CAPÍTULO 2

Llegó la mañana del sábado y el mundo estival apareció luminoso, fresco y rebosante de vida. En cada corazón resonaba un canto, y si el corazón era joven, la música subía hasta los labios. Todas las caras parecían alegres y los cuerpos, anhelosos de movimiento. Las caricias estaban en flor y su fragancia saturaba el aire.

El monte Cardiff, al otro lado del pueblo, alzándose por encima de él, estaba todo cubierto de verde vegetación y lo bastante alejado para parecer como una deliciosa tierra prometida que invitaba al reposo y al ensueño.

Tom apareció en la calle con un cubo de cal y una brocha de mango largo. Echó una mirada a la cerca y la naturaleza perdió toda alegría, y una aplanadora tristeza descendió sobre su espíritu. ¡Veinticinco metros de valla de dos metros y medio de altura! Le pareció que la vida era vana y sin objeto, y la existencia, una pesadumbre. Lanzando un suspiro, mojó la brocha y la pasó a lo largo del tablón más alto; repitió la operación; la volvió a repetir; comparó la insignificante franja blanca con el vasto continente de cerca sin blanquear, y se sentó sobre el boj, descorazonado. Jim salió a la puerta haciendo cabriolas, con un cubo de cinc y cantando *Las mucha- chas de Buffalo*. Acarrear agua desde la fuente del pueblo había sido siempre a los ojos de Tom cosa aborrecible, pero entonces no le pareció así. Se acordó de que allí no faltaba compañía. Siempre había chicos de ambos sexos, blancos, mulatos y negros, esperando la vez y, entretanto, holgazaneaban, hacían cambios, reñían, se pegaban y bromeaban. Y se acordó de que, aunque la fuente sólo distaba ciento veinte metros, jamás estaba de vuelta Jim con un balde de agua en menos de una hora, y aun entonces era porque alguno había tenido que ir en su busca. Tom le dijo:

—Oye, Jim: yo iré a traer el agua si tú pintas un pedazo.

Jim sacudió la cabeza y contestó:

—No puedo, amo Tom. El ama vieja me ha dicho que tengo que traer el agua y no entretenerme con nadie. Ha dicho que se figuraba que el amo Tom me pediría que pintase, y que lo que yo tenía que hacer era pasar de largo y no ocuparme más que de lo mío..., que ella se ocuparía del blanqueado.

—No te importe lo que haya dicho, Jim. Siempre dice lo mismo. Déjame el cubo y no tardo ni un minuto. Ya verás como no se entera.

—No me atrevo, amo Tom. El ama me va a cortar el pescuezo. ¡De veras que sí!

—¿Ella?... Nunca pega a nadie. Da capirotazos con el dedal, y eso ¿a quién le importa? Amenaza mucho, pero por más que hable, no hace daño, a menos que se ponga a llorar. Jim, te daré una canica. Te daré una de las blancas.

Jim empezó a vacilar.

—Una blanca, Jim, y es de primera.

—¡Anda! ¡De ésas se ven pocas! Pero tengo un miedo muy grande al ama vieja.

Pero Jim era débil, de carne mortal. La tentación era demasiado fuerte. Puso el cubo en el suelo y cogió la canica. Un instante después iba volando calle abajo con el cubo en la mano y un gran escozor en las posaderas; Tom pintaba con furia, y la tía Polly se retiraba del campo de batalla con una zapatilla en la mano y el brillo de la victoria en los ojos.

Pero la energía de Tom duró poco. Empezó a pensar en todas las diversiones que había planeado para aquel día, y sus penas aumentaron. Muy pronto los chicos que tenían fiesta pasarían correteando, camino de las tentadoras excursiones, y se reirían de él porque tenía que trabajar —eso hacía que le hirviera la sangre—. Sacó todas sus mundanales riquezas y les pasó revista: pedazos de juguetes, tablas y desperdicios; lo bastante quizá para lograr un intercambio de tareas, pero no lo suficiente para poderlo canjear por media hora de libertad completa. Se volvió, pues, a guardar en el bolsillo sus escasos recursos y abandonó la idea de intentar el soborno de los muchachos. En aquel tenebroso y desesperado momento sintió una inspiración. Cogió la brocha y se puso tranquilamente a trabajar. Ben Rogers apareció a la vista en aquel instante; de entre todos los chicos, era precisamente de aquel de quien más había temido las burlas. Ben venía dando saltos y zapateando, señal evidente de que tenía el corazón libre de pesadumbres y grandes esperanzas de divertirse. Estaba comiéndose una manzana, y de cuando en cuando lanzaba un prolongado y melodioso alarido, seguido de un profundo tilín, tilín, tilón, tilín, tilón, porque venía imitando a un vapor del Mississippi. Al acercarse aflojó la marcha, enfiló por el centro de la calle, se inclinó hacia estribor y dobló la esquina pesadamente y con gran pompa y solemnidad, porque estaba representando al *Gran Missouri* y se consideraba a sí mismo con tres metros de calado. Era buque, capitán y campana de las máquinas, todo en una pieza; y así es que tenía que imaginarse de pie en su propio puente, dando órdenes y ejecutándolas.

¡Para! ¡Tilín, tilín, tilín! —La arrancada iba disminuyendo y el barco se acercaba lentamente a la acera—. ¡Máquina atrás! ¡Tilín, lin, lin! —Con los brazos rígidos, pegados a los costados—. ¡Atrás la de estribor! ¡Tilín, lin, lin! ¡Chu-chu-chu! —Entretanto el brazo derecho describía grandes círculos porque representaba una rueda de unos doce metros de diámetro—. ¡Atrás la de babor! ¡Tilín, tilín, tilín! ¡Chu-chu-chu! —El brazo izquierdo empezó a hacer círculos.

»¡Alto la de estribor! ¡Tilín, tilín, tilín! ¡Alto la de estribor! ¡Adelante! ¡Alto! ¡Despacio ahora por ese lado! ¡Tilín, tilín, tilín! ¡Chu-chu-chu! ¡Listo con la amarra! ¿Qué pasa ahí? ¡Da la vuelta con cuidado! Ahora, ¡suelta! ¡Alto los motores! ¡Tilín, tilín, tilín!

»¡Chistsss!... —Imitando las llaves de escape.

Tom siguió blanqueando sin hacer caso del vapor. Ben se lo quedó mirando un momento y dijo:

—¡Je, je! Las estás pagando, ¿eh?

Se quedó sin respuesta. Tom examinó su último toque con mirada de artista; después dio otro ligero brochazo y examinó, como antes, el resultado. Ben atracó a su costado. A Tom se le hacía la boca agua pensando en la manzana, pero no cedió en su trabajo.

—¡Hola, compadre! —le dijo Ben—. Te hacen trabajar, ¿eh?

—¡Ah! ¿Eres tú, Ben? No te había visto.

—Oye, me voy a nadar. ¿No te gustaría venir? Pero, claro, te gusta más trabajar. Claro que te gusta.

Tom lo miró durante un instante y dijo:

—¿A qué llamas tú trabajo?—¡Qué! ¿No es eso trabajo?

Tom reanudó su blanqueo y le contestó, distraídamente:

—Bueno, puede que lo sea y puede que no. Lo único que sé es que le gusta a Tom Sawyer.

—¡Vamos! ¿Me vas a hacer creer que te gusta?

La brocha continuó moviéndose.

—¿Gustar? No sé por qué no va a gustarme. ¿Es que le dejan a un chico blanquear una cerca todos los días?

Aquello puso la cosa bajo una nueva luz. Ben dejó de mordiscar la manzana. Tom movió la brocha, delicadamente, atrás y adelante; se retiró dos pasos para ver el resultado. Mientras tanto, Ben no perdía de vista un solo movimiento, cada vez más y más interesado y absorto. Al fin dijo:

—Oye, Tom: déjame pintar un poco.

Tom reflexionó. Estaba a punto de acceder, pero cambió de propósito.

—No, no; eso no podría ser, Ben. Ya ves..., mi tía Polly es muy exigente para esta cerca, porque está aquí, en mitad de la calle, ¿sabes? Pero si fuera la cerca trasera no me importaría, ni a ella tampoco. No sabes tú lo que le preocupa esta cerca; hay que hacerlo con la mar de cuidado; puede ser que no haya un chico entre mil, ni aún entre dos mil, que pueda blanquearla de la manera que hay que hacerlo.

—¡Jo!... ¿Lo dices de veras? Vamos, déjame que pruebe un poco, nada más que un poco. Si tú fueras yo, te dejaría, Tom.

—De veras que quisiera dejarte, Ben; pero la tía Polly... Mira: Jim también quiso, y ella no le dejó. Sid también quiso, y no lo consintió. ¿Ves por qué no puedo dejarte? ¡Si tú fueras a encargarte de esta cerca y ocurriese algo!

—Anda..., ya lo haré con cuidado. Déjame probar. Mira, te doy el corazón de la manzana.

—No puede ser. No, Ben; no me lo pidas; tengo miedo...

—¡Te la doy toda!

Tom le entregó la brocha con desgana en apariencia y con entusiasmo en el corazón. Y mientras el exvapor *Gran Missouri* trabajaba y sudaba al sol, el artista retirado se sentó allí cerca, en una barrica, a la sombra, balanceando las piernas, se comió la manzana y planeó el degüello de más inocentes. No escaseó el material: a cada momento aparecían muchachos; venían a burlarse, pero se quedaban a pintar. Para cuando Ben se rindió de cansancio, Tom ya había vendido el turno siguiente a Billy Fisher por una cometa en buen uso; cuando éste se quedó aniquilado, Johnny Miller compró el derecho por una rata muerta con una cuerda para hacerla girar y así siguió y siguió hora tras hora. Cuando avanzó la tarde, Tom, que por la mañana había sido un chico en la miseria, nadaba materialmente en riquezas. Tenía, además de las cosas que he mencionado, doce canicas, parte de un birimbao,[1] un trozo de vidrio azul de botella para mirar las cosas a través de él, un tirachinas, una llave que no abría nada, un pedazo de tiza, un tapón de cristal, un soldado de plomo, un par de renacuajos, seis cohetillos, un gatito tuerto, un tirador de puerta, un collar de perro —sin perro—, el mango de un cuchillo, cuatro cáscaras de naranja y un viejo cerrojo destrozado. De este modo había pasado una tarde deliciosa, de ocio, con abundante y grata compañía, y la cerca ¡tenía tres manos de cal! De no habérsele agotado las existencias de cal, habría hecho declararse en quiebra a todos los chicos del lugar.

1. Instrumento musical que consiste en una barrita de hierro en forma de herradura, con una lengüeta de acero que se hace vibrar con el dedo índice. (*Todas las notas son del editor, salvo cuando se indique lo contrario.*)

Tom se decía que, después de todo, el mundo no era un páramo. Había descubierto, sin darse cuenta, uno de los principios fundamentales de la conducta humana, a saber: que para hacer que alguien, hombre o muchacho, desee alguna cosa, sólo es necesario hacerla difícil de conseguir. Si hubiese sido un ilustre y agudo filósofo, como el autor de este libro, hubiera comprendido entonces que el trabajo consiste en lo que estamos obligados a hacer, sea lo que sea, y que el juego consiste en aquello a lo que no se nos obliga. Esto le ayudaría a entender por qué confeccionar flores artificiales o andar en el *tread-mill*[2] es trabajo, mientras que jugar a los bolos o escalar el Mont Blanc no es más que una diversión. Hay en Inglaterra caballeros opulentos que durante el verano guían las diligencias de cuatro caballos y hacen el servicio diario de entre treinta y cincuenta kilómetros porque el hacerlo les cuesta mucho dinero; pero si se les ofreciera un salario por su tarea, eso la convertiría en trabajo, y entonces dimitirían.

2. Rueda que ponían en movimiento los condenados a trabajos forzados subiendo por los travesaños de que estaba provista por la parte interior. *(N. del traductor.)*

CAPÍTULO 3

Tom se presentó ante su tía Polly, que estaba sentada junto a la ventana, abierta de par en par, en un alegre cuartito de la parte trasera de la casa, el cual servía a la vez de alcoba, comedor y despacho. La tibieza del aire estival, el olor de las flores y el zumbido adormecedor de las abejas había producido su efecto, y la anciana estaba dando cabezadas sobre la calceta, pues no tenía otra compañía que la del gato y éste se había quedado dormido sobre su falda. Estaba tan segura de que Tom habría desertado de su trabajo hacía mucho rato que se sorprendió de verle entregarse así, con tal intrepidez, en sus manos. Él dijo:

—¿Me puedo ir a jugar, tía?

—¡Qué! ¿Tan pronto? ¿Cuánto has pintado?

—Ya está todo, tía.

—Tom, no me mientas. No lo puedo soportar.

—No miento, tía; ya está todo hecho.

La tía Polly confiaba poco en tal testimonio. Salió a ver por sí misma; se habría dado por satisfecha de haber encontrado un veinticinco por ciento de verdad en lo que había dicho Tom. Cuando vio toda la cerca blanqueada

30

y no sólo blanqueada, sino primorosamente repasada con varias manos con una franja en el suelo, no pudo expresar su asombro en palabras.

—¡Nunca lo hubiera dicho! —dijo—. No se puede negar: sabes trabajar cuando te da la gana. —Y después añadió, aguando el elogio—: Pero rara vez te da, la verdad sea dicha. Bueno, anda a jugar; pero acuérdate y no tardes una semana en volver, porque te doy una tunda.

Tan emocionada estaba por la brillante hazaña de su sobrino que lo llevó a la despensa, escogió la mejor manzana y se la entregó, juntamente con una edificante disertación sobre el gran valor y el gusto especial que adquieren los dones cuando nos vienen no por medios pecaminosos, sino por nuestro propio virtuoso esfuerzo. Y mientras terminaba con un oportuno latiguillo bíblico, Tom le robó una rosquilla.

Después se fue dando saltos y vio a Sid en el momento en que empezaba a subir por la escalera exterior que conducía a las habitaciones altas, por detrás de la casa. Había abundantes terrones a mano y el aire se llenó de ellos en un segundo. Zumbaban en torno a Sid como una granizada, y antes de que la tía Polly pudiera recuperarse de su sorpresa y acudir en socorro, seis o siete pedazos habían producido efecto sobre la persona de Sid, y Tom había saltado la cerca y desaparecido. Había una puerta; pero Tom, por regla general, andaba escaso de tiempo para poder usarla. Sintió descender la paz sobre su espíritu una vez que había ajustado cuentas con Sid por haber descubierto lo del hilo, y haberle metido en un lío.

Dio la vuelta a toda la manzana y fue a parar a una calleja fangosa, por detrás del establo donde su tía tenía las vacas. Ya estaba fuera de todo peligro de captura y castigo, y se encaminó apresurado hacia la plaza pública del pueblo, donde dos batallones de chicos se habían reunido para librar una batalla, según tenían convenido. Tom era general de uno de los dos ejércitos; Joe Harper (un amigo del alma), general del otro. Estos ilustres generales no descendían hasta luchar personalmente —eso quedaba para la morralla—, sino que se sentaban mano a mano en un montículo y desde allí conducían las operaciones de guerra dando órdenes que transmitían sus ayudantes de campo. El ejército de Tom tuvo una gran victoria tras un rudo y tenaz combate. Después se contaron los muertos, se intercambiaron prisioneros y se acordaron los términos del próximo desacuerdo; y hecho esto, los dos ejércitos formaron y se fueron, y Tom se volvió solo hacia su morada.

Al pasar junto a la casa donde vivía Jeff Thatcher, vio en el jardín a una niña desconocida: una linda criaturita de ojos azules con el pelo rubio peinado en dos largas trenzas, delantal blanco de verano y pantalón con puntillas. El héroe, recién coronado de laureles, cayó sin disparar un tiro. Una tal Amy Lawrence se disipó en su corazón y no dejó ni un recuerdo atrás. Se había creído locamente enamorado, le había parecido su pasión un fervoroso culto, y he aquí que no era más que una insignificante y pasajera debilidad. Había dedicado meses a su conquista; apenas hacía una semana que ella se había rendido; durante siete breves días había sido el más feliz y orgulloso de los chicos, y allí, en un instante, la había despedido de su pecho sin un adiós.

Adoró esta repentina y angelical aparición con furtivas miradas, hasta que notó que ella le había visto; fingió entonces que no había advertido su presencia y empezó «a presumir» haciendo toda suerte de absurdas e infantiles habilidades para ganarse su admiración. Continuó un rato con la grotesca exhibición; pero a poco, y mientras realizaba ciertos ejercicios gimnásticos arriesgadísimos, vio con el rabillo del ojo que la niña se dirigía hacia la casa. Tom se acercó a la valla y se apoyó en ella afligido, con la esperanza de que aún se detendría un rato. Ella se paró un momento en los escalones y avanzó hacia la puerta. Tom lanzó un hondo suspiro al verla poner el pie en el umbral; pero su faz se iluminó de pronto, pues la niña arrojó una flor por encima de la valla antes de desaparecer. El chico echó a correr y dobló la esquina, deteniéndose a corta distancia de la flor; y entonces se protegió del sol con la mano y empezó a mirar calle abajo, como si hubiese descubierto en aquella dirección algo de gran interés. Después cogió una paja del suelo y trató de sostenerla en equilibrio sobre la punta de la nariz, echando hacia atrás la cabeza; y mientras se movía de aquí para allá, para sostener la paja, se fue acercando más y más al pensamiento, y al cabo le puso encima su pie desnudo, lo agarró con dedos prensiles, se fue con él renqueando y desapareció tras la esquina. Pero nada más que por un instante; el preciso para colocarse la flor en un ojal, por dentro de la chaqueta, próxima al corazón y probablemente al estómago, porque no era muy entendido en anatomía, y en modo alguno delicado.

Volvió enseguida y rondó en torno a la valla hasta la noche, «presumiendo» como antes; pero la niña no se dejó ver, y Tom se consoló pensando que quizá se habría acercado a alguna ventana y habría visto sus homenajes. Al fin se fue a su casa de mala gana, con la cabeza llena de ilusiones.

Durante la cena estaba tan inquieto y alborotado que su tía se preguntaba «qué es lo que le pasaría a este chico». Sufrió una buena reprimenda por el apedreamiento y no le importó ni un comino. Trató de robar azúcar y recibió un golpe en los nudillos.

—Tía —dijo—, a Sid no le pegas cuando lo coge.

—No; pero él no me atormenta como me atormentas tú. No quitarías mano del azúcar si no te estuviera mirando.

Entonces se metió la tía en la cocina y Sid, feliz con su inmunidad, alargó la mano hacia el azucarero, lo cual era un alarde a duras penas soportable para Tom. Pero a Sid se le escurrieron los dedos y el azucarero cayó y se hizo pedazos. Tom se quedó quieto, en un rapto de alegría, tan fuera de sí que pudo contener la lengua y guardar silencio. Pensaba que no diría palabra, ni siquiera cuando entrase su tía, sino que seguiría sentado y quieto hasta que ella preguntase quién había hecho el estropicio; entonces se lo diría, y no habría cosa más gustosa en el mundo que ver cómo se la cargaba el «niño modelo».

Tan entusiasmado estaba que apenas se pudo contener cuando volvió la anciana y se detuvo ante las ruinas, lanzando relámpagos de cólera por encima de las gafas. «¡Ahora se arma!», pensó Tom. Y al instante siguiente estaba despatarrado en el suelo. La firme mano vengativa levantada en el aire para repetir el golpe, cuando Tom gritó:

—¡Un momento! ¿Por qué me zurras? ¡Sid es el que lo ha roto!

Tía Polly se detuvo perpleja, y Tom esperaba una reparadora compasión. Pero cuando ella recobró la palabra, se limitó a decir:

—¡Vaya! No te habrá venido de más la tunda, me imagino. Seguro que habrás estado haciendo alguna trastada mientras yo no estaba aquí.

Después le remordió la conciencia y ansiaba decir algo tierno y cariñoso; pero pensó que esto se interpretaría como una confesión de haber obrado mal, y la disciplina no se lo permitió; prosiguió, pues, con sus quehaceres con un peso sobre el corazón. Tom, sombrío y enfurruñado, se agazapó en un rincón y exageró, agravándolas, sus penas. Bien sabía que su tía estaba, en espíritu, de rodillas ante él y eso le proporcionaba una triste alegría. No quería bajar la bandera ni darse por enterado de las señales del enemigo. Bien sabía que una mirada ansiosa se posaba sobre él de cuando en cuando, a través de lágrimas contenidas; pero se negaba a reconocerlo. Se imaginaba a sí mismo débil y moribundo y a su tía inclinada sobre él, mendigando una palabra de perdón; pero volvía la cara a la pared y moría sin que la palabra llegase a salir de sus labios. ¿Qué pensaría entonces su tía? Y se imaginaba que lo traían a casa desde el río, ahogado, con los rizos empapados, las manos flácidas y su mísero corazón en reposo. ¡Cómo se arrojaría sobre él y lloraría a mares, y pediría a Dios que le devolviese a su chico, jurando que nunca volvería a tratarle mal! Pero él permanecería pálido y frío, sin dar señales de vida... ¡Pobre mártir cuyas penas habían acabado para siempre! De tal manera excitaba su enternecimiento con lo patético de esos ensueños, que tenía que tragar saliva, para no atragantarse; y sus ojos enturbiados nadaban en agua, que se derramaba al parpadear y se deslizaba y caía a gotas por la punta de la nariz. Y tal voluptuosidad experimentaba al mirar y acariciar así sus penas, que no podía tolerar la intromisión de cualquier alegría terrena o de cualquier inoportuno placer; era cosa tan sagrada que no admitía contactos profanos; y por eso, cuando su prima Mary entró dando saltos de contenta, encantada de verse otra vez en casa después de una eterna ausencia de una semana en el campo, Tom se levantó y, sumido en brumas y tinieblas, salió por una puerta cuando ella entró por la otra trayendo consigo la luz y la alegría. Vagabundeó lejos de los sitios frecuentados por los chavales y buscó parajes desolados, en armonía con su espíritu. Una larga balsa de troncos, en la orilla del río, le atrajo, y se sentó en el borde, sobre el agua, a contemplar la grande y desolada extensión de la corriente. Hubiera deseado morir ahogado; pero de pronto y sin darse cuenta, y sin tener que pasar por el desagradable y rutinario programa ideado para estos casos por la naturaleza. Después se acordó de su flor. La sacó, estrujada y marchita, y al verla aumentó su melancólica felicidad. Se preguntó si ella le compadecería si lo supiera. ¿Lloraría? ¿Querría echarle los brazos al cuello y consolarlo? ¿O le volvería fríamente la espalda, como el resto de la humanidad? Esta visión le causó tal agonía y delicioso sufrimiento que la reprodujo una y otra vez en su mente y la volvía a imaginar con nuevos y variados aspectos, hasta dejarla gastada por el uso. Al fin se levantó dando un suspiro y partió entre las sombras. Serían las nueve y media o las diez cuando fue a dar a la calle, ya desierta, donde vivía la amada desconocida. Se detuvo un momento: no llegó ni un ruido a sus oídos; una vela proyectaba un mortecino resplandor sobre la cortina de una ventana del piso alto. ¿Estaba ella allí? Trepó por la valla; marchó con cauteloso paso por entre las plantas hasta llegar bajo la ventana; miró hacia arriba largo rato, emocionado; después se echó en el suelo, tendiéndose de espaldas, con las manos cruzadas sobre el pecho y agarradas a la pobre flor marchita. Así quisiera morir, abandonado de todos, sin cobijo sobre su cabeza, sin una mano querida que enjugase el sudor de su frente, sin una cara amiga que se inclinase sobre él, compasiva, en el trance final. Así lo vería ella cuando se asomase a mirar la alegría de la mañana y, ¡ay!, ¿dejaría caer una lágrima sobre el pobre cuerpo inmóvil, lanzaría un suspiro al ver una vida juvenil acabada tan brusca y repentinamente?

La ventana se abrió; la voz áspera de una criada profanó el silencio, y un diluvio de agua dejó empapados los restos del mártir tendido en tierra.

El héroe, medio ahogado, se irguió de un salto, resoplando; se oyó el zumbido de una piedra en el aire, entremezclado con el murmullo de una exclamación; después, como un estrépito de cristales rotos, y una diminuta forma fugitiva saltó por encima de la valla y se alejó, disparada, en las tinieblas.

Poco después, cuando Tom, desnudo ya para acostarse, examinaba sus ropas remojadas a la luz de un cabo de vela, Sid se despertó; pero si tuvo alguna idea de hacer «alusiones personales», lo pensó mejor y se estuvo quieto..., pues en los ojos de Tom había un brillo amenazador. Tom se metió en la cama sin añadir a sus preocupaciones la de rezar, y Sid apuntó en su memoria esta omisión.

CAPÍTULO 4

El sol se levantó sobre un mundo tranquilo y lanzó sus esplendores, como una bendición, sobre el pueblecito apacible. Acabado el desayuno, tía Polly reunió a la familia para las prácticas religiosas, que empezaron por una plegaria construida, desde el cimiento hasta arriba, con sólidas hiladas de citas bíblicas, trabadas con un débil mortero de originalidad; y desde su cúspide, como desde un Sinaí, recitó un severo capítulo de la ley mosaica.

Tom se apretó los calzones, por decirlo así, y se puso a trabajar para «aprenderse sus versículos». Sid se los sabía ya desde días antes. Tom concentró todas sus energías para grabar en su memoria cinco nada más, y escogió un trozo del Sermón de la Montaña porque no pudo encontrar otros versículos que fueran tan cortos.

Al cabo de media hora tenía una idea vaga y general de la elección, pero nada más, porque su mente estaba revoloteando por todas las esferas del pensamiento humano, y sus manos, ocupadas en absorbentes y recreativas tareas. Mary le cogió el libro para tomarle la lección, y él trató de encontrar el camino entre la niebla.

39

—Bienaventurados los..., los...

—Pobres...

—Sí, pobres; bienaventurados los pobres de..., de...

—Espíritu...

—De espíritu; bienaventurados los pobres de espíritu, porque ellos..., ellos.

—De ellos...

—Porque de ellos. Bienaventurados los pobres de espíritu porque de ellos... será el reino de los cielos. Bienaventurados los que lloran, porque ellos..., porque ellos...

—Re...

—Porque ellos re...

—Reci...

—Porque ellos réci... ¡No sé lo que sigue!

—Recibirán...

—¡Ah! Porque ellos recibirán..., recibirán..., los que lloran. Bienaventurados los que recibirán, porque ellos... llorarán, porque recibirán... ¿Qué recibirán? ¿Por qué no me lo dices, Mary? ¿Por qué quieres ser tan mala?

—¡Ay, Tom, qué cabeza dura! No creas que es por hacerte rabiar. No soy capaz. Tienes que volver a estudiarlo. No te apures, Tom; ya verás cómo lo aprendes; y si te lo sabes, te voy a dar una cosa preciosa. ¡Anda!, a ver si eres bueno.

—Bien; pues dime lo que me vas a dar, Mary. ¡Dime lo que es!

—Eso no importa, Tom. Ya sabes que cuando prometo algo es de verdad.

—Te creo, Mary. Voy a intentarlo otra vez.

Y lo hizo; y bajo la doble presión de la curiosidad y de la prometida ganancia, lo hizo con tal ánimo que tuvo un éxito deslumbrador. Mary le dio una flamante navaja Barlow que valía doce centavos y medio, y el escalofrío de placer que corrió por su organismo le conmovió hasta los cimientos. Verdad es que la navaja no cortaba nada; pero era una Barlow de las «de verdad», y en eso había evidente grandiosidad..., aunque de dónde sacarían la idea los muchachos del oeste de que tal arma pudiera llegar a ser falsificada con poca destreza para ella es un grave misterio y quizá lo será siempre. Tom logró hacer algunos cortes en el aparador, y se estaba preparando para empezar con la mesa de escribir cuando le llamaron para vestirse y asistir a la escuela dominical.

Mary le dio una palangana de estaño y un trozo de jabón, y él salió fuera de la puerta y puso la palangana en un banquillo. Después mojó el jabón en el agua y lo colocó sobre el banco; se remangó los brazos, vertió suavemente el agua en el suelo y enseguida entró en la cocina y empezó a restregarse vigorosamente con la toalla que estaba tras la puerta. Pero Mary se la quitó y le dijo:

—¿No te da vergüenza, Tom? No seas tan malo. No tengas miedo al agua.

Tom se quedó un tanto desconcertado. Llenaron de nuevo la palangana y esta vez Tom se inclinó sobre ella, sin acabar de decidirse; reuniendo ánimos, hizo una profunda aspiración, y empezó. Cuando entró poco después en la cocina, con los ojos cerrados, buscando a tientas la toalla, un honroso testimonio de agua y burbujas de ja-

41

bón le corría por la cara y goteaba en el suelo. Pero cuando salió a la luz de entre la toalla aún no estaba aceptable, pues el territorio limpio terminaba de pronto en la barbilla y las mandíbulas, como un antifaz, y más allá de esa línea había una oscura extensión de terreno de secano que corría hacia abajo por el frente y hacia atrás, dando la vuelta al pescuezo. Mary le cogió por su cuenta, y cuando acabó con él era un hombre nuevo y un semejante, sin distinción de color; el pelo empapado estaba cuidadosamente cepillado, sus cortos rizos, ordenados para producir un efecto simétrico y coquetón (a solas se alisaba los rizos con gran dificultad y trabajo, y se dejaba el pelo pegado a la cabeza, porque tenía los rizos por cosa afeminada y los suyos le amargaban la existencia). Mary sacó después un traje que Tom sólo se había puesto los domingos, durante dos años. Le llamaban «el otro traje», y por ello podemos deducir lo mínimo de su guardarropa. La muchacha «le dio un repaso», después que él se hubo vestido; le abotonó la chaqueta hasta la barbilla; le volvió el ancho cuello de la camisa sobre los hombros; le coronó la cabeza, después de cepillarlo, con un sombrero de paja moteado. Parecía mejorado y atrozmente incómodo; y no lo estaba menos de lo que parecía, pues había en el traje completo y en la limpieza una sujeción y entorpecimiento que le atormentaban. Tenía la esperanza de que Mary no se acordaría de los zapatos, pero resultó fallida; se los untó concienzudamente con una capa de sebo, según era el uso, y se los puso delante. Tom perdió la paciencia, y protestó de que siempre le obligaban a hacer lo que no quería. Pero Mary le dijo, persuasiva:

—Anda, Tom; sé un buen chico.

Y Tom se los puso, gruñendo. Mary se arregló enseguida y los tres niños marcharon a la escuela dominical, lugar que Tom aborrecía con toda su alma; pero a Sid y a Mary les gustaba.

El horario de la escuela era de nueve a diez y media, y después seguía el oficio religioso. Dos de los niños se quedaban siempre, voluntariamente, al sermón, y el otro siempre se quedaba también..., por razones más contundentes. Los asientos de la iglesia, sin tapizar y altos de respaldo, podrían acomodar unas trescientas personas; el edificio era pequeño e insignificante, con una especie de cucurucho de tablas puesto por montera, a guisa de campanario. Al llegar a la puerta, Tom se echó un paso atrás y abordó a un compinche, también endomingado:

—Oye, Bill, ¿tienes un vale amarillo?

—Sí.

—¿Qué quieres por él?

—¿Qué me das?

—Un trozo de regaliz y un anzuelo.

—Enséñalos.

Tom los presentó. Eran aceptables, así que las pertenencias cambiaron de mano. Después hizo el trueque de un par de canicas por tres vales rojos y de otras cosillas por dos azules. Salió al encuentro de otros muchachos, según iban llegando, y durante un cuarto de hora siguió comprando vales de diversos colores. Entró en la iglesia, al fin, con un enjambre de chicos y chicas, limpios y ruidosos; se fue a su silla e inició una riña con el primer muchacho que encontró a mano. El maestro, hombre grave, ya entrado en años, intervino; después volvió la espalda un momento, y Tom tiró del pelo al chico que tenía delante, y volvió a la lectura de su libro cuando la víctima miró hacia atrás; pinchó a un tercero con un alfiler, para oírle chillar, y se llevó nueva reprimenda del maestro. Durante todas las clases, Tom era siempre el mismo: inquieto, ruidoso y pendenciero. Cuando llegó el momento de dar las lecciones, ninguno se las sabía bien y había que irles apuntando durante todo el trayecto. Sin embargo, fueron saliendo trabajosamente del paso, y a cada uno se le recompensaba con vales azules, en los que estaban impresos pasajes de las Escrituras. Cada vale azul era el precio de recitar dos versículos; diez vales azules equivalían a uno rojo, y podían cambiarse por uno de éstos; diez rojos equivalían a uno amarillo, y por diez vales amarillos el superintendente regalaba una Biblia, modestamente encuadernada (valía cuarenta centavos en aquellos tiempos felices), al alumno. ¿Cuántos de mis lectores hubieran tenido laboriosidad y constancia para aprenderse de memoria dos mil versículos, ni aun por una Biblia de las ilustradas por Doré? Y sin embargo, Mary había ganado dos de esa manera; fue la paciente labor de dos años, y un muchacho de familia germánica también había logrado hacerse con cuatro o cinco. Una vez recitó tres mil versículos sin detenerse; pero sus facultades mentales no pudieron soportar tal esfuerzo y desde aquel día se convirtió en un idiota, o poco menos: dolorosa pérdida para la escuela, pues en ocasiones solemnes, y delante de compañía, el superintendente sacaba siempre a aquel chico y (como decía Tom) «vomitaba el discurso». Sólo los alumnos mayorcitos llegaban a conservar los vales y a persistir en la aburrida labor el tiempo suficiente para lograr una Biblia, y por eso la entrega de uno de estos premios era un raro y notable acontecimiento. El alumno premiado era un personaje tan glorioso y reputado por aquel día que en el acto encendía en el pecho de cada escolar una ardiente ambición que solía durar un par de semanas. Es posible que el estómago mental de Tom nunca hubiera sentido verdadera hambre de uno de esos premios, pero no hay duda de que durante mucho tiempo había anhelado con toda su alma la fama y la gloria que traía consigo.

Al llegar el momento preciso, el superintendente se colocó en pie frente al púlpito, teniendo en la mano un libro de himnos cerrado y el dedo índice inserto entre sus hojas, y reclamó silencio. Cuando un superintendente de escuela dominical pronuncia su acostumbrado discursito, un libro de himnos en la mano es tan necesario como el inevitable papel de música en la de un cantor que avanza hasta el escenario para entonar un solo, aunque el porqué es un misterio, puesto que ni el libro ni el papel son consultados jamás por el paciente. Este superintendente era un hombre flaco, de unos treinta y cinco años, con una perilla de color terroso y pelo corto del mismo tono; llevaba un cuello almidonado y tieso, cuyo borde le llegaba hasta las orejas y cuyas agudas puntas se curvaban hacia delante a la altura de las comisuras de los labios: una tapia que le obligaba a mirar fijamente a proa y a volver todo el cuerpo cuando era necesaria una mirada lateral. Tenía la barbilla apuntalada por un amplio lazo de corbata de las dimensiones de un billete de banco y con flecos en los bordes, y las punteras de las botas dobladas hacia arriba, a la moda del día, como patines de trineo, resultado que conseguían los jóvenes elegantes, con gran paciencia y trabajo, sentándose con las puntas de los pies apoyadas contra la pared y permaneciendo así horas y horas. El señor Walters tenía un aire muy serio y era honrado y sincero de corazón, y consideraba las cosas y los lugares religiosos en tal reverencia y tan aparte de los asuntos terrenales que, sin darse cuenta, la voz que usaba en la escuela dominical había adquirido una entonación peculiar, que desaparecía por completo entre semana. Empezó de esta manera:

—Ahora, niños, os vais a estar sentados, todo lo derechitos y quietos que podáis, y me vais a escuchar con toda atención durante dos minutos. ¡Así, así me gusta! Así es como tienen que estar los niños y las niñas. Estoy viendo a una pequeña que mira por la ventana: me temo que se figura que yo ando por ahí fuera, acaso en la copa de uno de esos árboles, echando un discurso a los pajaritos. —Risitas de aprobación—. Necesito deciros el gozo que me causa ver tantas caritas alegres y limpias reunidas en un lugar como éste, aprendiendo a hacer buenas obras y a ser buenos.

Y siguió por la senda adelante. No hay para qué resaltar el resto de la oración. Era de un modelo que no cambia, y por eso nos es familiar a todos.

El último tercio del discurso se malogró en parte porque se reanudaron las riñas y otros chismorreos entre los chicos más traviesos, y por inquietudes y murmullos que se extendían cada vez más, llegando su oleaje hasta las bases de las aisladas e inconmovibles rocas, como Sid y Mary. Pero todo ruido cesó de repente al extinguirse la voz del señor Walters, y el término del discurso fue recibido con una silenciosa explosión de gratitud.

Buena parte de los cuchicheos había sido originada por un acontecimiento más o menos raro: la llegada de unos visitantes. Eran el abogado Thatcher acompañado por un anciano decrépito, un gallardo caballero de pelo gris, entrado en años, y una señora solemne que era, sin duda, la esposa de aquél. La señora llevaba una niña de la mano. Tom había estado intranquilo y lleno de angustias y aflicciones, y aun de remordimientos; no podía cruzar su mirada con la de Amy Lawrence ni soportar las que ésta le dirigía. Pero cuando vio a la niña recién llegada, el alma se le inundó de dicha. Un instante después estaba «presumiendo» a toda máquina: golpes a los otros chicos, tirones de pelos, contorsiones con la cara; en una palabra, empleó todas las artes de seducción que pudieran fascinar a la niña y conseguir su aplauso. Su loca alegría no tenía más que una mancha: el recuerdo de su humillación en el jardín de este ángel escrito en la arena, pero las olas de felicidad que en aquel instante pasaban sobre él lo estaban borrando rápidamente. Se dio a los visitantes el más encumbrado asiento de honor, y tan pronto como el señor Walters terminó su discurso, los presentó a la escuela. El caballero del pelo gris resultó ser un prodigioso personaje, nada menos que el juez del condado; sin duda, el ser más augusto en que los niños habían puesto sus ojos. Y pensaban de qué sustancia estaría formado, y hubieran deseado oírle rugir, y hasta tenían un poco de miedo de que lo hiciera. Había venido desde Constantinopla, a veintidós mil kilómetros de distancia, y, por consiguiente, había viajado y había visto mundo; aquellos mismos ojos habían contemplado la Casa de Justicia del Condado, de la que se decía que tenía el techo de cinc. El temeroso pasmo que inspiraban estas reflexiones se atestiguaba por el solemne silencio y por las filas de ojos abiertos en redondo. Aquél era el gran juez Thatcher, hermano del abogado de la localidad. Jeff Thatcher se adelantó para mostrarse familiar con el gran hombre y excitar la envidia de la escuela. Música celestial hubiera sido para sus oídos escuchar los comentarios.

—¡Mírale, Jim! Se va arriba con ellos. ¡Mira, mira!, va a darle la mano. ¡Ya se la da! ¡Lo que darías tú por ser Jeff!

El señor Walters se puso a «presumir» con toda suerte de bullicios y actividades oficialescas, dando órdenes, emitiendo juicios y disparando instrucciones aquí y allá y hacia cualquier parte donde pudiera encontrar un blanco. El bibliotecario «presumió» corriendo de acá para allá con montañas de libros, y con todo el desorden y aspavientos en que se deleita la autoridad-insecto. Las señoritas instructoras «presumieron» inclinándose melosamente sobre los escolares a los que acababan de tirar de las orejas, levantando deditos amenazadores delante de los muchachos malos y dando amorosas palmaditas a los buenos. Los caballeretes instructores «presumían» diciendo regañinas y otras pequeñas muestras de incansable celo por la disciplina, y unos y otros tenían grandes quehaceres en la librería, que los obligaban a ir y venir incesantemente y, al parecer, con gran agobio y molestia. Las niñas «presumían» de mil modos distintos, y los muchachos «presumían» con tal diligencia que llenaban el aire de proyectiles de papel y rumor de peleas. Y cerniéndose sobre todo ello, el gran hombre seguía sentado, irradiaba una majestuosa sonrisa judicial sobre toda la concurrencia y se calentaba al sol de su propia grandeza, pues estaba «presumiendo» también. Sólo una cosa faltaba para hacer el gozo del señor Walters completo, y era la ocasión de dar el premio de la Biblia y exhibir un fenómeno. Algunos escolares tenían vales amarillos, pero ninguno tenía los necesarios: él ya había investigado entre las estrellas de mayor magnitud. Hubiera dado todo el oro del mundo, en aquel momento, porque le hubieran restituido, con la mente recompuesta, a aquel muchacho alemán.

Y entonces, cuando había muerto toda esperanza, Tom Sawyer se adelantó con nueve vales amarillos, nueve vales rojos y diez azules, y solicitó una Biblia. Fue como un rayo que caía de un cielo despejado. Walters no esperaba una petición semejante de tal persona en los próximos diez años. Pero no había que darle más vueltas: allí estaban los vales y eran moneda legal. Tom fue elevado al sitio que ocupaban el juez y los demás elegidos, y la gran noticia fue proclamada desde el estrado. Era la más pasmosa sorpresa de la década, y produjo tal sensación que levantó al nuevo héroe hasta la altura misma del héroe judicial. Todos los chicos estaban muertos de envidia; pero los que sufrían más agudos tormentos eran los que se daban cuenta, demasiado tarde, de que ellos mismos habían contribuido a aquella odiosa apoteosis por ceder sus vales a Tom a cambio de riquezas que había amontonado vendiendo permisos para pintar. Sentían desprecio por sí mismos por haber sido víctimas de un astuto defraudador, de una embaucadora serpiente escondida en la hierba.

El premio fue entregado a Tom con toda la emoción que el superintendente, dando a la bomba, consiguió hacer subir hasta la superficie en aquel momento; pero le faltaba algo del genuino surtidor espontáneo, pues el pobre hombre se daba cuenta, instintivamente, de que allí había un misterio que quizá no podría resistir fácilmente la luz. Era simplemente absurdo pensar que *aquel* muchacho tuviera almacenadas en su cabeza dos mil versículos de sabiduría bíblica, cuando una docena bastarían, sin duda, para forzar y distender su capacidad. Amy Lawrence estaba orgullosa y contenta y trató de hacérselo ver a Tom, pero no había modo de que la mirase. No, no adivinaba la causa; después se alteró un poco; enseguida la asaltó una vaga sospecha, y se disipó y volvió a surgir. Vigiló atenta; una furtiva mirada fue una revelación, y entonces se le encogió el corazón y experimentó celos y rabia, brotaron las lágrimas y sintió aborrecimiento por todos, pero más que por nadie, por Tom.

El cual fue presentado al juez, pero tenía la lengua paralizada, respiraba con dificultad y le palpitaba el corazón; en parte por la importante grandeza de aquel hombre, pero sobre todo porque era el padre de *ella*. Hubiera querido postrarse ante él y adorarlo, si hubieran estado a oscuras. El juez le puso la mano sobre la cabeza, le dijo que era un hombrecito de provecho y le preguntó cómo se llamaba. El chico tartamudeó, abrió la boca y dijo:

—Tom.

—No, Tom, no...; es...

—Thomas.

—Eso es. Ya pensé yo que debía de faltar algo. Está bien. Pero algo te llamarás además de eso, y me lo vas a decir, ¿no?

—Dile a este caballero tu apellido, Thomas —dijo Walters—, y dile, además, «señor». No olvides las buenas maneras.

—Thomas Sawyer, señor.

—¡Muy bien! Así hacen los chicos buenos. ¡Buen muchacho! ¡Un hombrecito de provecho! Dos mil versículos son muchos, muchísimos. Y nunca te arrepentirás del trabajo que te costó aprenderlos, pues el saber es lo que más vale en el mundo; él es el que hace los grandes hombres y los hombres buenos; tú serás algún día un hombre grande y virtuoso, Thomas, y entonces mirarás hacia atrás y dirás: «Todo se lo debo a las ventajas de la inapreciable escuela dominical, en mi niñez; todo se lo debo a mis queridos profesores, que me enseñaron a estudiar; todo se lo debo al buen superintendente, que me alentó y se interesó por mí y me regaló una magnífica y lujosa Biblia para mí solo; ¡todo lo debo a haber sido bien educado!». Eso dirás, Thomas, y por todo el oro del mundo no darías esos dos mil versículos. No, no los darías. Y ahora, ¿querrás decirnos a esta señora y a mí algo de lo que sabes? Ya sé que nos lo dirás, porque a nosotros nos enorgullecen los niños estudiosos. Seguramente sabes los nombres de los doce discípulos. ¿No quieres decirnos cómo se llamaban los dos primeros que fueron elegidos?

Tom se estaba tirando de un botón con aire borreguil. Se ruborizó y bajó los ojos. Al señor Walters se le encogió el corazón y se dijo a sí mismo: «No es posible que el muchacho conteste a la menor pregunta... ¡En qué hora se le ha ocurrido al juez examinarlo!». Sin embargo, se creyó obligado a intervenir y dijo:

—Contesta a este señor, Thomas. No tengas miedo.

Tom continuó mudo.

—Me lo va a decir a mí —dijo la señora—. Los nombres de los dos primeros discípulos fueron...

—¡David y Goliat!

Dejemos caer un velo compasivo sobre el resto de la escena.

CAPÍTULO 5

A eso de las diez y media, la campana de la pequeña iglesia empezó a tocar con voz cascada, y la gente fue acudiendo para el sermón matinal. Los niños de la escuela dominical se distribuyeron por toda la iglesia, sentándose junto a sus padres, para estar bajo su vigilancia. Llegó tía Polly, y Tom, Sid y Mary se sentaron a su lado. Tom fue colocado del lado de la nave para que estuviera lo más lejos posible de la ventana abierta y de las seductoras perspectivas del campo en un día de verano. La multitud iba llenando la iglesia: el administrador de Correos, un viejecito venido a menos que había conocido tiempos mejores; el alcalde y su mujer —pues entre las cosas innecesarias tenían alcalde—; el juez de paz. Después entró la viuda de Douglas, guapa, elegante, cuarentona, generosa, de excelente corazón y rica, cuya casa en el monte era el único palacio de los alrededores, y ella la persona más hospitalaria y desprendida para dar fiestas, de las que Saint Petersburg se podía enorgullecer; el encorvado y venerable comandante Ward y su esposa; el abogado Riverson, nueva personalidad en el pueblo. Entró después la más famosa belleza local, seguida de una escolta de jóvenes rompecorazones encorbatados y muy peripuestos; siguieron todos los oficinistas del pueblo, en bloque, pues habían estado en el vestíbulo chupando los puños de sus bastones y formando un muro circular de caras bobas, sonrientes, acicaladas y admirativas, hasta que la última muchacha cruzó por su lado; y por último, el niño modelo Willie Mufferson, acompañando a su madre con tan exquisito cuidado como si fuera de cristal de Bohemia. Siempre llevaba a su madre a la iglesia, y era el encanto de todas las matronas. Todos los muchachos le aborrecían, a tal punto era bueno; y además porque a todos se lo habían «echado en cara» mil veces. La punta del blanquísimo pañuelo le colgaba del bolsillo como por casualidad. Tom no tenía pañuelo y consideraba a todos los chicos que lo usaban unos cursis. Reunidos ya todos los fieles, tocó una vez más la campana, para estimular a los rezagados y remolones, y se hizo un solemne silencio en toda la iglesia, sólo interrumpido por las risitas contenidas y los cuchicheos del coro, allá en la balconada. El coro siempre se reía y cuchicheaba durante el servicio religioso. Hubo una vez un coro de iglesia que no era maleducado, pero se me ha olvidado dónde. Ya hace muchísimos años y apenas puedo recordar nada sobre el caso, pero creo que debió de ser en el extranjero.

El pastor indicó el himno que se iba a cantar, y lo leyó con un raro deleite, pero muy admirado en aquella parte del país. La voz comenzaba en un tono medio, y se iba alzando, alzando, hasta llegar a un punto en que recalcaba con fuerte énfasis la palabra que quedaba en la cúspide, y se hundía de pronto como desde un trampolín:

¿He de llegar yo a los cielos pisando lechos floridos mientras otros luchan por llegar entre mares embravecidos?

Se le tenía por un maravilloso lector. En las fiestas de sociedad que se celebraban en la iglesia se le pedía siempre que leyese versos, y, cuando estaba en plena tarea, las señoras levantaban las manos y las dejaban caer desmayadamente en la falda; cerraban los ojos, y sacudían la cabeza como diciendo: «No hay palabras, es demasiado hermoso; ¡demasiado hermoso para este mísero mundo!».

Después del himno, el reverendo señor Sprague se convirtió en tablón de anuncios y empezó a leer avisos de encuentros y reuniones y cosas diversas, de tal modo que parecía que la lista iba a alargarse hasta el día del juicio: extraordinaria costumbre que aún se conserva en América, hasta en las mismas ciudades, aun en esta época de abundantes periódicos. Ocurre a menudo que cuando menos justificada está una costumbre tradicional, más trabajo cuesta desarraigarla.

Y después rezó el pastor. Fue una plegaria de las buenas, generosa y detallista: pidió por la Iglesia y por los hijos de la Iglesia; por las demás iglesias del pueblo; por el propio pueblo; por el condado; por el Estado; por los funcionarios del Estado; por Estados Unidos; por las iglesias de Estados Unidos; por el Congreso; por el presidente; por los empleados del Gobierno; por los pobres navegantes que se encontraban en el tempestuoso mar; por los millones de oprimidos que gimen bajo el talón de las monarquías europeas y de los déspotas orientales; por los que tienen ojos y no ven, y oídos y no oyen; por los idólatras en las lejanas islas del mar; y acabó con una súplica de que las palabras que iba a pronunciar fueran recibidas con agrado y fervor y cayeran como semillas en tierra fértil, dando abundante cosecha de bienes. Amén.

Hubo un movimiento general, rumor de faldas, y la congregación, que había permanecido en pie, se sentó. El muchacho cuyos hechos se relatan en este libro no saboreó la plegaria: no hizo más que soportarla, si es que llegó a tanto. Mientras duró, estuvo inquieto; llevó cuenta de los detalles inconscientemente —pues no escuchaba, pero se sabía el terreno de antiguo y la senda que solía tomar el cura—, y cuando se injertaba en la oración la menor añadidura, su oído la descubría y se rebelaba contra ello. Consideraba las adiciones como trampas y picardías. Hacia la mitad del rezo se posó una mosca en el respaldo del banco que estaba delante del suyo, y le torturó el espíritu frotándose con toda calma las patitas delanteras; abrazándose con ellas la cabeza y cepillándola con tal vigor que parecía que estaba a punto de arrancarla del cuerpo, dejando ver el tenue hilito del pescuezo; restregándose las alas con las patas de atrás y amoldándoselas al cuerpo como si fueran los faldones de un chaqué, puliéndose y acicalándose con tanta tranquilidad como si se diese cuenta de que estaba perfectamente segura. Y así era en verdad, pues aunque Tom sentía en las manos una irresistible comezón de atraparla, no se atrevía: creía de todo corazón que sería instantáneamente aniquilado si hacía tal cosa en plena oración. Pero al llegar la última frase empezó a ahuecar la mano y a adelantarla con cautela, y, al mismo instante de decirse el «amén», la mosca se convirtió en su prisionero de guerra. La tía le vio y le obligó a soltarla.

El pastor citó el texto sobre el que iba a versar el sermón y prosiguió con monótono zumbido de moscardón, a lo largo de una homilía tan densa que muchos fieles empezaron a dar cabezadas, aunque el sermón trataba del fuego infinito y las llamas sulfurosas, y dejaba reducidos los electos y predestinados a un grupo tan escaso que casi no valía la pena salvarlos. Tom contó las páginas del sermón; al salir de la iglesia siempre sabía cuántas habían sido, pero casi nunca sabía nada más acerca del discurso. Sin embargo, esta vez hubo un momento en que llegó a interesarse de veras. El pastor trazó un cuadro solemne y emocionante de la reunión de todas las almas de este mundo en el milenio, cuando el león y el cordero yacerían juntos y un niño pequeño los conduciría. Pero lo patético, lo ejemplar y la moraleja del gran espectáculo pasaron inadvertidos para el chico: sólo pensó en el sobresaliente papel del protagonista y en lo que se luciría a los ojos de todas las naciones; se le iluminó la cara con este pensamiento y se dijo a sí mismo todo lo que daría por poder ser él aquel niño, si el león estaba domado.

Después volvió a caer en un abrumador sufrimiento cuando el sermón siguió su curso. Se acordó de pronto de que tenía un tesoro, y lo sacó. Era un voluminoso insecto negro, una especie de escarabajo con formidables mandíbulas: un «pellizquen», lo llamaba él. Estaba encerrado en una caja de pistones. Lo primero que hizo el escarabajo fue cogerle de un dedo. Siguió un instintivo papirotazo; el escarabajo cayó dando tumbos en medio de la nave y se quedó panza arriba, y el dedo herido fue, no menos rápido, a la boca de su dueño. El animalito se quedó allí, forcejeando inútilmente con las patas, incapaz de dar la vuelta. Tom no apartaba de él la mirada con ansia de cogerlo, pero estaba a salvo, lejos de su alcance. Otras personas, aburridas del sermón, encontraron alivio en el escarabajo y también se quedaron mirándolo.

En aquel momento un perro de lanas errante llegó con aire despreocupado, amodorrado con la pesadez y el calor del verano, fatigado de la cautividad, suspirando por un cambio de sensaciones. Descubrió el escarabajo; el rabo colgante se irguió y se torció en el aire. Examinó la presa; dio una vuelta en derredor; la olfateó desde una prudente distancia; volvió a dar otra vuelta en torno; se envalentonó, y la olió de más cerca; después enseñó los dientes y le tiró una dentellada tímida, sin dar en el blanco; le tiró otra embestida y después otra; la cosa empezó a divertirle; se tendió sobre el estómago, con el escarabajo entre las zarpas, y continuó sus experimentos; empezó a sentirse cansado y después, indiferente y distraído, comenzó a dar cabezadas de sueño, y poco a poco el hocico fue bajando y tocó a su enemigo, el cual lo agarró en el acto. Hubo un aullido estridente, una violenta sacudida de cabeza del perro, y el escarabajo fue a caer un par de metros más adelante, y aterrizó, como la otra vez, de espaldas. Los espectadores vecinos se agitaron con un suave regocijo interior; varias caras se ocultaron tras abanicos y pañuelos, y Tom estaba en la cúspide de la felicidad. El perro parecía desconcertado, y probablemente lo estaba; pero tenía además resentimiento en el corazón y sed de venganza. Se fue, pues, hacia el escarabajo y de nuevo emprendió contra él un cauteloso ataque, dando saltos en su dirección desde todos los puntos del compás, cayendo con las manos a menos de dos centímetros del bicho, tirándole dentelladas cada vez más cercanas y sacudiendo la cabeza hasta que las orejas le abofeteaban. Pero se cansó, una vez más, al poco rato; trató de distraerse con una mosca, pero no halló consuelo; siguió a una hormiga, dando vueltas con la nariz pegada al suelo, y también de eso se cansó enseguida; bostezó, suspiró, se olvidó por completo del escarabajo... ¡y se sentó encima de él! Se oyó entonces un desgarrador alarido de agonía, y el perro salió disparado por la nave adelante; los aullidos se precipitaban y el perro también; cruzó la iglesia frente al altar y volvió, raudo, por la otra nave; cruzó frente a las puertas; sus clamores llenaban la iglesia entera; sus angustias crecían al compás de su velocidad, hasta que ya no era más que un lanoso cometa, lanzado en su órbita con el relampagueo y la velocidad de la luz. Al fin, el enloquecido mártir se desvió de su trayectoria y saltó al regazo de su dueño; éste lo echó por la ventana, y el alarido de pena fue haciéndose más débil por momentos y murió en la distancia.

Para entonces, toda la concurrencia tenía la cara enrojecida y se atragantaba al intentar reprimir la risa, y el sermón se había atascado sin poder seguir adelante. Se reanudó enseguida, pero avanzó claudicante y a empujones, porque ya no había posibilidad de producir impresión, pues los más graves pensamientos eran constantemente recibidos con alguna ahogada explosión de profano regocijo, a cubierto del respaldo de algún banco lejano, como si el pobre párroco hubiese dicho algo gracioso. Y todos sintieron un alivio cuando el trance llegó a su fin y el cura echó la bendición.

Tom fue a casa contentísimo, pensando que había un cierto agrado en el servicio religioso cuando se intercalaba en él una pizca de variedad. Sólo había una nube en su dicha: aceptaba que el perro jugase con el «pellizquen», pero no le parecía decente y recto que se lo hubiese llevado consigo.

CAPÍTULO 6

La mañana del lunes encontró a Tom Sawyer afligido. Las mañanas de los lunes le hallaban siempre así, porque era el comienzo de otra semana de lento sufrir en la escuela. Su primer pensamiento en esos días era lamentar que se hubiera interpuesto un día festivo, pues eso hacía más odiosa la vuelta a la esclavitud y al grillete.

Tom se quedó pensando. Se le ocurrió que ojalá estuviese enfermo: así se quedaría en casa sin ir a la escuela. Había allí una vaga posibilidad. Pasó revista a su organismo. No aparecía enfermedad alguna, y lo examinó de nuevo. Esta vez creyó que podía sentir ciertos síntomas de cólico, y comenzó a alentarlos con grandes esperanzas. Pero se fueron debilitando y desaparecieron al poco rato. Volvió a reflexionar. De pronto hizo un descubrimiento: se le movía un diente. Era una circunstancia feliz, y estaba a punto de empezar a quejarse, para dar la alarma, como él decía, cuando se le ocurrió que, si acudía ante el tribunal con aquel argumento, su tía se lo arrancaría, y eso le iba a doler. Decidió, pues, dejar el diente en reserva y buscar por otro lado. Nada se ofreció por el momento, pero después se acordó de haber oído al médico hablar de una cierta cosa que tuvo a un paciente en cama dos o tres semanas y le puso en peligro de perder un dedo. Sacó de entre las sábanas un pie, en el que tenía un dedo malo y procedió a inspeccionarlo; pero se encontró con que no conocía los síntomas de la enfermedad. Le pareció, sin embargo, que valía la pena intentarlo, y rompió a sollozar con gran energía.

Pero Sid continuó dormido, sin darse cuenta.

Tom sollozó con más brío y le pareció que empezaba a sentir dolor en el dedo enfermo.

Ningún efecto en Sid.

Tom estaba ya jadeante de tanto esfuerzo. Se tomó un descanso, se proveyó bien de aire y consiguió lanzar una serie de quejidos admirables.

Sid seguía roncando.

Tom estaba indignado. Le sacudió, gritándole: «¡Sid, Sid!». Ese método dio resultado, y Tom comenzó a sollozar de nuevo. Sid bostezó, se desperezó, después se incorporó sobre un codo, dando un bufido y se quedó mirando fijamente a Tom. El cual siguió sollozando.

—¡Tom! ¡Oye, Tom! —le gritó Sid.

No obtuvo respuesta.

—¡Eh! ¡Tom! ¡Tom! ¿Qué te pasa? —dijo Sid y le zarandeó y le miró con cara de angustia.

—¡No, Sid, no! —gimoteó Tom—. ¡No me toques!

—¿Qué te pasa? Voy a llamar a la tía.

—No, no importa. Ya se me pasará. No llames a nadie.

—Sí, tengo que llamarla. No llores así, Tom, que me da miedo. ¿Cuánto tiempo hace que estás así?

—Horas. ¡Ay! No me muevas, Sid, que me matas.

—¿Por qué no me llamaste antes? ¡No, Tom, no! ¡No te quejes así, que me pones la carne de gallina! ¿Qué es lo que te pasa?

—Te perdono todo, Sid. —Quejido—. Todo lo que me has hecho. Cuando me muera...

—¡Tom! No te estás muriendo. ¿Verdad? ¡No, no! Acaso...

—Perdono a todos, Sid. Díselo. —Quejido—. Y Sid, le das mi falleba y mi gato tuerto a esa niña nueva que ha venido al pueblo, y le dices...

Pero Sid cogió su ropa y se fue. Tom estaba sufriendo ahora de veras, con tanta buena voluntad estaba trabajando su imaginación, y así, sus gemidos habían llegado a adquirir un tono genuino.

Sid bajó volando las escaleras, y gritó:

—¡Tía Polly, corre! ¡Tom se está muriendo!

—¿Muriendo?

—¡Sí, tía!... ¡Deprisa, deprisa!

—¡Pamplinas! No lo creo.

Pero corrió escaleras arriba, sin embargo, con Sid y Mary detrás. Había palidecido y le temblaban los labios. Cuando llegó al lado de la cama dijo, sin aliento:

—¡Tom! ¿Qué es lo que te pasa?

—¡Ay! tía, estoy...

—¿Qué tienes? ¿Qué es lo que tienes?

—¡Ay, tía, tengo el dedo del pie irritado!

La anciana se dejó caer en una silla y rio un poco, lloró otro poco, y después hizo ambas cosas a un tiempo. Esto la tranquilizó, y dijo:

—Tom, ¡qué rato me has dado! Ahora basta de tonterías y levántate.

Los gemidos cesaron y el dolor desapareció del dedo. El muchacho se sintió un poco tonto y añadió:

—Tía Polly, parecía que estaba irritado y me hacía tanto daño que no me importaba nada el diente.

—¿El diente? ¿Qué es lo que le pasa al diente?

—Tengo uno que se mueve y me duele una barbaridad.

—Calla, calla; no empieces a dar la murga otra vez. Abre la boca. Bueno; pues se mueve, pero no te vas a morir. Mary, tráeme un hilo de seda y un carboncillo encendido del fogón.

—¡Por Dios, tía! ¡No me lo saques, que ya no me duele! ¡Que caiga muerto si es mentira! ¡No me lo saques, tía! Que no quiero quedarme en casa y no ir a la escuela.

—¡Ah!, ¿de veras? De modo que toda esta función ha sido para no ir a la escuela y marcharte a pescar, ¿eh? ¡Tom, Tom, tanto como yo te quiero y tú tratando de matarme a disgustos con tus bribonadas!

Para entonces ya estaban prestos los instrumentos de cirugía dental. La anciana sujetó el diente con un nudo corredizo y ató el otro extremo del hilo a un poste de la cama. Cogió después el carboncillo hecho ascuas y lo arrimó a la cara de Tom, casi hasta tocarle. El diente quedó balanceándose en el hilo, colgado del poste.

Pero todas las penas tienen sus compensaciones. Camino de la escuela, después del desayuno, Tom causó la envidia de cuantos chicos le encontraron porque la mella le permitía escupir de un modo nuevo y admirable. Fue reuniendo un cortejo de chicos interesados en aquella habilidad, y uno de ellos, que se había cortado un dedo y había sido hasta aquel momento un centro de fascinante atracción, se encontró de pronto sin un solo admirador y desnudo de su gloria. Sintió encogérsele el corazón y dijo, con fingido desdén, que era cosa de nada escupir como Tom; pero otro chico le contestó: «¡Envidia!», y él se alejó solitario, como un héroe olvidado.

Poco después se encontró Tom con el paria infantil de aquellos contornos, Huckleberry Finn, hijo del borracho del pueblo. Huckleberry era cordialmente aborrecido y temido por todas las madres, porque era holgazán, desobediente, ordinario y malo..., y porque los hijos de todas ellas lo admiraban y se deleitaban en su compañía y sentían no atreverse a ser como él. Tom se parecía a todos los muchachos decentes en que envidiaba a Huckleberry su no disimulada condición de abandonado y en que había recibido órdenes terminantes de no jugar con él. Por eso jugaba con él en cuanto tenía ocasión. Huckleberry andaba siempre vestido con los desechos de gente adulta y su ropa parecía estar en una perenne floración de pedazos de tela, toda llena de flecos y colgajos. El sombrero era una verdadera ruina con media ala de menos; la chaqueta, cuando la tenía, le llegaba cerca de los talones; un solo tirante le sujetaba los calzones, cuyo fondillo le colgaba muy abajo, como una bolsa vacía, y eran tan largos que sus bordes deshilachados se arrastraban por el barro cuando no se los remangaba. Huckleberry iba y venía a su santa voluntad. Dormía en portales durante el buen tiempo, y si llovía, en barriles vacíos; no tenía que ir a la escuela o a la iglesia, y no reconocía amo ni señor, ni tenía que obedecer a nadie; podía ir a nadar o de pesca cuando le venía en gana y estarse todo el tiempo que se le antojaba; nadie le impedía andar a zancadas; podía trasnochar cuando quería; era el primero en ir descalzo en primavera y el último en ponerse zapatos en otoño; no tenía que lavarse nunca ni ponerse ropa limpia; sabía jurar prodigiosamente. En pocas palabras: todo lo que hace la vida apetecible y deliciosa lo tenía aquel muchacho. Eso pensaban todos los chicos, acosados, cohibidos, decentes de Saint Petersburg. Tom saludó al romántico proscrito.

—¡Hola, Huckleberry!

—¡Hola, tú! Mira a ver si te gusta.

—¿Qué tienes?

—Un gato muerto.

—Déjame verlo, Huck. ¡Mira qué tieso está! ¿Dónde lo encontraste?

—Se lo cambié a un chico.

—¿Qué le diste por él?

—Un vale azul y una vejiga que me dieron en el matadero.

—¿Y de dónde sacaste el vale azul?

—Se lo cambié a Ben Rogers hace dos semanas por un bastón.

—Dime: ¿para qué sirven los gatos muertos, Huck?

—¿Servir? Para curar verrugas.

—¡No! ¿De verdad? Yo sé una cosa que es mejor.

—¿A que no? Di lo que es.

—Pues agua de yesca.[1]

—¡Agua de yesca! No daría ni un pito por agua de yesca.

—¿Que no? ¿Has hecho la prueba?

—Yo, no. Pero Bob Tanner la hizo.

—¿Quién te lo ha dicho?

—Pues él se lo dijo a Jeff Thatcher, y Jeff se lo dijo a Johnny Baker, y Johnny a Jim Hollis, y Jim a Ben Rogers, y Ben se lo dijo a un negro, y el negro me lo dijo a mí. ¡Conque ahí tienes!

—Bueno, ¿y qué hay con eso? Todos mienten. Por lo menos, todos menos el negro; a ése no le conozco. Pero no he conocido a un negro que no mienta. Y dime, ¿cómo lo hizo Bob Tanner?

—Pues fue y metió la mano en un tronco podrido donde había agua de lluvia.

—¿Por el día?

—Por el día.

—¿Con la cara vuelta al tronco?

—Puede que sí.

—¿Y dijo algo?

—Me parece que no. No lo sé.

—¡Ah! ¡Vaya un modo de curar verrugas con agua

1. La yesca es un hongo que crece en la corteza de los árboles. A partir de él se puede extraer una sustancia que tiene propiedades coagulantes.

de yesca! Eso no sirve para nada. Tienes que ir solo al bosque, donde sepas que hay un tronco con agua, y, al dar la medianoche, tumbarte de espaldas en el tronco y meter la mano dentro y decir: «¡Tomates, tomates, tomates y lechugas; agua de yesca, quítame las verrugas!», y alejarte enseguida, once pasos con los ojos cerrados, y después das tres vueltas, y te marchas a casa sin hablar con nadie. Porque si hablas, se rompe el hechizo.

—Bien, parece un buen remedio, pero no es como lo hizo Bob Tanner.

—Ya lo creo que no. Como que es el más plagado de verrugas del pueblo, y no tendría ni una si supiera manejar lo del agua de yesca. Así me he quitado yo de las manos más de mil. Como juego tanto con ranas, me salen siempre a montones. Algunas veces me las quito con una judía.

—Sí, las judías son buenas. Ya lo he hecho yo.

—¿Sí? ¿Y cómo te las arreglas?

—Pues se coge la judía y se la parte en dos y se saca un poco de sangre de la verruga; se moja con ella un pedazo de judía, y se hace un agujero en una encrucijada hacia medianoche, cuando no haya luna, y después se quema el otro pedazo. Verás, es que el pedazo que tiene la sangre tira, tira, para juntarse con el otro pedazo, y eso ayuda a la sangre a tirar de la verruga, y enseguida la arranca.

—Así es, Huck; es verdad. Pero si cuando lo estás enterrando dices: «¡Abajo la judía, fuera la verruga!», es mucho mejor. Así es como lo hace Joe Harper, que ha ido hasta cerca de Coonville y a casi todas partes. Pero dime: ¿cómo las curas tú con gatos muertos?

—Pues coges el gato y vas y subes al camposanto, cerca de la medianoche, donde hayan enterrado a alguno que haya sido muy malo; y al llegar la medianoche vendrá un diablo a llevárselo o, puede ser, dos o tres; pero uno no los ve, no se hace más que oír algo, como si fuera el viento, o se les llega a oír hablar; y, cuando se estén llevando al enterrado, les tiras el gato y dices: «Diablo, sigue al difunto; gato, sigue al diablo; verruga, sigue al gato, ya acabé contigo!». No queda ni una.

—Suena bien. ¿Lo has probado, Huck?

—No, pero me lo contó la tía Hopkins, la vieja.

—Pues entonces será verdad, porque dicen que es bruja.

—¿Dicen? ¡Si yo sé que lo es! ¡Fue la que embrujó a mi padre! Él mismo lo dice. Venía andando un día y vio que le estaba embrujando; así es que cogió un peñasco y si no se desvía allí la deja. Aquella misma noche rodó por un cobertizo, donde estaba durmiendo borracho, y se partió un brazo.

—¡Qué cosa más tremenda! ¿Cómo supo que le estaba embrujando?

—Mi padre se da cuenta rápido. Dice que cuando le miran a uno fijo le están embrujando, y más si cuchichean. Porque si cuchichean es que están diciendo el Padrenuestro al revés.

—Y dime, Huck, ¿cuándo vas a probar con ese gato?

—Esta noche. Apuesto a que vienen a llevarse a Hoss Williams.

—Pero le enterraron el sábado. ¿No crees que se lo llevarían el mismo sábado por la noche?

69

—¡Vamos, hombre! ¡¿No ves que no tienen poder hasta medianoche, y para entonces ya es domingo?! Los diablos no andan mucho por ahí los domingos, me figuro.

—No se me había ocurrido. Es verdad. ¿Me dejas ir contigo?

—Ya lo creo..., si no tienes miedo.

—¡Miedo! No creo... ¿Maullarás?

—Sí, y tú me contestarás con otro maullido. La última vez me hiciste estar maullando hasta que el tío Hays empezó a tirarme piedras mientras decía: «¡Maldito gato!». Así es que cogí un ladrillo y se lo metí por la ventana, pero no lo digas.

—No lo diré. Aquella noche no pude maullar porque mi tía me estaba acechando, pero esta vez maullaré. Di, Huck: ¿qué es eso que tienes?

—Nada, una garrapata.

—¿Dónde la has cogido?

—Allá en el bosque.

—¿Qué quieres por ella?

—No sé. No quiero cambiarla.

—Bueno. Es una garrapatilla que no vale nada.

—¡Bah! Cualquiera puede meterse con una garrapata que no es suya. A mí me gusta. Para mí está bien.

—Hay todas las que se quieran. Podría tener mil si me diera la gana.

—¿Y por qué no las tienes? Pues porque no puedes. Ésta es una garrapata muy temprana. Es la primera que he visto este año.

—Oye, Huck: te doy mi diente por ella.

—Enséñamelo.

Tom sacó un papelito y lo desdobló cuidadosamente. Huckleberry lo miró codicioso. La tentación era muy grande. Al fin dijo:

—¿Es de verdad?

Tom levantó el labio y le enseñó la mella.

—Bueno —dijo Huckleberry—, trato hecho.

Tom encerró la garrapata en la caja de pistones que había sido la prisión del «pellizquen» y los muchachos se separaron, sintiéndose ambos más ricos que antes.

Cuando Tom llegó a la casita aislada de madera donde estaba la escuela, entró con apresuramiento, con el aire de uno que había llegado con diligente celo. Colgó el sombrero en una percha y se precipitó hacia su asiento con afanosa actividad. El maestro, entronizado en su gran butaca desfondada, dormitaba arrullado por el rumor del estudio. La interrupción lo despabiló:

—¡Thomas Sawyer!

Tom sabía que cuando le llamaban por el nombre y apellido era signo de tormenta.

—¡Servidor!

—Venga aquí. ¿Por qué llega usted tarde como de costumbre?

Tom estaba a punto de cobijarse en una mentira cuando vio dos largas trenzas de pelo dorado colgando por una espalda que reconoció por el magnetismo que produce el amor, y junto a aquel pupitre estaba el *único lugar vacío* en el lado de la escuela destinado a las niñas.

Al instante dijo:

—¡He estado hablando con Huckleberry Finn!

Al maestro se le paralizó el pulso y se quedó mirándole atónito, sin pestañear. Cesó el zumbido del estudio. Los discípulos se preguntaban si aquel chico temerario había perdido el juicio. El maestro dijo:

—¿Has estado... haciendo qué?

—Hablando con Huckleberry Finn.

La declaración era terminante.

—Thomas Sawyer, ésta es la más pasmosa confesión que jamás he oído: no basta la palmeta[2] para tal ofensa. Quítate la chaqueta.

El brazo del maestro trabajó hasta el cansancio, y la provisión de varas disminuyó notablemente. Después siguió la orden:

—Y ahora se va usted a sentar con las niñas. Y que le sirva de escarmiento.

El jolgorio y las risas que corrían por toda la escuela parecían avergonzar al muchacho; pero en realidad su rubor más provenía de su tímido culto por el ídolo desconocido y del temeroso placer que le proporcionaba su buena suerte. Se sentó en la punta del banco de pino y la niña se apartó bruscamente de él, volviendo la cabeza hacia el otro lado. Codazos y guiños y cuchicheos llenaban la escuela; pero Tom continuaba inmóvil, con los brazos apoyados en el largo pupitre que tenía delante; absorto, al parecer, en su libro. Poco a poco se fue apar-

---

2. Instrumento que se usaba en las escuelas para golpear en la mano.

tando de él la atención general y el acostumbrado zumbido de la escuela volvió a elevarse en el ambiente soporífero.

Después el muchacho empezó a dirigir furtivas miradas a la niña. Ella le vio, le hizo una mueca y le volvió el cogote por un largo rato. Cuando cautelosamente volvió la cara, había un melocotón ante ella. Lo apartó de un manotazo; Tom volvió a colocarlo suavemente en el mismo sitio; ella lo volvió a rechazar de nuevo, pero sin tanta hostilidad; Tom, pacientemente, lo puso donde estaba y entonces ella lo dejó estar. Tom garrapateó en su pizarra: «Cógelo. Tengo más».

La niña echó una mirada al letrero, pero siguió impasible. Entonces el muchacho empezó a dibujar algo en la pizarra, ocultando lo que estaba haciendo con la mano izquierda. Durante un rato la niña no quiso darse por enterada, pero la curiosidad empezó a manifestarse con imperceptibles síntomas. El muchacho siguió dibujando, como si no se diese cuenta de lo que pasaba. La niña realizó un disimulado intento para ver, pero Tom hizo como que no lo advertía. Al fin se dio por vencida y murmuró, titubeando:

—Déjame verlo.

Tom dejó ver en parte una lamentable caricatura de una casa, con un tejado escamoso y un sacacorchos de humo saliendo por la chimenea. Entonces la niña empezó a interesarse en la obra y se olvidó de todo. Cuando estuvo acabada, la contempló y murmuró:

—Es muy bonita... Haz un hombre.

El artista pintó delante de la casa un hombre que

parecía una grúa. Podía muy bien haber pasado por encima del edificio; pero la niña no era demasiado crítica, el monstruo la satisfizo, y murmuró:

—Es un hombre muy bonito... Ahora píntame a mí llegando.

Tom dibujó un reloj de arena con una luna llena encima y dos pajas por abajo, y armó los desparramados dedos con un portentoso abanico. La niña dijo:

—¡Qué bien está!... ¡Ojalá supiera yo pintar!

—Es muy fácil —murmuró Tom—. Yo te enseñaré.

—¿De veras? ¿Cuándo?

—A mediodía. ¿Vas a tu casa a almorzar?

—Me quedaré si te quedas tú.

—Muy bien, ¡vale! ¿Cómo te llamas?

—Becky Thatcher. ¿Y tú? ¡Ah, ya lo sé! Thomas Sawyer.

—Así es como me llaman cuando me zurran. Cuando soy bueno, me llamo Tom. Llámame Tom, ¿quieres?

—Sí.

Tom empezó a escribir algo en la pizarra, ocultándolo de la niña. Pero ella ya había abandonado el recato. Le pidió que la dejase ver. Tom contestó:

—No es nada.

—Sí que lo es.

—No, no es nada; no quieres verlo.

—Sí, de veras que sí. Déjame, por favor.

—Lo vas a contar.

—No; lo prometo y lo prometo y lo prometo que no lo cuento.

—¿No se lo vas a decir a nadie? ¿En toda tu vida?

—No, a nadie. Déjame verlo.

—¡Ea! No necesitas verlo.

—Pues, por ponerte así, lo tengo que ver, Tom. —Y cogió la mano del muchacho con la suya y hubo una pequeña escaramuza. Tom fingió resistir de veras, pero se dejaba mover la mano poco a poco, hasta que quedaron al descubierto estas palabras: «Te quiero».

—¡Eres muy malo! —Y le dio un fuerte manotazo; pero se puso colorada y pareció satisfecha, a pesar de todo.

Y en aquel preciso instante el muchacho sintió que un torniquete lento, implacable, le apretaba la oreja y al mismo tiempo lo levantaba en alto. Y de esa guisa le arrastraron por la clase y le depositaron en su propio asiento, entre las risas y las burlas de toda la escuela. El maestro permaneció de pie sobre él, amenazador, durante unos instantes trágicos, y al cabo regresó a su trono, sin añadir palabra. Pero aunque a Tom le escocía la oreja, el corazón le rebosaba de gozo.

Cuando sus compañeros se calmaron, Tom hizo un honrado intento de estudiar; pero la confusión de su cerebro no se lo permitía. Ocupó después su sitio en la clase de lectura, y aquello fue un desastre; más tarde, en la clase de geografía, convirtió lagos en montañas, montañas en ríos y ríos en continentes, hasta rehacer el caos; en la de escritura, donde fue «rebajado» por sus infinitas faltas y colocado el último, tuvo que entregar la medalla que había lucido con orgullo durante algunos meses.

CAPÍTULO 7

Cuanto más empeño ponía Tom en fijar toda su atención en el libro, más se dispersaban sus ideas. Así es que, al fin, con un suspiro y un bostezo, abandonó el empeño. Le parecía que el recreo de mediodía no iba a llegar nunca. Había en el aire una calma chicha. No se movía ni una hoja. Era el más soñoliento de los días aplanadores. El murmullo adormecedor de los veinticinco escolares estudiando a la vez aletargaba el espíritu como con esa virtud mágica que hay en el zumbido de las abejas. A lo lejos, bajo el sol llameante, el monte Cardiff levantaba sus verdes y suaves laderas a través de un tembloroso velo de calina, teñido de púrpura por la distancia; algunos pájaros se cernían perezosamente en la cima y no se veía otro animal vivo excepto unas vacas, y éstas estaban profundamente dormidas.

Tom sentía enloquecedoras ansias de verse libre o, al menos, de hacer algo interesante para pasar aquella hora aburrida. Se llevó distraídamente la mano al bolsillo y su faz se iluminó con un resplandor de gratitud que era una oración, aunque él no lo sabía. La caja de pistones salió cautelosamente a la luz. Liberó la garrapata y la puso sobre el largo y liso pupitre. El insecto probablemente

76

resplandeció también con un agradecimiento que equivalía a una plegaria, pero era prematura, pues cuando emprendió, agradecido, la marcha para un largo viaje, Tom le desvió para un lado con un alfiler y le hizo tomar una nueva dirección.

El amigo del alma de Tom estaba sentado a su vera, sufriendo tanto como él, y al punto se interesó profunda y gustosamente en el entretenimiento. Este amigo del alma era Joe Harper. Los dos eran uña y carne seis días de la semana y enemigos en campo abierto los sábados. Joe se sacó un alfiler de la solapa y empezó a prestar su ayuda para ejercitar a la prisionera. El deporte crecía en interés por momentos. Al poco tiempo, Tom indicó que se estaban estorbando el uno al otro, sin que ninguno pudiera sacar todo el provecho a que la garrapata se prestaba. Así pues, colocó la pizarra de Joe sobre el pupitre y trazó una línea en medio de arriba abajo.

—Ahora —dijo—, mientras esté en tu lado, puedes azuzarla y yo no me meteré con ella; pero si la dejas irse y se pasa a mi lado, tienes que dejarla en paz todo el rato que yo la tenga sin cruzar la raya.

—Está bien; anda con ella..., pínchala.

La garrapata se le escapó a Tom y cruzó el ecuador. Joe la acosó un rato, pero se le escapó y cruzó otra vez la raya. Este cambio de base se repitió con frecuencia. Mientras uno de los chicos atacaba a la garrapata con mucha atención, el otro miraba con interés no menos intenso, juntas e inclinadas las dos cabezas sobre la pizarra y con las almas ajenas a cuanto pasaba en el resto del mundo. Al fin la suerte pareció decidirse por Joe. La garrapata intentaba este y aquel y el otro camino, y estaba tan excitada y anhelosa como los propios muchachos; pero una y otra vez, cuando Tom tenía ya la victoria en la mano, como quien dice, y los dedos se inquietaban para empezar, el alfiler de Joe, con diestro toque, hacía virar a la viajera y mantenía la posesión. Tom no podía aguantar más. La tentación era irresistible; así es que estiró la mano y empezó a ayudar con su alfiler. Joe se sulfuró al instante.

—Tom, déjala en paz —dijo.

—Sólo quiero tocarla un poco, Joe.

—No, señor; eso no vale. Déjala quieta.

—No voy a tocarla mucho.

—Que la dejes, te digo.

—No quiero.

—Pues no la tocas... Está en mi lado.

—¡Oye, tú, Joe! ¿De quién es la garrapata?

—A mí no me importa. Está en mi lado y no tienes que tocarla.

—Bueno, pues ¡¿a que la toco?! Es mía y hago con ella lo que quiero. Y te aguantas.

Un tremendo golpazo descendió sobre las costillas de Tom, y su duplicado sobre las de Joe; y durante un minuto siguió saliendo polvo de las dos chaquetas, con gran regocijo de toda la clase. Los chicos habían estado demasiado absortos para darse cuenta de la suspensión que un momento antes había sobrecogido a toda la escuela cuando el maestro cruzó la sala de puntillas y se paró detrás de ellos. Había estado contemplando gran parte del espectáculo antes de contribuir a amenizarlo con un poco de variedad. Cuando se acabó la clase, a mediodía, Tom voló a donde estaba Becky Thatcher y le dijo al oído:

—Ponte el sombrero y di que vas a casa; cuando llegues a la esquina con las otras, te escabulles y das la vuelta por la calleja y vienes. Yo voy por el otro camino y haré lo mismo.

Así, cada uno de ellos se fue con un distinto grupo de escolares. Poco después los dos se reunieron al final de la calleja, y cuando volvieron a la escuela se hallaron dueños y señores de ella. Se sentaron juntos, con la pizarra delante, y Tom dio a Becky la tiza y le llevó la mano guiándosela, y así crearon otra casa sorprendente. Cuando empezó a debilitarse su interés por el arte, empezaron a charlar.

—¿Te gustan las ratas? —preguntó Tom.

—Las aborrezco.

—Bien; también yo... cuando están vivas. Pero quiero decir las muertas, para hacerles dar vueltas por encima de la cabeza atadas con una cuerda.

—No; me gustan poco las ratas, de todos modos. Lo que a mí me gusta es masticar goma.

—¡Ya lo creo! ¡Ojalá tuviera!

—¿De verdad? Yo tengo un poco. Te dejaré masticar un rato, pero tienes que devolvérmela.

Así se convino y masticaron por turnos, balanceando las piernas desde el banco de puro contentos.

—¿Has visto alguna vez el circo? —dijo Tom.

—Sí, y mi papá me va a llevar otra vez si soy buena.

—Yo lo he visto tres o cuatro veces... una barbaridad de veces. La iglesia no vale nada comparada con el circo. En el circo siempre está pasando algo. Yo voy a ser payaso cuando sea mayor.

—¿De verdad? ¡Qué bien! Me gustan tanto..., todos llenos de pintura.

—Y ganan montones de dinero..., casi un dólar por día; me lo ha dicho Ben Rogers. Di, Becky, ¿has estado alguna vez comprometida?

—¿Qué es eso?

—Pues comprometida para casarse.

—No.

—¿Te gustaría?

—Me parece que sí. No sé. ¿Cómo es?

—¿Que cómo es? Pues es una cosa que no es como las demás. No tienes más que decir a un chico que no vas a querer a nadie más que a él, nunca, nunca, y entonces os besáis y ya está. Cualquiera puede hacerlo.

—¿Besar? ¿Para qué besarse?

—Pues, ¿sabes?, es para... Bueno, siempre hacen eso.

—¿Todos?

—Todos, cuando son novios. ¿Te acuerdas de lo que escribí en la pizarra?

—... Sí.

—¿Qué era?

—No lo quiero decir.

—¿Quieres que lo diga yo?

—Sí..., sí..., pero en otro momento.

—No, ahora.

—No, no..., mañana.

—Ahora, anda, Becky. Yo te lo diré al oído, muy bajito.

Becky vaciló, y Tom, tomando el silencio por asentimiento, la cogió por el talle y murmuró levemente la frase, con la boca pegada al oído de la niña. Y después añadió:

—Ahora me lo dices tú al oído..., lo mismo que yo.

Ella se resistió un momento, y después dijo:

—Vuelve la cara para que no veas, y entonces lo haré. Pero no tienes que decírselo a nadie. ¿Lo dirás, Tom? ¿Verdad que no?

—No, de verdad que no. Anda, Becky.

Él volvió la cara. Ella se inclinó tímidamente, hasta que su aliento agitó los rizos del muchacho, y murmuró: «Te quiero».

Después huyó entre los bancos y pupitres, perseguida por Tom, y se refugió al fin en un rincón, tapándose la cara con el delantalito blanco. Tom la cogió por el cuello.

—Ahora, Becky —le dijo, suplicante—, ya está todo hecho..., ya está todo menos lo del beso. No tengas miedo de eso..., no tiene nada de particular. Por favor, Becky.

Y le tiraba de las manos y del delantal.

Poco a poco fue ella cediendo y dejó caer las manos; la cara, toda encendida por la lucha, quedó al descubierto, y se sometió a la demanda. Tom besó los rojos labios y dijo:

—Ya está todo acabado. Y ahora, después de esto, ya sabes, no tienes que ser nunca novia de nadie más que de mí, y no tienes que casarte nunca con nadie más que conmigo. ¿Quieres?

—Sí, nunca seré novia de nadie ni me casaré más que contigo, y tú no te casarás tampoco más que conmigo.

—Por supuesto. Eso es parte de la cosa. Y siempre, cuando vengas a la escuela o al irte, a casa, tengo que acompañarte cuando nadie nos vea; y yo te escojo a ti y tú me escoges a mí en todas las fiestas, porque así hay que hacer cuando se tiene novia.

—¡Qué bien! No lo había oído nunca.

—Es la mar de divertido. Si supieras lo que Amy Lawrence y yo...

En los grandes ojos que le miraban Tom vio la torpeza cometida, y se detuvo, confuso.

—¡Tom! ¡Yo no soy la primera que ha sido tu novia!

La muchachita empezó a llorar.

—No llores, Becky —dijo Tom—. Ya no me importa nada de ella.

—Sí, sí; sí te importa, Tom..., tú sabes que sí.

Tom trató de echarle un brazo en torno al cuello, pero ella lo rechazó y volvió la cara a la pared y siguió llorando. Él hizo otro intento, con palabras persuasivas, y ella volvió a rechazarlo. Entonces se le alborotó el orgullo, y dio media vuelta y salió de la escuela. Se quedó un rato por allí, agitado y nervioso, mirando de cuando en cuando a la puerta, con la esperanza de que Becky se arrepintiera y fuera a buscarlo. Pero no hubo tal cosa. Entonces comenzó a afligirse y a pensar que la culpa era suya. Mantuvo una lucha consigo mismo para decidirse a hacer nuevos avances, pero al fin reunió ánimos para la empresa y entró en la escuela.

Becky seguía en el rincón, vuelta de espaldas, sollozando, con la cara pegada a la pared. Tom sintió remordimientos. Fue hacia ella y se detuvo un momento sin saber qué hacer. Después dijo, vacilante:

—Becky, no me gusta nadie más que tú.

No hubo más respuesta que los sollozos.

—Becky —prosiguió implorante—, ¿no quieres responderme?

Más sollozos.

Tom sacó su más preciado tesoro, una bola de latón escondida en la chimenea, y la puso delante de la niña para que pudiera verla.

—Becky —dijo—, hazme el favor de cogerla.

Ella la tiró contra el suelo. Entonces Tom salió de la escuela y echó a andar hacia las colinas, muy lejos, para no volver más a la escuela en todo el día. Becky empezó a sospechar algo. Corrió hacia la puerta: no se le veía por ninguna parte. Fue al patio de recreo; no estaba allí. Entonces gritó:

—¡Tom! ¡Tom! ¡Vuelve!

Escuchó con ansia, pero no hubo respuesta. No tenía otra compañía que la soledad y el silencio. Se sentó, pues, a llorar de nuevo y a culparse por su conducta. Para entonces los escolares empezaban a llegar, y tuvo que ocultar su pena y apaciguar su corazón y echarse a cuestas la cruz de toda una larga tarde de tedio y desolación, sin nadie, entre los extraños que la rodeaban, en quien confiar sus pesares.

CAPÍTULO 8

Tom se escabulló de aquí para allá entre callejas hasta apartarse del camino de los que regresaban a la escuela, y después siguió caminando lenta y cansinamente. Cruzó dos o tres veces un arroyo, por ser creencia entre los chicos que cruzar agua desorientaba a los perseguidores. Media hora después desapareció tras la mansión de Douglas, en la cumbre del monte, y ya apenas se divisaba la escuela en el valle, que iba dejando atrás. Se metió por un denso bosque, dirigiéndose, fuera de toda senda, hacia el centro de la espesura, y se sentó sobre el musgo, bajo un roble de ancho ramaje. No se movía la menor brisa; el intenso calor del mediodía había acallado hasta los cantos de los pájaros; la naturaleza toda yacía en un sopor no turbado por ruido alguno, a no ser, de cuando en cuando, por el lejano martilleo de un pájaro carpintero, y aun esto parecía hacer más profundo el silencio, la obsesionante sensación de soledad. Tom era todo melancolía y su estado de ánimo estaba a tono con la escena. Permaneció sentado largo rato meditando, con los codos en las rodillas y la barbilla en las manos. Le parecía que la vida no era más que una carga, y casi envidiaba a Jimmy Hodges, que hacía poco se había librado de ella. Qué apacible debía de ser, pensó, yacer y dormir y soñar para siempre, con el viento murmurando entre los árboles y meciendo las flores y las hierbas de la tumba, y no tener ya nunca molestias ni dolores que sufrir. Si al menos tuviera una historia limpia, hubiera podido desear que llegase al fin y acabar con todo de una vez. Y en cuanto a Becky, ¿qué había hecho él? Nada. Había obrado con la mejor intención y le habían tratado como a un perro. Algún día lo sentiría ella...; quizá cuando ya fuera demasiado tarde. ¡Ah, si pudiera morirse por unos días...!

Pero el elástico corazón juvenil no puede estar mucho tiempo deprimido. Tom empezó insensiblemente a dejarse llevar de nuevo por las preocupaciones de esta vida. ¿Qué pasaría si de pronto volviese la espalda a todo y desapareciera misteriosamente? ¿Si se fuera muy lejos, muy lejos, a países desconocidos, más allá de los mares, y no volviese nunca? ¿Qué impresión sentiría ella? La idea de ser payaso le vino a las mientes; pero sólo para rechazarla con disgusto, pues la frivolidad y las gracias y los calzones pintarrajeados eran una ofensa cuando pretendían profanar un espíritu exaltado a la vaga, augusta región de lo novelesco. No; sería soldado, para volver al cabo de muchos años como un inválido glorioso. No, mejor aún, se iría con los indios y cazaría búfalos, y seguiría la «senda de guerra» en las sierras o en las grandes praderas del lejano Oeste, y después de mucho tiempo volvería hecho un gran jefe erizado de plumas, pintado de un modo terrorífico, y se plantaría de un salto, lanzando un escalofriante grito de guerra, en la escuela dominical, una soñolienta mañana de domingo, y haría morir de envidia a sus compañeros. Pero no, aún había algo más grandioso: ¡sería pirata! ¡Eso es! Ya estaba trazado su porvenir, deslumbrante y esplendoroso. ¡Su nombre llenaría el mundo y haría estremecerse a la gente! ¡Qué gloria la de surcar los mares tempestuosos con un rápido velero, el *Genio de la Tempestad*, con la terrible bandera flameando en el tope! En la cima de su fama aparecería de pronto en el pueblo y entraría arrogante en la iglesia, tostado y curtido por la intemperie, con su chaquetilla y calzas de terciopelo negro, sus grandes botas de campana, su cinturón escarlata, el cinto erizado de pistolones de adorno, el machete teñido de sangre al costado, el ancho sombrero con ondulantes plumas, y desplegada la bandera negra ostentando la calavera y los huesos cruzados, y oiría con orgulloso placer los cuchicheos: «¡Este es Tom Sawyer el Pirata! ¡El Tenebroso Vengador de la América Española!».

Sí, estaba resuelto; su destino estaba fijado. Se escaparía de casa para lanzarse a la aventura. Se iría a la mañana siguiente. Debía empezar, pues, por reunir sus riquezas. Avanzó hasta un tronco caído que estaba allí cerca y empezó a escarbar debajo de uno de sus extremos con el cuchillo Barlow. Pronto tocó en madera que sonaba a hueco; colocó sobre ella la mano y lanzó solemnemente este conjuro:

—Lo que no está aquí, *que venga*. Lo que esté aquí, que se quede.

Después separó la tierra y se vio una tabla de pino; la arrancó y apareció debajo una pequeña y bien construida cavidad para guardar tesoros, con el fondo y los costados también de tablas. Había una canica. ¡Tom se quedó atónito! Se rascó perplejo la cabeza y exclamó: «¡Nunca vi cosa más rara!».

Luego arrojó lejos de sí la bola, con gran enojo, y se quedó meditando. El hecho era que había fallado una superstición que él y sus amigos habían tenido siempre por infalible. Si uno enterraba una canica con ciertos conjuros indispensables y la dejaba dos semanas, y después abría el escondite, con la fórmula mágica que él acababa de usar, se encontraba con que todas las canicas que había perdido en su vida se habían juntado allí, por muy esparcidas y separadas que hubieran estado. Pero esto acababa de fracasar de modo indudable y contundente. Todo el edificio de la fe de Tom quedó cuarteado hasta los cimientos. Había oído muchas veces que la cosa había sucedido, pero nunca que hubiera fallado. No se le ocurrió que él mismo había hecho la prueba muchas veces, pero sin que pudiera encontrar el escondite después. Rumió el asunto un rato y decidió al fin que alguna bruja se había entrometido y roto el sortilegio. Para quedarse satisfecho sobre este punto buscó por allí cerca hasta encontrar un montoncito de arena con una depresión en forma de chimenea en medio. Se echó al suelo, y acercando la boca al agujero, dijo:

—¡Chinche holgazana, chinche holgazana, dime lo que quiero saber!

—¡Chinche holgazana, chinche holgazana, dime lo que quiero saber!

La arena empezó a removerse y a poco una diminuta

chinche negra apareció un instante para ocultarse, asustada, de inmediato.

«¡No se atreve a decirlo! De modo que ha sido una bruja la que lo ha hecho. Ya decía yo.»

Sabía muy bien de la futilidad de tratar con brujas; así es que desistió, desengañado. Se le ocurrió que no era cosa de perder la canica que acababa de tirar, e hizo una paciente búsqueda. Pero no pudo encontrarla. Volvió entonces al escondite de tesoros y, colocándose exactamente en la misma postura en que estaba cuando la arrojó, sacó otra del bolsillo y la tiró en la misma dirección, diciendo: «Hermana, busca a tu hermana».

Observó dónde se detenía, fue hasta allí y miró. Pero debió de haber caído más cerca o más lejos, y repitió otras dos veces el experimento. La última dio resultado: las dos bolitas estaban a menos de un metro de distancia una de otra.

En aquel momento el sonido de una trompetilla de hojalata se oyó débilmente bajo las bóvedas de verdor de la selva. Tom se despojó de la chaqueta y los calzones, convirtió un tirante en cinto, apartó unos matorrales de detrás del tronco caído, dejando ver un arco y una flecha toscamente hechos, una espada de palo y una trompeta también de hojalata, y en un instante cogió todas aquellas cosas y echó a correr, desnudo de piernas, con los faldones de la camisa revoloteando. Al momento se detuvo bajo un olmo corpulento, respondió con un toque de corneta, y después empezó a andar de aquí para allá, de puntillas y con recelosa mirada, diciendo en voz baja a una imaginaria compañía:

—¡Alto, mis valientes! ¡Seguid ocultos hasta que yo toque!

En aquel momento apareció Joe Harper, tan pulcramente vestido y tan formidablemente armado como Tom, que gritó:

—¡Alto! ¿Quién osa penetrar en el bosque de Sherwood sin mi salvoconducto?

—¡Guy de Guisborne no necesita salvoconducto de nadie! ¿Quién sois que, que...?

—¿... que osáis hablarme así? —dijo Tom, apuntando, pues ambos hablaban de memoria, «por el libro».

—¡Soy yo! Robin Hood, como vais a saber al punto, a costa de vuestro menguado pellejo.

—¿Sois, pues, el famoso bandolero? Cuánto me place disputar con vos los pasos de mi selva. ¡Defendeos!

Sacaron las espadas de palo, echaron por tierra el resto de la impedimenta, cayeron en guardia, un pie delante del otro, y empezaron un grave y metódico combate, golpe por golpe. Al cabo, exclamó Tom:

—¡Si sabéis manejar la espada, apresuraos!

Los dos «se apresuraron», jadeantes y sudorosos. Al instante volvió a gritar Tom:

—¡Cae! ¡Cae! ¿Por qué no te caes?

—¡No me da la gana! ¿Por qué no te caes tú? Tú eres el que va peor.

—Pero eso no tiene nada que ver. Yo no puedo caer. Así no está en el libro. El libro dice: «Entonces, con una estocada traicionera, mató al pobre Guy de Guisborne». Tienes que volverte y dejar que te pegue en la espalda.

No era posible discutir tales autoridades y Joe se volvió, recibió el golpe y cayó por tierra.

—Ahora —dijo levantándose— tienes que dejarme que te mate a ti. Si no, no vale.

—Pues no puede ser, no está en el libro.

—Bueno, pues es una cochina trampa, eso es.

—Pues mira —dijo Tom—, tú puedes ser el lego Tuck, o Much, el hijo del molinero, y romperme una pata con una estaca; o yo seré el sheriff de Nottingham y tú serás Robin Hood un rato y me matas.

La propuesta era aceptable, y así esas aventuras fueron representadas. Después Tom volvió a ser Robin Hood y, por obra de la traidora monja que le destapó la herida, se desangró hasta la última gota. Y al fin Joe, representando a toda una tribu de bandoleros llorosos, se lo llevó arrastrando, puso el arco en sus manos desangradas, y Tom dijo: «Donde esta flecha caiga, que entierren allí al pobre Robin Hood bajo el verde bosque». Después soltó la flecha y cayó de espaldas, y habría muerto, pero cayó sobre unas ortigas y se irguió de un salto, con harta agilidad para un difunto.

Los chicos se vistieron, ocultaron sus utensilios bélicos y echaron a andar, lamentándose de que ya no hubiera bandoleros y preguntándose qué es lo que nos había dado la moderna civilización para recompensarnos. Coincidían los dos en que hubieran preferido ser un año bandidos en el bosque de Sherwood que presidentes de Estados Unidos toda la vida.

CAPÍTULO 9

Aquella noche, a las nueve y media como de costumbre, enviaron a Tom y a Sid a la cama. Dijeron sus oraciones y Sid se durmió al momento. Tom permaneció despierto, en intranquila espera. Cuando ya creía que era el amanecer, oyó al reloj que daba las diez. Era para desesperarse. Los nervios le incitaban a dar vueltas y removerse, pero temía despertar a Sid. Por eso permanecía inmóvil, mirando a la oscuridad. Todo yacía en una fúnebre quietud. Poco a poco fueron destacándose del silencio ruidos apenas perceptibles. El tictac del reloj empezó a hacerse audible; las viejas vigas empezaron a crujir misteriosamente; en las escaleras también se oían vagos chasquidos. Sin duda los espíritus andaban de ronda. Un ronquido discreto y acompasado salía del cuarto de tía Polly. Entonces el monótono cricrí de un grillo, que nadie podría decir de dónde venía, empezó a oírse. Después se oyó, en la quietud de la noche, el aullido lejano y lastimoso de un perro; y otro aullido lúgubre, aún más lejos, le contestó. Tom sentía angustias de muerte. Al fin pensó que el tiempo había cesado de correr y que había empezado la eternidad; comenzó, a su pesar, a adormilarse; el reloj dio las once, pero no lo oyó. Y entonces, vagamente, llegó hasta él, mezclado con sus sueños, aún informes, un tristísimo maullido. Una ventana que se abrió en la vecindad le turbó. Un grito de «¡Maldito gato! ¡Vete!», y el estallido de una botella vacía contra la pared trasera del cobertizo de la leña acabó de despabilarle, y en un minuto estaba vestido, salía por la ventana y gateaba a cuatro patas por el tejado, que estaba al mismo nivel. Maulló dos o tres veces, con gran comedimiento; después saltó al tejado de la leñera, y desde allí al suelo. Huckleberry le esperaba con el gato muerto. Los chicos se pusieron en marcha y se perdieron en la oscuridad. Al cabo de media hora estaban vadeando entre la alta hierba del cementerio.

Era un cementerio al viejo estilo del Oeste. Estaba en una colina, a dos kilómetros y medio de la población. Tenía como cerco una desvencijada valla de tablas, que en unos sitios estaba derrumbada hacia dentro, en otros hacia fuera y en ninguno derecha. Hierba y matorrales silvestres crecían por todo el recinto. Todas las sepulturas antiguas estaban hundidas en tierra; tablones redondeados por un extremo y roídos por la intemperie se alzaban hincados sobre las tumbas, torcidos y como buscando apoyo, sin encontrarlo. «Consagrado a la memoria de Fulano de Tal», habían pintado en cada uno de ellos mucho tiempo atrás, pero ya no se podía leer aunque hubiese habido luz.

Una brisa tenue susurraba entre los árboles, y Tom temía que pudieran ser las ánimas de los muertos, que se quejaban de que no se los dejase tranquilos. Los dos chicos hablaban poco y entre dientes, porque la hora y el lugar y el solemne silencio en que todo estaba envuelto oprimía sus espíritus. Encontraron el montoncillo recién hecho que buscaban y se escondieron bajo el cobijo de tres grandes olmos que crecían, casi juntos, a poco trecho de la sepultura.

Después esperaron callados un tiempo que les pareció interminable. El graznido lejano de una lechuza era el único ruido que rompía aquel silencio de muerte. Las reflexiones de Tom iban haciéndose fúnebres y angustiosas. Había que hablar de algo. Por eso dijo en voz baja:

—Huck, ¿crees que a los muertos no les gustará que estemos aquí?

Huckleberry murmuró:

—¡Quién lo supiera! Esto da mucho respeto, ¿verdad?

—Ya lo creo que sí.

Hubo una larga pausa, mientras los muchachos analizaban el tema interiormente. Después, en un susurro, prosiguió Tom:

—Dime, Huck: ¿crees que Hoss Williams nos oye hablar?

—Claro que sí. Al menos nos oye su espíritu.

Tom, al poco rato:

—Ojalá hubiera dicho el señor Williams. Pero no fue con mala intención. Todo el mundo le llamaba Hoss.

—Hay que tener mucho ojo en cómo se habla de esta gente difunta, Tom.

Esto era un jarro de agua fría y la conversación se extinguió otra vez. De pronto Tom asió del brazo a su compañero:

—¡Chist!...

—¿Qué pasa, Tom? —Y los dos se agarraron el uno al otro con los corazones sobresaltados.

—¡Chist!... ¡Otra vez! ¿No lo oyes?

—Yo...

—¡Allí! ¿Lo oyes ahora?

—¡Dios mío, Tom, que vienen! Vienen, vienen seguro. ¿Qué hacemos?

—No sé. ¿Crees que nos verán?

—Tom, ellos ven a oscuras, lo mismo que los gatos. ¡Ojalá no hubiera venido!

—No tengas miedo. No creo que se metan con nosotros. No estamos haciendo ningún mal. Si nos estamos muy quietos, puede ser que no se fijen.

—Vale, Tom; pero ¡tengo un temblor!

—¡Escucha!

Los chicos estiraron el cuello, con las cabezas juntas, casi sin respirar. Un apagado rumor de voces llegaba desde el otro extremo del cementerio.

—¡Mira! ¡Mira allí! —murmuró Tom—. ¿Qué es eso?

—Es un fuego fatuo. ¡Ay, Tom, esto es horrible!

Unas figuras indecisas se acercaban entre las sombras, balanceando una antigua linterna de hojalata, que tachonaba el suelo con fugitivas manchas de luz. Huck murmuró, con un estremecimiento:

—Son los diablos, son ellos. ¡Tom, es nuestro fin! ¿Sabes rezar?

—Lo intentaré, pero no tengas miedo. No van a hacerme daño. «Acógeme, Señor, en tu seno...»

—¡Chist!...

—¿Qué pasa, Huck?

—¡Son *humanos*! Por lo menos, uno. Uno tiene la voz de Muff Potter.

—No...; ¿de verdad?

—Le conozco muy bien. No te muevas ni hagas nada. Es tan bruto que no nos verá. Estará bebido, como siempre, el condenado.

—Bueno, me estaré quieto. Ahora no saben adónde ir. Ya vuelven hacia acá. Ahora están calientes. Fríos otra vez. Calientes. Calientes, que se queman. Esta vez van directos. Oye, Huck, yo conozco otra de las voces...: es la de Joe el Indio.

—Es verdad..., ¡ese mestizo asesino! Preferiría que fuese el diablo. ¿Qué andarán buscando?

Los cuchicheos cesaron de pronto, porque los tres hombres habían llegado a la sepultura y se pararon a pocos pasos del escondite de los muchachos.

—Aquí es —dijo la tercera voz, y su dueño levantó la linterna y dejó ver la faz del joven doctor Robinson.

Potter y Joe el Indio llevaban una camilla y en ella una cuerda y un par de palas. Echaron la carga a tierra y empezaron a abrir la sepultura. El doctor puso la linterna a la cabecera y se sentó apoyado en uno de los olmos. Estaba tan cerca que los muchachos hubieran podido tocarlo.

—¡Deprisa, deprisa! —dijo en voz baja—. La lima va a salir de un momento a otro.

Los otros dos respondieron con un gruñido, sin dejar

95

de cavar. Durante un rato no hubo otro ruido que el de las palas al arrojar a un lado montones de barro y pedruscos. Era una labor pesada. Al cabo, una pala tropezó con el féretro, con un golpe sordo, y dos minutos después los dos hombres lo extrajeron de la tierra. Forzaron la tapa con las palas, sacaron el cuerpo y lo echaron de golpe en el suelo. La luna apareció entre unas nubes, e iluminó la palidez del cadáver. Prepararon la camilla y pusieron el cuerpo encima, cubierto con una larga manta y lo aseguraron con la cuerda. Potter sacó una navaja larga de muelles, cortó un pedazo de cuerda que quedaba colgando y dijo:

—Ya está hecha esta condenada tarea, doctor; y ahora mismo alarga usted otros cinco dólares, o ahí se queda eso.

—Así se habla —dijo Joe el Indio.

—¡Cómo!, ¿qué quiere decir esto? —exclamó el doctor—. Me habéis exigido la paga adelantada y ya os he pagado.

—Sí, y más que eso aún —dijo Joe, acercándose al doctor, que ya se había incorporado—. Hace cinco años me echó usted de la cocina de su padre una noche que fui a pedir algo de comer, y dijo que yo no iba a nada bueno; y cuando yo juré que me lo pagaría aunque me costase cien años, su padre me hizo meter en la cárcel por vagabundo. ¿Se figura que se me ha olvidado? Para algo tengo la sangre india. ¡Ahora le tengo a usted cogido y tiene que pagar la cuenta!

Para entonces estaba amenazando al doctor, metiéndole el puño por la cara. El doctor le soltó de repente tal puñetazo que Potter dejó caer la navaja y exclamó:

—¡Vamos a ver! ¿Por qué pega usted a mi socio? —Y un instante después se había lanzado sobre el doctor y los dos luchaban fieramente, pisoteando la hierba y hundiendo los talones en el suelo blando.

Joe el Indio se irguió de un salto, con los ojos relampagueantes de ira, cogió la navaja de Potter y, deslizándose, agachado como un felino, fue dando vueltas en torno a los combatientes, buscando una oportunidad. De pronto el doctor se desembarazó de su adversario, agarró el pesado tablón clavado a la cabecera de la tumba de Williams y de un golpe dejó a Potter tendido en el suelo; y en el mismo instante el mestizo aprovechó la ocasión y hundió la navaja hasta la empuñadura en el pecho del joven. Dio éste un traspié y se desplomó sobre Potter, cubriéndolo de sangre, y en aquel momento las nubes dejaron en sombra el horrendo espectáculo y los dos muchachos, aterrados, huyeron veloces en la oscuridad.

Poco después, cuando la luna alumbró de nuevo, Joe el Indio estaba en pie junto a los dos hombres caídos, contemplándolos. El doctor balbuceó unas palabras inarticuladas, dio una larga boqueada y se quedó inmóvil. El mestizo murmuró:

—Aquella cuenta ya está ajustada.

Después registró al muerto y le robó cuanto llevaba en los bolsillos, y rápidamente colocó la navaja homicida en la mano derecha de Potter, que la tenía abierta, y se sentó sobre el féretro destrozado. Pasaron dos, tres, cuatro minutos, y entonces Potter comenzó a removerse, gruñendo. Cerró la mano sobre la navaja, la levantó, la miró un instante y la dejó caer estremeciéndose. Después se sentó empujando el cadáver lejos de sí y fijó en él los ojos, y luego miró alrededor aturdido. Sus ojos se encontraron con los de Joe.

—¡Cristo! ¿Qué es esto, Joe? —dijo.

—Es un mal negocio —contestó Joe sin inmutarse—. ¿Para qué lo has hecho?

—¿Yo? ¡No he hecho nada!

—Mira, por hablar así no vas a borrar lo que ha pasado.

Potter tembló y se puso pálido.

—Yo creía que se me había pasado la borrachera. No debería haber bebido esta noche. Pero la tengo todavía en la cabeza..., peor que antes de venir aquí. No sé por dónde ando; no me acuerdo casi de nada. Dime, Joe..., palabra de honor: ¿lo he hecho yo? Nunca tuve esa intención; te lo juro por la salvación de mi alma, Joe, no fue mi intención. Dime cómo ha sido. ¡Da espanto!... ¡Y él, tan joven..., y prometía tanto...!

—Pues los dos andabais a golpes, y él te arreó uno con el tablón y caíste despatarrado; y entonces te levantaste, dando tumbos y traspiés, cogiste el cuchillo y se lo clavaste en el momento justo en que él te daba otro tablonazo más fuerte; y ahí te has estado como un muerto desde entonces.

—¡Ay! ¡No sabía lo que me hacía! ¡Que me muera aquí mismo si me di cuenta! Fue todo cosa del whisky y del acaloramiento, me figuro. Nunca usé un arma en mi vida. He reñido, pero siempre sin armas. Todos pueden decirlo, Joe...; ¡cállate, no digas nada! Dime que no vas a decir nada. Siempre te defendí, Joe, y estuve de tu parte, ¿no te acuerdas? ¿No dirás nada? —Y el mísero cayó de rodillas ante el desalmado asesino, suplicante, con las manos cruzadas.

—No; siempre te has portado bien conmigo, y no voy a ir contra ti. Ya está dicho; no se puede pedir más.

—Joe, eres un ángel. Te bendeciré por esto mientras viva —dijo Potter, rompiendo a llorar.

—Vamos, basta ya de gimoteos. No hay tiempo para andar con lloros. Tú te largas por ese camino y yo me voy por este otro. Andando, pues, y no dejes señal detrás de ti por donde vayas.

Potter arrancó con un trote que pronto se convirtió en carrera. El mestizo le siguió con la vista y murmuró entre dientes:

—Si está tan atolondrado con el golpe y tan atiborrado de bebida como parece, no se acordará de la navaja hasta que esté tan lejos de aquí que tenga miedo de volver a buscarla solo y en un sitio como éste...; ¡gallina!

Unos minutos después, el cuerpo del hombre asesinado, el cadáver envuelto en la manta, el féretro sin tapa y la sepultura abierta sólo tenían por testigo la luna. La quietud y el silencio reinaban de nuevo.

CAPÍTULO 10

Los dos muchachos corrían y corrían hacia el pueblo, mudos de espanto. De cuando en cuando volvían miedosamente la cabeza, como temiendo que los persiguieran. Cada tronco que aparecía ante ellos en su camino se les figuraba un hombre y un enemigo y los dejaba sin aliento; y al pasar, veloces, junto a algunas casitas aisladas cercanas al pueblo, el ladrar de los perros alarmados les ponía alas en los pies.

—¡Si logramos llegar a la peletería antes de que no podamos más...! —murmuró Tom a retazos entrecortados, falto de aliento—. Ya no puedo aguantar mucho.

El fatigoso jadear de Huck fue la única respuesta, y los muchachos fijaron los ojos en la meta de sus esperanzas, renovando sus esfuerzos para alcanzarla. Se estaban acercando, y al fin, los dos a un tiempo, se precipitaron por la puerta y cayeron al suelo, agradecidos y cansados, entre las sombras protectoras del interior. Poco a poco se fue calmando su agitación, y Tom susurró:

—Huckleberry, ¿en qué crees que acabará todo esto?

—Si el doctor Robinson muere, me figuro que esto acabará en la horca.

—¿De veras?

—Lo sé seguro, Tom.

Tom meditó un rato, y prosiguió:

—¿Y quién va a decirlo? ¿Nosotros?

—¿Qué estás diciendo, Tom? Supón que algo ocurre y que no ahorcan a Joe el Indio; pues nos mataría, tarde o temprano, tan seguro como que estamos aquí.

—Eso mismo estaba pensando yo, Huck.

—Si alguien ha de contarlo, deja que sea Muff Potter, porque es lo bastante tonto para ello. Además, siempre está borracho.

Tom no contestó; siguió meditando. Al rato murmuró:

—Huck: Muff Potter no lo sabe. ¿Cómo va a decirlo?

—¿Por qué no va a saberlo?

—Porque recibió el golpazo cuando Joe el Indio lo hizo. ¿Crees tú que podía ver algo? ¿Te figuras que tiene idea de nada?

—Tienes razón. No había caído.

—Además, puede ser que el trompazo haya acabado con él.

—No; eso no, Tom. Estaba lleno de bebida; lo vi bien, y, además, lo está siempre. Cuando papá está borracho, puede ir uno a sacudirle en la cabeza con la torre de una iglesia y se queda tan fresco. El mismo lo dice. Pues lo mismo le pasa a Muff Potter, por supuesto. Pero si se tratase de uno que no estuviera bebido, puede ser que aquel golpe lo hubiera dejado en el sitio. ¡Quién sabe!

Después de otro reflexivo silencio, Tom dijo:

—Huck, ¿estás seguro de que no vas a hablar?

—No tenemos más remedio. Bien lo sabes. Pues sí que a ese maldito indio le iba a importar ahogarnos como a un par de gatos si llegamos a soltar la lengua y a él no lo ahorcan. Mira, Tom, tenemos que jurarlo. Eso es lo que hay que hacer, jurar que no diremos palabra.

—Lo mismo digo, Huck. Eso es lo mejor. Dame la mano y jura que...

—¡No, hombre, no! Eso no vale para una cosa como ésta. Eso está bien para cosas de poca monta; sobre todo con chicas, porque, de todos modos, se vuelven contra uno y charlan en cuanto se ven en apuros; pero esto tiene que ser por escrito y con sangre.

Nada podría ser más del gusto de Tom. Era misterioso y sombrío, y trágico; la hora, las circunstancias y el lugar donde se hallaban eran los más apropiados. Cogió una tablita de pino que estaba en el suelo y garabateó con gran trabajo las siguientes líneas, apretando la lengua entre los dientes e inflando los mofletes en cada trazo lento hacia abajo y dejando escapar presión en los ascendentes:

> Huck Finn y
> Tom Sawyer juran
> que no dirán
> nada de esto y que
> si dicen algo caerán
> muertos allí mismo
> y se pudrirán.

No menos pasmado quedó Huckleberry de la facilidad con que Tom escribía que de la fluidez y grandiosidad de su estilo. Sacó al momento un alfiler de la solapa y se disponía a pincharse un dedo, pero Tom le detuvo.

—¡Quieto! —le dijo—. No hagas eso. Los alfileres son de cobre y pueden tener cardenillo.

—¿Qué es eso?

—Veneno. Eso es lo que es. No tienes más que tragar un poco... y ya verás.

Tom quitó el hilo de una de sus agujas, y cada uno de ellos se picó la yema del pulgar y se la estrujó hasta sacar sendas gotas de sangre.

Con el tiempo y después de muchos estrujamientos, Tom consiguió firmar con sus iniciales usando la propia yema del dedo como pluma. Después enseñó a Huck la manera de hacer una H y una F, y el juramento quedó completo. Enterraron la tablilla junto al muro, con tristes ceremonias y conjuros, y el candado que se habían echado en las lenguas se consideró bien cerrado y con la llave muy lejos.

Una sombra se escurrió furtiva por una brecha en el otro extremo del ruinoso edificio, pero los muchachos no se percataron.

—Tom —cuchicheó Huckleberry—, ¿con esto ya no hay peligro de que hablemos nunca jamás?

—Por supuesto que no. Ocurra lo que ocurra, tenemos que callar. Nos caeríamos muertos..., ¿no lo sabes?

—Me figuro que sí.

Continuaron cuchicheando un rato. De pronto un perro lanzó un largo y tétrico aullido al lado de la misma casa, a dos metros de ellos. Los chicos se abrazaron impetuosamente, muertos de espanto.

—¿Por cuál de nosotros dos será? —balbuceó Huckleberry.

—No lo sé...; mira por la ranura. ¡Deprisa!

—No; mira tú, Tom.

—No puedo..., no puedo, Huck.

—Anda, Tom... ¡Vuelve otra vez!

—¡Ah! ¡Gracias a Dios! Conozco el ladrido; es Bull Harbison.[1]

—¡Cuánto me alegro! Te digo que estaba medio muerto del susto. Hubiera apostado a que era un perro sin amo.

El perro repitió el aullido. A los chicos se les encogió de nuevo el corazón.

—¡Dios nos ayude! Ése no es Bull Harbison —murmuró Huckleberry—. ¡Mira, Tom, mira!

Tom, tiritando de miedo, cedió y asomó el ojo a la rendija. Apenas se percibía su voz cuando dijo:

—¡Ay, Huck! Es un perro sin amo.

—Dime, Tom, ¿por cuál de los dos será?

—Debe de ser por los dos, puesto que estamos juntos.

—¡Ay, Tom! Me figuro que estamos muertos. Y sé muy bien adónde iré cuando me muera. ¡He sido tan malo...!

—¡Yo me lo he buscado! Esto viene de hacer novi-

---

1. Si el señor Harbison hubiera tenido un esclavo que se llamase Bull, Tom se habría referido a él como «el Bull de Harbison»; pero un perro, lo mismo que un hijo, tenía derecho al apellido, esto es, se llamaría Bull Harbison. *(N. del autor.)*

llos, Huck, y de hacer todo lo que me dicen que no haga. Podía haber sido bueno, como Sid, si hubiera querido...; pero no quise, no, señor. Pero si salgo de ésta, seguro que me voy a dar un *atracón* de escuelas dominicales.

Y Tom empezó a sorber un poco con la nariz.

—¡Tú, malo!... —Y Huckleberry comenzó también a hablar gangoso—. ¡Vamos, Tom, que tú eres una joya al lado de lo que soy yo! ¡Dios, Dios, Dios, si yo tuviese la mitad de tu suerte...!

Tom recobró el habla y dijo:

—¡Mira, Huck, mira! ¡Está vuelto de espaldas a nosotros!

Huck miró, con el corazón saltándole de alegría.

—¡Es verdad! ¿Estaba así antes?

—Sí, así estaba. Pero, ¡tonto de mí!, no pensé en ello. ¡Qué alivio, Huck! Y ahora, ¿por quién será?

El aullido cesó. Tom aguzó el oído.

—¡Chist!... ¿Qué es eso? —murmuró.

—Parece..., parece gruñir de cerdos. No, es alguno que ronca, Tom.

—¿Será eso? ¿Dónde, Huck?

—Yo creo que es allí, en la otra punta. Parece como un ronquido. Mi padre solía dormir allí con los cerdos; pero él ronca, ¡madre mía!, que levanta las cosas del suelo. Además, me parece que no volverá nunca por este pueblo.

El ansia de aventuras se despertó en ellos de nuevo.

—Huck, ¿te atreves a ir si yo voy delante?

—No me gusta mucho. Supón que fuera Joe el Indio.

Tom se asustó. Pero la tentación volvió sobre ellos con más fuerza y los chicos decidieron hacer la prueba, pero con la idea de salir disparados si el ronquido cesaba. Fueron, pues, hacia allá de puntillas, cautelosamente, uno detrás del otro. Cuando ya estaban a cinco pasos del roncador, Tom pisó un palo, que se rompió con un fuerte chasquido. El hombre lanzó un gruñido, se removió un poco, y su cara quedó iluminada por la luna. Era Muff Potter. A los chicos se les paralizó el corazón, y los cuerpos también, cuando el hombre se movió; pero se disipó al instante su temor. Salieron, otra vez de puntillas, entre los tablones rotos que formaban el muro, y se pararon a poca distancia para cambiar unas palabras de despedida. El prolongado y lúgubre aullido se alzó otra vez en la quietud de la noche. Volvieron los ojos y vieron al perro vagabundo parado a pocos pasos de donde yacía Potter y vuelto hacia él, con el hocico apuntando al cielo.

—¡Es por él! —dijeron a un tiempo los dos.

—Oye, Tom, dicen que un perro sin amo estuvo aullando alrededor de la casa de Johnny Miller, a medianoche, hace ya dos semanas, y un chotacabras[2] vino y se posó en la barandilla y cantó la misma noche, y nadie se ha muerto allí todavía.

—Bien, ya lo sé. No se han muerto, pero ¿no se cayó Gracia Miller en el fogón de la cocina y se quemó toda el mismo sábado siguiente?

2. Ave de unos 25 cm, pico pequeño, plumaje gris y rayas negras, alas largas y cola cuadrada.

—Sí, pero no se ha muerto. Además, dicen que está mejor.

—Bueno, pues aguarda y ya verás. Ésa se muere: tan seguro como Muff Potter ha de morir. Eso es lo que dicen los negros, y ellos saben todo sobre esa clase de cosas, Huck.

Después se separaron pensativos.

Cuando Tom trepó a la ventana de su habitación, la noche tocaba a su término. Se desnudó con extremada precaución y se quedó dormido, congratulándose de que nadie supiera de su aventura. No sabía que Sid, que roncaba tranquilamente, estaba despierto y lo había estado desde hacía más de una hora.

Cuando Tom despertó, Sid se había vestido y ya no estaba allí. En la luz, en la atmósfera misma, notó Tom vagas indicaciones de que era tarde. Se quedó sorprendido. ¿Por qué no le habían llamado y martirizado, como de costumbre, para que se levantase? Esa idea le llenó de fatídicos presentimientos. En cinco minutos se vistió y bajó las escaleras, sintiéndose dolorido y mareado. La familia estaba todavía a la mesa, pero ya habían terminado el desayuno. No hubo ni una palabra de reproche, pero sí miradas que se esquivaban, un silencio y un aire tan solemne que el culpable sintió helársele la sangre. Se sentó y trató de parecer alegre, pero era golpear un hierro frío: no despertó ni una sonrisa, no halló respuesta en nadie, y se sumergió en el silencio, dejando que el corazón se le bajase a los talones.

Después del desayuno, su tía lo llevó aparte, y Tom casi se alegró con la esperanza de que le aguardaba una azotaina, pero se equivocó. Su tía se echó a llorar, preguntándole cómo podía ser así y cómo no le daba lástima atormentarla de aquella manera; y, por fin, le dijo que siguiera adelante por la senda de perdición y que acabase matando a disgustos a una pobre vieja, porque ella ya no iba a intentar corregirle. Esto era peor que mil vapuleos, y Tom tenía el corazón aún más dolorido que el cuerpo. Lloró, pidió que le perdonase, hizo promesas de rectificación y se terminó la escena sintiendo que no había recibido más que un perdón a medias y que no había logrado inspirar más que una confianza mediocre.

Se apartó de su tía demasiado afligido para sentir siquiera deseos de venganza contra Sid y, por tanto, la rápida retirada de éste por la puerta trasera fue innecesaria. Con paso abatido se dirigió a la escuela, meditabundo y triste, y soportó la acostumbrada paliza, juntamente con Joe Harper, por haber hecho novillos el día anterior, con el aire del que tiene el ánimo ocupado en grandes pesadumbres y no está para hacer caso de niñerías. Después ocupó su asiento, apoyó los codos en la mesa y la barbilla en las manos, y se quedó absorto en la pared delantera con la mirada petrificada, propia de un sufrimiento que ha llegado al límite y ya no puede ir más lejos. Bajo el codo sentía una cosa dura. Después de un gran rato cambió de postura lenta y tristemente, y cogió el objeto dando un suspiro. Estaba envuelto en un papel. Lo desenvolvió. Siguió otro largo, tembloroso, descomunal suspiro, y se sintió aniquilado. ¡Era su bola de latón! Era la gota que colmaba el vaso.

CAPÍTULO 11

Cerca del mediodía, todo el pueblo fue repentinamente electrizado por la horrenda noticia. Sin necesidad del telégrafo —aún no soñado en aquel tiempo—, el cuento voló de persona a persona, de grupo a grupo, de casa a casa, con poco menos que velocidad telegráfica. Por supuesto, el maestro de escuela dio fiesta por la tarde: a todo el pueblo le habría parecido muy extraño si hubiera obrado de otro modo. Una navaja ensangrentada había sido hallada junto a la víctima y alguien la había reconocido como perteneciente a Muff Potter: así corría la historia. Se decía también que un vecino que se había retirado tarde había sorprendido a Potter lavándose en un arroyo a eso de la una o las dos de la madrugada, y que Potter había desaparecido enseguida: detalles sospechosos, especialmente el del lavado, por no ser costumbre de Muff Potter. Se decía, además, que habían registrado en toda la población en busca del «asesino» (el público no se hace esperar en cuanto a desentenderse de pruebas y llegar al veredicto), pero no habían podido encontrarlo. Había salido gente a caballo por todos los caminos, y el sheriff tenía la seguridad de que lo cogerían antes de la noche.

Toda la población marchaba hacia el cementerio. El miedo de Tom se disipó y se unió a la procesión, no porque no hubiera preferido mil veces ir a cualquier otro sitio, sino porque una temerosa e inexplicable fascinación le arrastraba hacia allí. Al llegar al siniestro lugar, fue metiendo su cuerpecillo por entre la compacta multitud y vio el macabro espectáculo. Le parecía que había pasado una eternidad desde que estuvo allí. Sintió un pellizco en un brazo. Al volverse se encontraron sus ojos con los de Huckleberry. Los dos miraron a otra parte, temiendo que alguien hubiera notado algo en aquel cruce de miradas. Pero todo el mundo estaba en plena conversación y no tenía ojos más que para el cuadro trágico que tenía delante.

«¡Pobrecillo! ¡Pobre muchacho! Esto ha de servir de lección para los violadores de sepulturas. Muff Potter irá a la horca por esto, si lo atrapan.» Tales eran los comentarios. Y el pastor dijo:

—Ha sido un castigo; aquí se ve la mano de Dios.

Tom se estremeció de la cabeza a los pies, pues acababa de posar su mirada en la impenetrable faz de Joe el Indio. En aquel momento la muchedumbre empezó a agitarse y a forcejear, y se oyeron gritos de: «¡Es él, es él! ¡Viene él solo!».

—¿Quién? ¿Quién? —preguntaron veinte voces.

—¡Muff Potter!

—¡Eh, que se ha parado! ¡Cuidado, que da la vuelta! ¡No le dejéis escapar!

Algunos, que estaban en las ramas de los árboles, sobre la cabeza de Tom, dijeron que no trataba de escapar, sino que parecía perplejo y vacilante.

—¡Vaya desparpajo! —dijo un espectador—. Se conoce que tenía el capricho de venir y echar tranquilamente un vistazo a su obra...; no esperaba hallar compañía.

La muchedumbre abrió paso y el sheriff, visiblemente, llegó conduciendo a Potter, cogido del brazo. Tenía la cara descompuesta y mostraba en los ojos el miedo que le embargaba. Cuando le pusieron ante el cuerpo del asesinado, tembló y, cubriéndose la cara con las manos, rompió a llorar.

—No he sido yo, vecinos —dijo sollozando—; mi palabra de honor que no he hecho tal cosa.

—¿Quién te ha acusado a ti? —gritó una voz.

El tiro dio en el blanco. Potter levantó la cara y miró en torno con una patética desesperanza en su mirada. Vio a Joe el Indio y exclamó:

—¡Joe, Joe! ¡Tú me prometiste que nunca...!

—¿Esta navaja es suya? —dijo el sheriff, poniéndosela de pronto delante de los ojos.

Potter se hubiera caído de no sostenerle los demás, que le ayudaron a sentarse en el suelo. Entonces dijo:

—Ya decía yo que si no volvía aquí y recogía la... —Se estremeció, agitó las manos inertes, con un ademán de vencimiento, y dijo—: Díselo, Joe, díselo todo...; ya no sirve callarlo.

Huckleberry y Tom se quedaron mudos y boquiabiertos mientras el desalmado mentiroso iba soltando serenamente su declaración; esperaban a cada momento que se abriera el cielo y que Dios dejara caer un rayo sobre aquella cabeza, y se asombraron al ver cómo se retrasaba el golpe. Y cuando hubo terminado y, sin embargo, continuó vivo y entero, su vacilante impulso de romper el juramento y salvar la mísera vida del prisionero se disipó por completo, porque se veía claramente que el infame se había vendido a Satán y sería fatal entrometerse en cosas pertenecientes a un ser tan poderoso.

—¿Por qué no te has ido? ¿Para qué necesitabas volver aquí? —preguntó alguien.

—No lo pude remediar, no lo pude remediar —gimoteó Potter—. Quería escapar, pero parecía que no podía ir a ninguna parte más que aquí.

Joe el Indio repitió su declaración con la misma impasibilidad, pocos minutos después, al verificarse la investigación, bajo juramento; y los dos chicos, viendo que los rayos seguían sin aparecer, se afirmaron en la creencia de que Joe se había vendido al demonio. Para ellos se había convertido en el objeto más horrendo e interesante que habían visto jamás, y no podían apartar de su cara los ojos fascinados. Resolvieron en su interior vigilarle de noche, con la esperanza de que quizá lograsen atisbar alguna vez a su diabólico dueño y señor.

Joe ayudó a levantar el cuerpo de la víctima y a cargarlo en un carro, y se cuchicheó entre la estremecida multitud... ¡que la herida había sangrado un poco! Los dos muchachos pensaron que aquella feliz circunstancia encaminaría las sospechas hacia donde debían ir; pero sufrieron un desengaño, pues varios de los presentes hicieron notar «que ese Joe estaba a menos de un metro cuando Muff Potter cometió el crimen».

El terrible secreto y la mala conciencia perturbaron el sueño de Tom durante más de una semana, y una mañana, durante el desayuno, Sid dijo:

—Das tantas vueltas en la cama y hablas tanto mientras duermes que me tienes despierto la mitad de la noche.

Tom palideció y bajó los ojos.

—Mala señal —dijo gravemente tía Polly—. ¿Qué te traes entre manos, Tom?

—Nada. Nada, que yo sepa... —Pero la mano le temblaba de tal manera que vertió el café.

—¡Y hablas unas cosas...! —continuó Sid—. Anoche decías: «¡Es sangre, es sangre!, ¡eso es!». Lo dijiste la mar de veces. También decías: «¡No me atormentéis así..., ya lo diré!». ¿Dirás qué? ¿Qué es lo que ibas a decir?

El mundo daba vueltas ante Tom. No es posible saber lo que hubiera pasado; pero, felizmente, en la cara de tía Polly se disipó la preocupación y sin saberlo fue en ayuda de su sobrino.

—¡Chitón! —dijo—. Ése es un crimen atroz. También yo sueño con él casi todas las noches. A veces sueño que soy yo la que lo cometió.

Mary dijo que a ella le pasaba lo mismo. Sid parecía satisfecho. Tom desapareció de la presencia de su tía con toda la rapidez que era posible sin hacerla sospechar, y desde entonces, y durante una semana, se estuvo quejando de dolor de muelas y por las noches se ataba las mandíbulas con un pañuelo. Nunca llegó a saber que Sid permanecía de noche al acecho, que solía soltarle el vendaje y que, apoyado en un codo, escuchaba largos ratos, y después volvía a colocarle el pañuelo en su sitio. Las angustias mentales de Tom se fueron desvaneciendo poco a poco, y el dolor de muelas se le hizo molesto y lo dejó de lado. Si llegó Sid, en efecto, a deducir algo de los murmullos incoherentes de Tom, se lo guardó para él. A Tom le parecía que sus compañeros de escuela no iban a acabar nunca de celebrar encuestas judiciales con gatos muertos, manteniendo así vivas sus cuitas y preocupaciones. Sid observó que Tom no hacía nunca de *coroner*[1] en ninguna de esas investigaciones, aunque era hábito suyo ponerse al frente de toda nueva empresa; también notó que nunca actuaba como testigo..., y eso era sospechoso; y tampoco echó en saco roto la circunstancia de que Tom mostraba una decidida aversión a esas indagaciones y huía siempre que le era posible. Sid estaba asombrado, pero nada dijo. Sin embargo, hasta las encuestas pasaron de moda por fin, y cesaron de atormentar la cargada conciencia de Tom.

Todos los días, o al menos un día sí y otro no, durante aquella temporada de angustias, Tom, siempre alerta

---

1. Autoridad encargada de investigar las causas de las muertes violentas ante un jurado especial y en presencia del cuerpo de la víctima. *(N. del t.)*

para aprovechar las ocasiones, iba hasta la ventanita enrejada de la cárcel y a hurtadillas daba al asesino cuantos regalos podía proporcionarse. La cárcel era una mísera habitáculo de ladrillos que estaba en un fangal, al extremo del pueblo, y no tenía nadie que la vigilase; es verdad que casi nunca estaba ocupada. Aquellos regalos contribuían enormemente a aligerar la conciencia de Tom. La gente del pueblo tenía muchas ganas de arrestar a Joe el Indio y sacarlo a la vergüenza por violador de sepulturas; pero tan temible era su fama que nadie quería tomar la iniciativa, y desistieron. Él había tenido muy buen cuidado de empezar sus dos declaraciones con el relato de la pelea, sin confesar el robo del cadáver que le precedió, y por eso se consideró lo más prudente no llevar el caso al tribunal por el momento.

CAPÍTULO 12

Una de las razones por las que el pensamiento de Tom se había ido apartando de sus penas ocultas era porque había encontrado un nuevo y grave tema en que interesarse. Becky Thatcher había dejado de acudir a la escuela. Tom había batallado con su amor propio por unos días y trató de «mandarla a paseo» mentalmente, pero fue en vano. Sin darse cuenta de ello, se encontró rondando su casa por las noches presa de una honda tristeza. Estaba enferma. ¡Y si se muriese! La idea era para enloquecer. No sentía ya interés alguno por la guerra, ni siquiera por la piratería. La vida había perdido su encanto y no quedaba en ella más que aridez. Guardó en un rincón el aro y la raqueta: ya no disfrutaba con ellos. La tía estaba preocupada; empezó a probar toda clase de medicinas con el muchacho. Era una de esas personas que tienen la chifladura de las medicinas y de cualquier flamante método para fomentar la salud o recomponerla. Era una experimentadora empedernida en ese ramo. En cuanto aparecía alguna cosa nueva, ardía en deseos de ponerla a prueba, no en sí misma, porque ella nunca estaba enferma, sino en cualquier persona que tuviera a mano. Estaba suscrita a todas las publicaciones de *Salud* y fraudes frenológicos,[1] y la solemne ignorancia de que estaban repletas era como oxígeno para sus pulmones. Todas las bobadas que leía acerca de la ventilación, y sobre el modo de acostarse y de levantarse, y qué comer, y qué beber, y cuánto ejercicio hay que hacer, y en qué estado de ánimo hay que vivir, y qué ropas debe uno ponerse eran el evangelio para ella; y no notaba nunca que los ejemplares del mes corriente habitualmente echaban por tierra todo lo que habían recomendado el mes anterior. Su sencillez y su buena fe la hacían una víctima segura. Reunía todos sus periódicos y medicamentos propios de un charlatán y así, armada con la muerte, iba de un lado para otro en su cabalgadura espectral, metafóricamente hablando, y llevaba «el infierno tras ella». Pero jamás sospechó que no era un ángel de la cura ni el bálsamo de Judea, disfrazado, para sus vecinos dolientes.

El tratamiento de agua era nuevo, y el estado de debilidad de Tom fue para la tía un don de la providencia. Sacaba al chico al amanecer, le ponía en pie bajo el cobertizo de la leña y lo ahogaba con un diluvio de agua fría; le restregaba con una toalla como una lima, y como una lima lo dejaba; lo enrollaba después en una sábana mojada y lo metía bajo mantas, haciéndole sudar hasta dejarle el alma limpia, y «las manchas que tenía en ella le salían por los poros», como decía Tom.

---

1. Relativo a las facultades psíquicas localizadas en zonas precisas del cerebro y cuyo examen permitiría reconocer el carácter y aptitudes de la persona.

A pesar de todo, estaba el muchacho cada vez más triste, pálido y decaído. La tía añadió baños calientes, baños de asiento, duchas y zambullidos. El muchacho siguió tan triste como un ataúd. Comenzó entonces a apoyar el tratamiento con una dieta ligera a base de avena y remedios de mostaza. Calculó la capacidad del muchacho como la de un barril y todos los días lo llenaba hasta el borde con remedios de curandero.

Para entonces, Tom se había hecho insensible a las persecuciones. Esta fase llenó a la anciana de tristeza. Había que acabar con aquella indiferencia a toda costa. Oyó hablar entonces por primera vez del remedio contra el dolor. Encargó en el acto una buena remesa. Lo probó y se quedó extasiada. Era simplemente fuego en forma líquida. Abandonó el tratamiento del agua y todo lo demás, y puso toda su fe en este remedio. Administró a Tom una cucharadita llena y le observó con profunda ansiedad para ver el resultado. Al instante se calmaron todos sus problemas y recobró la paz del alma: la indiferencia se hizo añicos y desapareció al instante. El chico no podía haber mostrado más intenso y desmedido interés si le hubiera puesto una hoguera debajo.

Tom sintió que ya era hora de despertar: aquella vida podía ser todo lo romántica que convenía a su estado de ánimo, pero empezaba a tener muy poco de sentimentalismo y mucha variedad perturbadora. Meditó, pues, diversos planes para buscar alivio, y finalmente dio en fingir que le gustaba el nuevo medicamento. Lo pedía tan a menudo que llegó a hacerse insoportable, y la tía acabó por decirle que lo tomase él mismo tanto como le apeteciera y que no la mareara más. Si hubiese sido Sid, no habría tenido ninguna suspicacia que alterase su alegría; pero, como se trataba de Tom, vigiló la botella clandestinamente. Se convenció así de que, en efecto, el medicamento disminuía; pero no se le ocurrió pensar que el chico se dedicaba a administrárselo a una grieta que había en el suelo de la sala.

Un día estaba Tom en el acto de darle la dosis a la grieta cuando el gato amarillo de su tía llegó ronroneando, con los ojos ávidos fijos en la cucharilla y mendigando para que le diesen un poco. Tom dijo:

—No lo pidas a menos que lo necesites, Peter.

Pero Peter dejó ver que lo necesitaba.

—Más te vale estar bien seguro.

Peter estaba seguro.

—Pues tú lo has pedido, voy a dártelo para que no creas que es tacañería; pero si luego ves que no te gusta, no debes echar la culpa a nadie más que a ti.

Peter asintió, así que Tom le hizo abrir la boca y le vertió dentro el eficaz remedio. Peter saltó medio metro en el aire, exhaló un grito de guerra salvaje y se lanzó a dar vueltas y vueltas por el cuarto, chocando contra los muebles, volcando tiestos y causando general destrozo. Después se irguió sobre las patas traseras y danzó alrededor, en un frenesí de deleite, con la cabeza caída sobre el hombro y proclamando a voces su desaforada dicha. Marchó enseguida, disparado, por toda la casa, esparciendo el caos y la desolación en su camino. La tía Polly entró a tiempo de verle ejecutar unos dobles saltos mortales, lanzar un formidable «¡hurra!» final y salir volando por la ventana, llevándose consigo lo que quedaba de los tiestos. La anciana se quedó petrificada por el asombro, mirando por encima de las gafas a Tom, tendido en el suelo, descoyuntado de risa.

—Tom, ¿qué es lo que le pasa a ese gato?

—No lo sé, tía —balbuceó el muchacho.

—Nunca he visto cosa igual. ¿Qué le habrá hecho ponerse de ese modo?

—De verdad que no lo sé, tía; los gatos siempre se ponen de esa manera cuando lo están pasando bien.

—Se ponen así, ¿eh?

Había algo en el tono de esta pregunta que hizo sospechar a Tom.

—Sí, tía. Vamos, me parece a mí.

—¿Te parece?

La anciana estaba agachada y Tom la observaba con interés, avivado por cierta ansiedad. Cuando adivinó por dónde iban los tiros ya era demasiado tarde. El mango de la cucharilla delatora se veía bajo las faldas de la cama. Tom parpadeó y bajó los ojos. La tía Polly lo levantó del suelo por el acostumbrado agarradero, la oreja, y le dio un fuerte papirotazo en la cabeza con el dedal.

—Y ahora, dígame usted señorito, ¿por qué ha tratado a ese pobre animal de esa manera?

—Lo hice de pura lástima... porque no tiene tías.

—¡Porque no tiene tías! ¿Qué tienen que ver las tías con eso?

—Mucho. ¡Porque si hubiera tenido una tía le habría quemado vivo ella misma! Le habría asado las entrañas hasta que las echase fuera, sin darle más lástima que si fuera un ser humano.

La tía Polly sintió de pronto la angustia del remordimiento. Eso era poner la cosa bajo una nueva luz: lo que era crueldad para un gato podía también ser crueldad para un chico. Comenzó a enternecerse; sentía pena. Se le humedecieron los ojos; puso la mano sobre la cabeza de Tom y dijo dulcemente:

—Ha sido con la mejor intención, Tom. Y, además, hijo, te ha hecho bien.

Tom levantó los ojos y la miró a la cara con un imperceptible guiño de malicia asomando a través de su gravedad.

—Ya sé que lo hiciste con la mejor intención, tía, y lo mismo me ha pasado a mí con Peter. También a él le ha hecho bien: no le he visto nunca dar vueltas con tanta soltura.

—¡Anda, vete de aquí antes de que me hagas enfadar de nuevo! Y trata de ver si puedes ser bueno por una vez, y no tomes más medicina.

Tom llegó a la escuela antes de la hora. Se había notado que ese hecho tan inusual se venía repitiendo algún tiempo atrás. Y aquel día, como los anteriores, se quedó por los alrededores de la puerta del patio en vez de jugar con sus compañeros. Estaba malo, según decía, y su aspecto lo confirmaba. Aparentó que estaba mirando en todas direcciones menos en la que realmente miraba: carretera abajo. Al poco rato apareció a la vista Jeff Thatcher, y a Tom se le iluminó el semblante; miró un momento y apartó la vista, compungido. Cuando Jeff Thatcher llegó, Tom se le acercó y fue llevando hábilmente la conversación para darle motivo de decir algo de Becky; pero el atolondrado muchacho no vio el cebo. Tom siguió al acecho, lleno de esperanza cada vez que una falda revoloteaba a lo lejos y odiando a su propietaria cuando veía que no era la que esperaba. Al fin cesaron de aparecer faldas y cayó en una tristeza desconsolada. Entró en la escuela vacía y se sentó a sufrir. Una falda más entró por la puerta del patio, y el corazón le pegó un salto. Un instante después estaba Tom fuera y lanzado al escenario como un indio bravo: rugiendo, riéndose, persiguiendo a los chicos, saltando la valla a riesgo de romperse una pierna, dando volteretas, quedándose en equilibrio con la cabeza en el suelo y, en suma, haciendo todas las heroicidades que podía concebir y sin dejar ni un momento, disimuladamente, de observar si Becky le veía. Pero no parecía que ella se diese cuenta: no miró ni una sola vez. ¿Era posible que no hubiera notado que estaba allí? Trasladó el campo de sus hazañas a la inmediata vecindad de la niña: llegó lanzando el grito de guerra de los indios; arrebató la gorra a un chico y la tiró al tejado de la escuela; arremetió contra un grupo de muchachos, tumbándolos cada uno por su lado, y se dejó caer de bruces delante de Becky, casi haciéndola vacilar. Ella volvió la espalda, con la nariz respingada, y Tom le oyó decir:

—¡Puf! Algunos se tienen por muy graciosos... ¡siempre presumiendo!

Tom sintió que le ardían las mejillas. Se puso en pie y se escabulló, abochornado y abatido.

CAPÍTULO 13

Tom se decidió entonces. Se hallaba desesperado y sombrío. Pensaba que le habían abandonado, que nadie le quería; cuando supieran al extremo a que le habían llevado, tal vez se arrepentirían. Había tratado de ser bueno y obrar correctamente, pero no le dejaban. Puesto que lo único que querían era deshacerse de él, que fuera así. Sí, le habían forzado al fin; llevaría una vida de crímenes. No le quedaba otro camino.

Para entonces ya se había alejado por la avenida Meadow, y son de la campana de la escuela, que llamaba a la clase de la tarde, sonó débilmente en su oído. Sollozó pensando que ya no volvería a oír aquel toque familiar nunca jamás. Él no tenía la culpa; pero, puesto que le habían obligado a lanzarse al mundo cruel, tenía que resignarse, aunque los perdonaba. Entonces los sollozos se hicieron más angustiosos y frecuentes.

En aquel preciso instante encontró a su amigo del alma, Joe Harper, cruel la mirada y, sin duda alguna, alimentando en su pecho alguna tenebrosa resolución. Era evidente que se juntaban allí «dos almas, pero un solo pensamiento». Tom, limpiándose las lágrimas con la manga, empezó a balbucear algo acerca de la decisión de escapar a los malos tratos y falta de cariño de su casa, lanzándose a errar por el mundo, para nunca volver, y acabó expresando la esperanza de que Joe no le olvidaría.

Pero pronto quedó claro que ésta era la misma súplica que Joe iba a hacer en aquel momento a Tom. Su madre le había zurrado por haber probado cierta crema que jamás había entrado en su boca y cuya existencia ignoraba. Se veía claramente que su madre estaba cansada de él y que quería que se fuera; y si ella lo quería, no le quedaba otro remedio que rendirse.

Mientras seguían su paseo compadeciéndose, hicieron un pacto de ayudarse mutuamente y ser hermanos, y no separarse hasta que la muerte los librase de sus desgracias. Después empezaron a trazar sus planes. Joe se inclinaba por ser un ermitaño y vivir de mendrugos, en una remota cueva, y morir, con el tiempo, de frío, privaciones y penas; pero después de oír a Tom reconoció que había ventajas notorias en una vida consagrada al crimen y se avino a ser pirata.

Cinco kilómetros más abajo de Saint Petersburg, en un sitio donde el Mississippi tenía más de dos kilómetros de ancho, había una isla larga, pequeña y cubierta de bosque, con un banco de arena poco profundo en la punta más cercana, y que parecía excelente como base de operaciones. No estaba habitada; se hallaba del lado de allá del río, frente a una densa selva casi desierta. Eligieron, pues, aquel lugar, que se llamaba la isla de Jackson.

Quiénes iban a ser las víctimas de sus piraterías era un punto en el que no se detuvieron a pensar. Después se dedicaron a la caza de Huckleberry Finn, el cual se les unió, desde luego, pues todas las profesiones eran iguales para él, le era indiferente. Luego se separaron, conviniendo en volver a reunirse en un paraje solitario, en la orilla del río, cuatro kilómetros más arriba del pueblo, a la hora favorita, esto es, a medianoche. Había allí una pequeña balsa de troncos de la que se proponían adueñarse. Todos ellos traerían anzuelos y sedal, y todas las provisiones que pudieran robar, de un modo tenebroso y secreto, como convenía a gentes fuera de la ley; y aquella misma tarde se dieron el delicioso placer de esparcir la noticia de que muy pronto el pueblo entero iba a oír «algo gordo». Y a los que recibieron esa vaga confidencia se les avisó de que debían «no decir nada y aguardar».

A eso de medianoche llegó Tom con un jamón cocido y otros víveres, y se detuvo en un pequeño acantilado cubierto de espesa vegetación, que dominaba el lugar de la cita. El cielo estaba estrellado y la noche tranquila. El grandioso río susurraba como un océano en calma. Tom escuchó un momento, pero ningún ruido rompía la quietud. Dio un largo y agudo silbido. Otro silbido se oyó debajo del acantilado. Tom silbó dos veces más y la señal fue contestada del mismo modo. Después se oyó una voz sigilosa:

—¿Quién vive?

—Tom Sawyer, el Tenebroso Vengador de la América Española. ¿Quiénes sois vosotros?

—Huck Finn, el Manos Rojas, y Joe Harper, el Terror de los Mares. —Tom les había adjudicado estos títulos, sacados de su literatura favorita.

—Bien está; decid la contraseña.

Dos voces broncas y apagadas murmuraron, en el misterio de la noche, la misma palabra espeluznante:

—¡SANGRE!

Entonces Tom hizo deslizarse el jamón por el acantilado abajo y siguió él detrás, dejando en la aspereza del camino algo de ropa y de su propia piel. Había una especie de senda a lo largo de la orilla y bajo el acantilado, pero carecía de la ventaja de la dificultad y el peligro, tan apreciables para un pirata.

El Terror de los Mares había traído una loncha de tocino y llegó agotado por su peso. Finn, el de las Manos Rojas, había hurtado una cazuela y buena cantidad de hojas de tabaco a medio curar y había aportado, además, algunas mazorcas para hacer pipas con ellas. Pero ninguno de los piratas fumaba o masticaba tabaco aparte de él. El Tenebroso Vengador dijo que no era posible lanzarse a las aventuras sin llevar fuego. Era una idea previsora: en aquel tiempo apenas se conocían los fósforos. Vieron una brasa en una gran balsa, cien metros río arriba, y fueron sigilosamente allí y se apoderaron de unos carboncillos. Hicieron de ello una imponente aventura, murmurando «¡chist!» a cada paso y parándose de repente con un dedo en los labios, llevando las manos en imaginarias empuñaduras de dagas y dando órdenes, con voz temerosa y baja, de «si el enemigo» se movía, hundírselas «hasta las cachas», porque los «muertos no hablan». Sabían de sobra que los tripulantes de la balsa estaban en el pueblo abasteciéndose o de parranda; pero eso no era motivo para que no hicieran la cosa al estilo de los piratas.

Poco después desatracaban la balsa, bajo el mando de Tom, con Huck en el remo de popa y Joe en el de proa. Tom iba erguido en mitad de la embarcación, con los brazos cruzados y la frente sombría, y daba las órdenes con bronca e imperiosa voz.

—¡Orza[1] y cíñete al viento!...

—¡Sí, señor!

—¡Firme, firme!

—Está firme, señor.

—¡Una cuarta[2] a barlovento![3]

—Una cuarta a barlovento, señor.

Como los chicos no cesaban de empujar la balsa hacia el centro de la corriente, era cosa entendida que esas órdenes se daban sólo para guardar las apariencias y sin que significasen absolutamente nada.

—¿Qué aparejo[4] lleva?

—Gavias, juanetes y foque.[5]

1. Dirigir la proa hacia donde viene el viento.
2. Nombre que recibe cualquiera de los 32 rumbos en que se divide la rosa náutica.
3. Lugar desde donde sopla el viento con respecto al observador.
4. Conjunto de palos y velas de un buque.
5. Diferentes tipos de velas que se colocan en los mástiles de una nave.

—¡Largad[6] las monterillas![7] ¡Seis de vosotros subid a las crucetas!...[8] ¡Templad las escotas!...[9] ¡Todo a babor![10] ¡Firme!

—¡Sí, señor!

—¡Soltad juanete mayor! ¡Escotas y brazas![11] ¡Ánimo, valientes!

—¡Sí, señor!

—¡Vamos allá! Por babor. ¡Al abordaje! ¡Por babor, por babor! ¡Adelante y con valor! ¡Firme!

—Está firme, señor.

La balsa traspasó la fuerza de la corriente y los muchachos enfilaron hacia la isla, manteniendo la dirección con los remos. En los tres cuartos de hora siguientes apenas pronunciaron una palabra. La balsa estaba pasando por delante del lejano pueblo. Dos o tres lucecillas parpadeantes señalaban el sitio donde yacía, durmiendo plácidamente, más allá de la vasta extensión de agua adornada de reflejos de estrellas, sin sospechar el tremendo acontecimiento que se preparaba. El Tenebroso Vengador permanecía aún con los brazos cruzados, dirigiendo una «última mirada» a la escena de sus pasados

6. Soltar.

7. Tipo de vela.

8. Elemento en forma de cruz situado por encima de la mitad del mástil.

9. Cabo que se emplea para tensar la vela mayor.

10. Lado izquierdo de la embarcación mirando hacia proa.

11. Cabo que sirve para cambiar la orientación de uno de los palos.

placeres y de sus recientes desdichas, y sintiendo que «ella» no pudiera verle en aquel momento, perdido en el tempestuoso mar, afrontando el peligro y la muerte con intrépido corazón y caminando hacia su perdición con una amarga sonrisa en los labios. Poco le costaba a su imaginación trasladar la isla Jackson más allá de la vista del pueblo; así es que lanzó su «última mirada» con ánimo a la vez desesperado y satisfecho. Los otros piratas también estaban dirigiendo «últimas miradas», y tan largas fueron que estuvieron a punto de dejar que la corriente arrastrase la balsa fuera del rumbo de la isla. Pero notaron el peligro a tiempo y se esforzaron en evitarlo. Hacia las dos de la mañana, la embarcación varó en el banco de arena, a doscientos metros de la punta de la isla, y sus tripulantes vadearon entre la balsa y la isla hasta que desembarcaron su cargamento. Entre los pertrechos había una vela decrépita que tendieron sobre un cobijo, entre los matorrales, para resguardar las provisiones. Pensaban dormir al aire libre cuando hiciera buen tiempo, como correspondía a gente aventurera.

Hicieron una hoguera cerca de un tronco caído a poca distancia de donde comenzaban las demás umbrías del bosque; guisaron tocino en la sartén, para cenar, y gastaron la mitad de la harina de maíz que habían llevado. Les parecía cosa grande estar allí de comilona, sin trabas, en la selva virgen de una isla desierta e inexplorada, lejos de toda humana morada, y prometieron que no volverían nunca a la civilización. Las llamas se alzaban iluminándoles las caras, y arrojaban su resplandor rojizo sobre las columnatas del templo de árboles del bosque y sobre el brillante follaje y las decorativas parras. Cuando desapareció la última sabrosa loncha de tocino y devoraron la ración de maíz, se tendieron sobre la hierba, rebosantes de felicidad. Hubiera sido fácil buscar sitio más fresco, pero no se querían privar de un detalle tan romántico como la abrasadora fogata del campamento.

—¿No es fantástico? —dijo Joe.

—De primera —contestó Tom.

—¿Qué dirían los chicos si nos viesen?

—¿Decir? Se morirían de ganas de estar aquí. ¿Eh, Hucky?

—Puede que sí —dijo Huckleberry—; a mí, al menos, me va bien. No necesito más. Casi nunca tengo lo que necesito de comer..., y además, aquí no pueden venir y darle a uno patadas y molestar.

—Es la vida que a mí me gusta —prosiguió Tom—: no hay que levantarse de la cama temprano, no hay que ir a la escuela, ni lavarse, ni todas esas malditas bobadas. ¿Ves, Joe?, un pirata no tiene nada que hacer cuando está en tierra; pero un ermitaño tiene que rezar un motón y no tiene ni una diversión, porque siempre está solo.

—Es verdad —dijo Joe—, pero no había pensado bastante en ello, ¿sabes? Prefiero ser un pirata, ahora que he hecho la prueba.

—Tal vez —dijo Tom— a la gente no le gustan mucho los ermitaños en estos tiempos, como pasaba en los antiguos; pero a un pirata siempre se le respeta. Y los ermitaños tienen que dormir en los sitios más duros que

130

pueden encontrar, y se ponen sacos y cenizas en la cabeza, y se mojan si llueve, y...

—¿Para qué se ponen sacos y cenizas en la cabeza? —preguntó Huck.

—No sé. Pero tienen que hacerlo. Los ermitaños siempre hacen eso. Tú tendrías que hacerlo si lo fueras.

—¡Un cuerno que lo haría yo! —dijo Huck.

—Pues, ¿qué ibas a hacer?

—No sé; pero eso, no.

—Pues tendrías que hacerlo, Huck. ¿Cómo te ibas a arreglar sino?

—Pues no lo aguantaría. Me escaparía.

—¿Escaparte? ¡Vaya una porquería de ermitaño que ibas a ser tú! ¡Sería una vergüenza!

Manos Rojas no contestó porque estaba ocupado en otra cosa. Acababa de agujerear una mazorca y le había clavado un tallo hueco para servir de boquilla, la llenó de tabaco y apretó un ascua contra la carga, lanzando al aire una nube de humo fragante. Estaba en la cúspide del placer. Los otros piratas envidiaban aquel vicio majestuoso y resolvieron en su interior adquirirlo enseguida. Huck preguntó:

—¿Qué es lo que tienen que hacer los piratas?

Tom dijo:

—Pues pasarlo en grande...; apresar barcos y quemarlos, y coger el dinero y enterrarlo en unos sitios espantosos, en su isla; y matar a todos lo que van en los barcos; tirarlos por la borda.

—Y se llevan las mujeres a la isla —dijo Joe—. No matan a las mujeres.

—No —asintió Tom—. No las matan; son demasiado nobles. Y las mujeres son siempre preciosísimas, además.

—¡Y llevan trajes de lujo! ¡Ya lo creo! Todos de plata y oro y diamantes —añadió Joe con entusiasmo.

—¿Quién? —dijo Huck.

—Pues los piratas.

Huck echó un vistazo lastimero a su indumentaria.

—Me parece que no estoy vestido apropiadamente para ser un pirata —dijo con un patético desconsuelo en la voz—, pero no tengo más que esto.

Pero los otros le dijeron que los trajes lujosos lloverían a montones en cuanto empezasen sus aventuras. Le dieron a entender que sus míseros harapos bastarían para el comienzo, aunque era costumbre que los piratas opulentos debutasen con un guardarropa adecuado.

Poco a poco fue cesando la conversación y se fueron cerrando los ojos de los solitarios. La pipa se escurrió de entre los dedos de Manos Rojas y se quedó dormido con el sueño del que tiene la conciencia ligera y el cuerpo cansado. El Terror de los Mares y el Tenebroso Vengador de la América Española no se durmieron tan fácilmente. Recitaron sus oraciones mentalmente y tumbados, puesto que no había allí nadie que los obligase a decirlas en voz alta y de rodillas; es verdad que estuvieron tentados de no rezar, pero tuvieron miedo de ir tan lejos como todo eso, por si atraían sobre ellos un especial y repentino rayo del cielo. Poco después se cernían sobre el borde mismo del sueño, pero apareció un intruso que no les dejó caer en él. Era la conciencia. Empezaron a sentir un vago temor de que se habían portado muy mal escapando de sus casas; y después se acordaron de los comestibles robados, y comenzaron verdaderas torturas. Trataron de acallarlas recordando a su conciencia que habían robado golosinas cientos de veces; pero la conciencia no se calmaba con tales sutilezas. Les parecía que, con todo, no había medio de olvidar el hecho inconmovible de que apoderarse de golosinas no era más que «coger», mientras que llevarse un jamón y tocinos y cosas por el estilo era, simple y llanamente, «robar»; y había contra eso un mandamiento en la Biblia. Por eso resolvieron en su fuero interno que, mientras permaneciesen en el oficio, sus piraterías no volverían a envilecerse con el crimen del robo. Con esto la conciencia les concedió una tregua, y aquellos raros e inconsecuentes piratas se quedaron pacíficamente dormidos.

CAPÍTULO 14

Cuando Tom despertó a la mañana siguiente, se preguntó dónde estaba. Se incorporó, frotándose los ojos, y al fin se dio cuenta. Era el alba gris y fresca, y producía una deliciosa sensación de paz y reposo la serena calma en que todo yacía y el silencio de los bosques. No se movía una hoja; ningún ruido osaba molestar el recogimiento meditativo de la naturaleza. Gotas de rocío temblaban en el follaje y en la hierba. Una capa de ceniza cubría el fuego y una tenue espiral de humo azulado se alzaba recta, en el aire. Joe y Huck dormían aún. Se oyó muy lejos, en el bosque, el canto de un pájaro; otro le contestó. Después se percibió el martilleo de un pájaro carpintero. Poco a poco el gris indeciso del amanecer fue blanqueando, los sonidos se multiplicaron y empezó a haber vida. La maravilla de la naturaleza sacudiendo el sueño y poniéndose al trabajo se mostró ante los ojos del muchacho meditabundo. Una diminuta oruga verde llegó arrastrándose sobre una hoja llena de rocío, levantando dos tercios de su cuerpo en el aire de tiempo en tiempo, y como olisqueando alrededor, para luego proseguir su camino, porque estaba «midiendo», según dijo Tom;

y, cuando el gusano se dirigió hacia él espontáneamente, el muchacho siguió sentado, inmóvil como una estatua, con sus esperanzas oscilando según el animalito siguiera viniendo hacia él o pareciera inclinado a irse a cualquier otro sitio. Cuando, al fin, la oruga reflexionó durante un momento angustioso, con el cuerpo arqueado en el aire, y después bajó decididamente sobre una pierna de Tom y emprendió un viaje por ella, el corazón le brincó de alegría porque aquello significaba que iba a recibir un traje nuevo: sin sombra de duda, un deslumbrante uniforme de pirata. Después apareció una procesión de hormigas, procedentes de ningún sitio en particular, y se entregaron en sus varios trabajos; una de ellas forcejeaba virilmente con una araña muerta, cinco veces mayor que ella. La arrastró verticalmente por un tronco arriba. Una mariquita, con lindas motas oscuras, trepó la vertiginosa altura de una hierba, y Tom se inclinó sobre ella y le dijo:

Mariquita, mariquita, ve a tu casa volando.
En tu casa hay fuego y tus hijos se están quemando;

y la mariquita levantó el vuelo y marchó a enterarse; lo cual no sorprendió al muchacho, porque sabía de antiguo cuán crédulo era aquel insecto en materia de incendios, y se había divertido más de una vez a costa de su simplicidad. Un escarabajo llegó después, empujando su pelota con enérgica tozudez, y Tom le tocó con el dedo para verle encoger las patas y hacerse el muerto. Los pájaros armaban ya un bullicioso alboroto. Un tordo, el cenzontle[1] de los bosques del norte, se paró en un árbol, sobre la cabeza de Tom, y empezó a imitar el canto de todos sus vecinos con loco entusiasmo; pasó un arrendajo[2] como una llamarada azul y se detuvo sobre una rama, casi al alcance de Tom; torció la cabeza a uno y otro lado, y miró a los intrusos con ansiosa curiosidad. Una ardilla gris y un bicho grande, tipo zorro, pasaron inquietos y veloces, sentándose de cuando en cuando a charlar y examinar a los muchachos, porque no habían visto nunca, probablemente, un ser humano y apenas sabían si temerle o no. Toda la naturaleza estaba para entonces despierta y activa; los rayos del sol atravesaban como lanzas rectas el tupido follaje y algunas mariposas llegaron revoloteando.

Tom despertó a los otros dos piratas y los tres echaron a correr dando gritos, y en un instante estaban desnudos, persiguiéndose y saltando unos sobre los otros en el agua cristalina y poco profunda del banco de arena blanquísima. No sintieron nostalgia alguna por el pueblo, que dormitaba a lo lejos, más allá de la majestuosa planicie líquida. Una fuerte corriente o una ligera crecida de río se había llevado la balsa; pero se alegraban de ello, puesto que su pérdida era algo así como quemar el puente entre ellos y la civilización.

1. Pájaro americano de plumaje marrón y con las alas, la cola, el pecho y el vientre blancos, cuyo canto es muy variado y melodioso.

2. Ave de color negro brillante, pico de igual color, ribeteado de amarillo, de canto hermoso, capaz de imitar la voz de otros animales.

Volvieron al campamento frescos y animados, locos de contento y con un hambre rabiosa, y enseguida reanimaron el fuego y se levantaron las llamas de la hoguera. Huck descubrió un manantial de agua clara y fresca muy cerca de allí; hicieron vasos de *hickory*[3] y vieron que el agua así endulzada podía reemplazar muy bien al café. Mientras Joe cortaba lonchas de tocino para el desayuno, Tom y Huck le dijeron que esperase un momento, se fueron a un recodo prometedor del río y echaron los aparejos de pesca. Al instante se colmaron sus esperanzas. Joe aún no había tenido tiempo para impacientarse cuando ya estaban los otros de vuelta con unos róbalos hermosos, un par de percas y un bagre, alimento de sobra para toda una familia. Frieron los peces con el tocino y se maravillaron de no haber probado nunca peces tan exquisitos. No sabían que el pescado de agua dulce es mejor cuanto antes pase del agua a la sartén; y tampoco reflexionaron sobre la salsa que se obtiene a base de dormir al aire libre, hacer ejercicio, bañarse y una buena dosis de hambre.

Después del desayuno se tendieron a la sombra, mientras Huck se regodeaba con una pipa, y luego echaron a andar por el bosque, en viaje de exploración. Vieron que la isla tenía casi seis kilómetros de largo por medio de ancho, y que la orilla del río más cercana sólo estaba separada por un estrecho canal de apenas un kilómetro de ancho. Tomaron un baño por hora, así que era cerca de la

3. Una variedad de roble americano. *(N. del t.)*

media tarde cuando regresaron al campamento. Tenían demasiado apetito para entretenerse con los peces, pero almorzaron espléndidamente con jamón, y después se volvieron a echar en la sombra para charlar. Mas la conversación no tardó en desanimarse y al cabo cesó por completo. La quietud, la solemnidad que transpiraban los bosques, la sensación de soledad, empezaron a gravitar sobre sus espíritus. Se quedaron pensativos. Una especie de vago e indefinido anhelo se apoderaba de ellos. Poco a poco iba tomando forma más precisa: era nostalgia de sus casas. Hasta Huck, el de las Manos Rojas, se acordaba de sus escalones y sus barricas vacías. Pero todos se avergonzaban de su debilidad y ninguno tenía agallas para decir lo que pensaba.

Por algún tiempo habían notado vagamente un ruido extraño y distante, como a veces percibimos el tictac de un reloj sin darnos cuenta precisa de ello. Después se hizo el ruido misterioso más pronunciado y se impuso a la atención. Los muchachos se incorporaron, mirándose unos a otros, y se pusieron a escuchar. Hubo un prolongado silencio, profundo, no interrumpido: después, un sordo y medroso trueno llegó al ras del agua desde la lejanía.

—¿Qué es eso? —dijo Joe, sin aliento.

—No sé —dijo Tom en voz baja.

—No es un trueno —dijo Huck, alarmado—, porque el trueno...

—¡Chist! —dijo Tom—. Escucha. No habléis.

Escucharon un rato, que les pareció interminable, y después el mismo sordo fragor turbó el solemne silencio.

—¡Vamos a ver qué es!

Se pusieron en pie de un salto y corrieron hacia la orilla en dirección al pueblo. Apartaron las matas y arbustos y miraron a lo lejos, sobre el río. La barca de vapor estaba un kilómetro y medio más abajo del pueblo, dejándose arrastrar por la corriente. Su ancha cubierta aparecía llena de gente. Había muchos botes remando de aquí para allá o dejándose llevar por el río, próximos a la barca; pero los muchachos no podían distinguir qué hacían los que los tripulaban. En aquel momento una gran bocanada de humo blanco salió del costado de la barca, y, según se iba esparciendo y elevándose como una perezosa nube, el mismo ruido sordo y retumbante llegó a sus oídos.

—¡Ya sé lo que es! —exclamó Tom—. Uno que se ha ahogado.

—Eso es —dijo Huck—; eso mismo hicieron el verano pasado cuando se ahogó Bill Turner: tiran un cañonazo en el río y eso hace al cuerpo subir a la superficie. Sí, y también echan barras de pan con mercurio dentro, y las ponen sobre el agua, y donde hay alguno ahogado se quedan paradas encima.

—Sí, ya he oído eso —dijo Joe—. ¿Qué será lo que hace al pan detenerse?

—No es tanto cosa del pan —dijo Tom— como de lo que le dicen al tirarlo al agua.

—¡Pero si no dicen nada! —replicó Huck—. Les he visto hacerlo y no dicen palabra.

—Qué raro —dijo Tom—. Puede que lo digan para sus adentros. Claro que sí. Todo el mundo lo sabe.

Los otros dos convinieron en que no faltaba razón en lo que Tom decía, pues no se puede esperar que un pedazo de pan ignorante, no instruido ni aleccionado por un conjunto, se conduzca de manera muy inteligente cuando se le envía en una misión de tanta importancia.

—¡Lo que daría por estar allí ahora! —exclamó Joe.

—Y yo —dijo Huck—. Daría una mano por saber quién ha sido.

Continuaron escuchando sin apartar los ojos de allí. Una idea reveladora pasó por la mente de Tom y exclamó:

—¡Chicos! ¡Ya sé quién se ha ahogado! ¡Nosotros!

Se sintieron héroes al instante. Era una gloriosa apoteosis. Los echaban de menos, vestían luto por ellos; todos se apenaban y se vertían lágrimas por su causa; había remordimientos de conciencia por malos tratos causados a los pobres chicos, e inútiles y tardíos arrepentimientos; y lo que valía más aún: eran la conversación del pueblo entero y la envidia de todos los muchachos; al menos, por aquella deslumbradora notoriedad. Esto estaba pero que muy bien. Valía la pena ser pirata, después de todo.

Al oscurecer, volvió el vapor a su ocupación ordinaria y los botes desaparecieron. Los piratas regresaron al campamento. Estaban locos de vanidad por su nueva grandeza y por la gloriosa conmoción que habían causado. Pescaron, cocinaron la cena y dieron cuenta de ella, y después se pusieron a adivinar lo que en el pueblo se estaría pensando de ellos y las cosas que se dirían; las visiones que se forjaban de la angustia pública eran gratas y halagadoras para contemplarlas desde su punto de vista. Pero cuando quedaron envueltos en las tinieblas de la noche, cesó poco a poco la charla y permanecieron mirando al fuego con el pensamiento vagando lejos de allí. El entusiasmo había desaparecido, y Tom y Joe no podían apartar de su mente la idea de ciertas personas que allá en sus casas no estaban disfrutando con aquel juego tanto como ellos. Surgían recelos y aprensiones; se sentían intranquilos y descontentos; sin darse cuenta, dejaron escapar algún suspiro. Al final Joe, tímidamente, lanzó un disimulado anzuelo para ver cómo tomarían los otros la idea de volver a la civilización... «no ahora precisamente, pero...».

Tom lo abrumó con sarcasmos; Huck, como aún no había soltado prenda, se puso del lado de Tom y el indeciso se apresuró a dar explicaciones, y se dio por satisfecho con salir del paso con las menos manchas posibles en su honor. La rebelión quedaba apaciguada por el momento.

Al cerrar la noche, Huck empezó a dar cabezadas y a roncar después; Joe le siguió. Tom permaneció echado sobre los codos por algún tiempo, mirando fijamente a los otros dos. Al fin se puso de rodillas con gran precaución y empezó a rebuscar por la hierba a la oscilante luz de la hoguera. Cogió y examinó varios trozos de corteza blanca y delgada del sicomoro,[4] y escogió dos que, al

4. Árbol parecido a una higuera cuya madera usaban los antiguos egipcios para las cajas donde encerraban las momias.

parecer, le servían. Después se agachó junto al fuego y con gran trabajo escribió algo en cada uno de ellos con su inseparable tejo. Uno lo enrolló y se lo metió en el bolsillo de la chaqueta; el otro lo puso en la gorra de Joe, apartándola un poco de su dueño. Y también puso en la gorra ciertos tesoros infantiles de inestimable valor, entre ellos un trozo de tiza, una pelota de goma, tres anzuelos y una canica de la especie conocida como «de cristal de *verdá*». Después siguió andando en puntillas, con gran cuidado, por entre los árboles, hasta que juzgó que no podría ser oído, y entonces echó a correr en dirección al banco de arena.

CAPÍTULO 15

Pocos minutos después, Tom estaba metido en el agua poco profunda del banco, cruzando hacia la ribera de Illinois. Antes de que le llegase a la cintura, ya estaba a la mitad del canal. La corriente no le permitía seguir andando y se echó a nadar, seguro de sí mismo, el kilómetro que le faltaba. Nadaba sesgando la corriente, pero ésta le arrastraba más abajo de lo que esperaba. Sin embargo, alcanzó la costa al fin y se dejó llevar por la orilla hasta que encontró un sitio bajo y salió a tierra. Se metió la mano en el bolsillo: allí seguía el trozo de corteza y, tranquilo sobre este punto, se puso en marcha, a través de los bosques, con la ropa empapada. Poco antes de las diez llegó a un lugar despejado, frente al pueblo, y vio la barca fondeada al abrigo de los árboles y del terraplén que formaba la orilla. Todo estaba tranquilo bajo las estrellas parpadeantes. Bajó chorreando por la cuesta, ojo avizor; se deslizó en el agua, dio tres o cuatro brazadas y se subió al bote que hacía oficio de chinchorro,[1] en la popa de la barca. Se escondió bajo los asientos y allí esperó mientras

1. Pequeña embarcación de remos.

recobraba el aliento. Poco después sonó la campana cascada y una voz dio la orden de desamarrar. Transcurrieron unos segundos y el bote se puso en marcha con la proa alzándose sobre los remolinos de la estela que dejaba la barca. El viaje había empezado y Tom pensaba satisfecho que era la última travesía de aquella noche. Al cabo de un cuarto de hora que pareció eterno, las ruedas se pararon, y Tom se echó por la borda del bote al agua y nadó en la oscuridad hacia la orilla, tomando tierra unos quinientos metros más abajo, fuera del peligro de posibles encuentros. Fue corriendo por callejas poco frecuentadas, e instantes después llegó a la valla trasera de su casa. Salvó el obstáculo y trepó hasta la ventana de la salita, donde se veía luz. Estaban la tía Polly, Sid, Mary y la madre de Joe Harper reunidos. Estaban sentados junto a la cama, la cual se interponía entre el grupo y la puerta. Tom fue a la puerta y empezó a levantar suavemente la cerradura después empujó un poquito y se produjo un chirrido; siguió empujando con gran cuidado y temblando cada vez que las bisagras chirriaban, hasta que vio que podía entrar de rodillas, e introduciendo primero la cabeza, siguió, poco a poco, con el resto de su persona.

—¿Por qué oscila tanto la vela? —dijo tía Polly. Tom se apresuró—. Creo que está abierta esa puerta. Seguro que está abierta. No paran de pasar cosas raras. Anda y ciérrala, Sid.

Tom desapareció bajo la cama en el momento preciso. Descansó un instante, respirando a sus anchas, y después se arrastró hasta casi tocar los pies de su tía.

—Pero, como iba diciendo —prosiguió ésta—, no era lo que se llama malo, sino enredador y travieso. Nada más que tarambana y atolondrado, sí señor. No tenía más capacidad de reflexión que un potro. Nunca lo hacía con mala idea, y no había otro de mejor corazón... —Y empezó a llorar ruidosamente.

—Pues lo mismo le pasaba a mi Joe..., siempre dando guerra y dispuesto para una trastada; pero era lo menos egoísta y todo lo bondadoso que se podía pedir... ¡Y pensar, Dios mío, que le zurré por probar la crema, sin acordarme de que yo misma la había tirado porque se avinagró! ¡Y ya no lo veré nunca, nunca en este mundo, al pobrecito maltratado!

Y también ella se echó a llorar sin consuelo.

—Yo espero que Tom lo pase bien donde esté —dijo Sid—; pero si hubiera sido mejor en algunas cosas...

—¡Sid! —Tom sintió, sin verla, la relampagueante mirada de su tía—. ¡Ni una palabra contra Tom, ahora que lo hemos perdido! Dios lo protegerá..., no tiene usted que preocuparse. ¡Ay, señora Harper! ¡No puedo olvidarlo! ¡No puedo resignarme! Era mi mayor consuelo, aunque me mataba a disgustos.

—El Señor da y el Señor quita. ¡Alabado sea el nombre del Señor! ¡Pero es tan atroz... tan atroz...! No hace ni una semana que hizo estallar un petardo ante mi propia nariz y le di un bofetón que le tiré al suelo. ¡Cómo iba a figurarme entonces que pronto...! ¡Ay! Si lo volviera a hacer otra vez, me lo comería a besos y le daría las gracias.

—Sí, sí; ya me hago cargo de su pena; ya sé lo que está usted pensando. Sin ir más lejos, ayer a mediodía mi Tom rellenó al gato de un remedio para el dolor y creí que el animalito iba a echar la casa al suelo. Y... ¡Dios me perdone! Le di un dedalazo al pobrecito... que ya está en el otro mundo. Pero está descansando ahora de sus problemas. Y sus últimas palabras fueron para reprocharme...

Pero aquel recuerdo era superior a sus fuerzas y la anciana no pudo contenerse. El propio Tom ya estaba haciendo pucheros..., más compadecido de sí mismo que de ningún otro. Oía llorar a Mary y balbucear de cuando en cuando una palabra bondadosa en su defensa. Empezó a tener una más alta idea de sí mismo de la que había tenido hasta entonces. Pero, con todo, estaba tan enternecido por el dolor de su tía que ansiaba salir de su escondrijo y llenarla de alegría..., y lo fantástico y teatral de su escena tenía una atracción irresistible; pero se contuvo y no se movió. Siguió escuchando y dedujo, de unas cosas y otras, que al principio se creyó que los muchachos se habían ahogado bañándose; después se había echado de menos la balsa; más tarde, unos chicos dijeron que los desaparecidos habían prometido que en el pueblo se iba «a oír algo gordo» muy pronto; los sabihondos del lugar «ataron los cabos sueltos» y decidieron que los chicos se habían ido en la balsa y que aparecerían enseguida en el siguiente pueblo río abajo; pero a eso de mediodía hallaron la balsa varada en la orilla, del lado de Missouri, y entonces se perdió toda esperanza; debían de haberse ahogado, pues, de no ser así, el hambre los hubiera obligado a regresar a sus casas al oscurecer, si no antes. Se creía que la busca de los cadáveres no había dado fruto porque los chicos debieron de ahogarse en medio de la corriente, puesto que de otra suerte, y siendo los muchachos buenos nadadores, habrían ganado la orilla. Era la noche del miércoles. Si los cadáveres no aparecían para el domingo, no quedaba esperanza alguna y los funerales se celebrarían aquella mañana. Tom sintió un escalofrío.

La señora Harper dio, sollozando, las buenas noches e hizo ademán de irse. Por un mutuo impulso, las dos mujeres afligidas se echaron una en brazos de la otra, emitieron un largo llanto consolador y al fin se separaron. Tía Polly se estremeció más de lo que hubiera querido al dar las buenas noches a Sid y Mary. Sid gimoteó un poco y Mary se marchó llorando a gritos.

La anciana se arrodilló y rezó por Tom con tal emoción y fervor, y tan intenso amor en sus palabras y en su cascada y temblorosa voz, que él estaba bañado en lágrimas antes que ella hubiera acabado.

Tuvo que seguir quieto largo rato después de que la tía se metiera en la cama, pues continuó lanzando suspiros y lastimeras quejas de cuando en cuando, agitándose inquieta y dando vueltas. Pero al fin se quedó tranquila, aunque dejaba escapar algún sollozo entre sueños. Tom salió entonces, se incorporó lentamente al lado de la cama, cubrió con la mano la luz de la bujía y se quedó mirando a la durmiente. Sentía honda compasión por ella. Sacó el rollo de corteza y lo puso junto al candelero; pero le asaltó alguna idea y se quedó suspenso, meditando. Después se le iluminó la cara como con un pensamiento feliz; volvió a guardar apresuradamente la corteza en el bolsillo; luego se inclinó y besó la marchita faz, y enseguida salió sigilosamente del cuarto, cerrando la puerta tras él.

Siguió el camino de vuelta al embarcadero. No se veía a nadie por allí y subió resueltamente a la barca, porque sabía que no iban a molestarle, pues, aunque quedaba en ella un guarda, tenía la vieja costumbre de meterse en la cama y dormir como un santo de piedra. Desamarró el bote, que estaba a popa; se metió en él y remó con precaución río arriba. Cuando llegó a dos kilómetros por encima del pueblo, empezó a sesgar la corriente, trabajando con brío. Fue a parar exactamente al embarcadero, en la otra orilla, pues estaba familiarizado con la empresa. Tentado estuvo de capturar el bote, arguyendo que podía ser considerado como un barco y, por tanto, legítima presa para un pirata; pero sabía que se le buscaría por todas partes y eso podía llevar a muchos descubrimientos. Así pues, saltó a tierra y entró en el bosque, donde se sentó a descansar un largo rato, luchando consigo mismo para no dormirse, y después se echó a andar, fatigado de la larga caminata, hasta la isla. La noche tocaba a su término; ya era pleno día cuando llegó frente al banco de arena. Se tomó otro descanso hasta que el sol estuvo alto y doró el gran río con su resplandor, y entonces se echó a la corriente. Un poco después se detenía, chorreando, a un paso del campamento, y oyó decir a Joe:

—No, Huck; Tom cumple su palabra y volverá. Sabe que sería un deshonor para un pirata y Tom es demasiado orgulloso para eso. Algo se trae entre manos. ¿Qué podrá ser?

—Bueno; las cosas son ya nuestras, sea como sea, ¿no es verdad?

—Casi casi, pero todavía no. Lo que ha escrito dice que son para nosotros si no ha vuelto para el desayuno.

—¡Y aquí está! —exclamó Tom, con gran efecto dramático, avanzando con aire majestuoso.

Prepararon un suculento desayuno de tocino y pescado en un momento, y, mientras lo despachaban, Tom relató (con adornos) sus aventuras. Cuando el cuento acabó, el terceto de héroes no cabía en sí de vanidad y orgullo. Después Tom buscó un rincón sombrío donde dormir hasta mediodía y los otros dos piratas se aprestaron para la pesca y las exploraciones.

CAPÍTULO 16

Después de comer, toda la cuadrilla se fue a la caza de huevos de tortuga en el banco. Iban de un lado a otro metiendo palitos en la arena, y cuando encontraban un sitio blando se ponían de rodillas y escarbaban con las manos. A veces sacaban cincuenta o sesenta de un solo agujero. Eran redonditos y blancos, un poco menores que una nuez. Aquella noche hicieron una soberbia comida a base de huevos fritos y otra el viernes por la mañana. Después de desayunar corrieron al banco de arena, dando gritos y haciendo cabriolas, persiguiéndose unos a otros y soltando prendas de ropa por el camino hasta quedar desnudos, y entonces continuaron el alboroto dentro del agua hasta un lugar donde la corriente impetuosa les hacía perder pie de cuando en cuando, aumentando con ello la emoción y los gritos. Se echaban agua unos a otros, acercándose con las cabezas vueltas para evitar la lucha, y forcejeaban hasta que el más fuerte hundía la cabeza a su adversario; y luego los tres juntos caían bajo el agua en un agitado revoltijo de piernas y brazos, y volvían a salir, resoplando, jadeantes y sin aliento.

Cuando ya no podían más de puro cansancio, corrían a tenderse en la arena seca y caliente y se cubrían con ella; y poco después volvían al agua a repetir, una vez más, todo el programa. Después se les ocurrió que su piel desnuda se parecía bastante a las mallas de un titiritero, e inmediatamente trazaron un redondel en la arena y jugaron al circo: un circo con tres payasos, pues ninguno quiso ceder a los demás una posición de tanta importancia.

Más tarde sacaron las canicas y jugaron con ellas a todos los juegos conocidos, hasta que se hartaron de la diversión. Joe y Huck se fueron otra vez a nadar, pero Tom no se atrevió, porque al echar los pantalones por el aire había perdido la pulsera de escamas de serpiente de cascabel que llevaba al tobillo. Que hubiera podido librarse de un calambre sin la protección de aquel misterioso talismán era algo que no comprendía. No se decidió a volver al agua hasta que la encontró, y para entonces ya estaban los otros fatigados y con ganas de descansar. Poco a poco se desperdigaron, se pusieron melancólicos y miraban anhelosos a través del ancho río, al sitio donde el pueblo sesteaba al sol. Tom se sorprendió a sí mismo escribiendo «Becky» en la arena con el dedo gordo del pie; lo borró y se indignó con su propia debilidad. Pero, sin embargo, lo escribió una vez más: no podía remediarlo. Lo borró de nuevo, y para evitar la tentación fue a juntarse con los otros.

Pero los ánimos de Joe habían decaído a un punto en que ya no era posible levantarlos. Echaba de menos su casa y ya no podía soportar la pena de no volver a ella. Se le saltaban las lágrimas. Huck también estaba melancólico. Tom se sentía desanimado, pero luchaba para no mostrarlo. Tenía guardado un secreto que aún no estaba dispuesto a revelar; pero si aquella desmoralización de sus secuaces no desaparecía pronto, no tendría más remedio que descubrirlo. En tono amistoso y jovial les dijo:

—Apostaría a que ya ha habido piratas en esta isla. Tenemos que explorarla otra vez. Habrán escondido tesoros por aquí. ¿Qué os parecería si diésemos con un cofre carcomido todo lleno de oro y plata, eh?

Pero no despertó más que un desmayado entusiasmo que se desvaneció sin respuesta. Tom probó otros medios de seducción, pero todos fallaron; era una tarea ingrata e inútil. Joe estaba sentado, con aspecto fúnebre, hurgando en la arena con un palo, y al fin dijo:

—Vamos, chicos, dejémoslo ya. Yo quiero irme a casa. Está esto tan solitario...

—No, Joe, no; te irás encontrando mejor poco a poco —dijo Tom—. Piensa en lo que podemos pescar aquí.

—No me importa la pesca. Lo que quiero es ir a casa.

—Pero mira que no hay otro sitio como éste para nadar.

—No me gusta nadar. Por lo menos, parece como que no me gusta cuando no tengo nadie que me diga que no lo haga. Me vuelvo a mi casa.

—¡Vaya un nene! Quieres ver a tu mamá, por supuesto.

—Sí, quiero ver a mi madre, y tú también querrías si la tuvieses. ¡El nene lo serás tú! —dijo Joe haciendo un puchero.

—Bueno, pues dejemos que se vuelva a casa el niño llorón con su mamá, ¿eh, Huck? ¡Pobrecito, que quiere ver a su mamá! Pues que la vea... A ti te gusta estar aquí, ¿no Huck? Nosotros nos quedamos, ¿no?

Huck dijo un «sí...» por compromiso.

—No me vuelvo a juntar contigo mientras viva —dijo Joe levantándose—. ¡Ya está! —añadió, alejándose enfurruñado y empezando a vestirse.

—¿Qué importa? —dijo Tom—. ¡Como si yo quisiera juntarme contigo! Vuélvete a casa para que se rían de ti. ¡Vaya un pirata! Huck y yo no somos nenes lloricas. Aquí nos quedamos, ¿verdad, Huck? Que se largue si quiere. Podemos pasar sin él.

Pero Tom estaba, sin embargo, inquieto, y se alarmó al ver que Joe, ceñudo, seguía vistiéndose. También era poco tranquilizador ver a Huck, que miraba aquellos preparativos con envidia y guardando un odioso silencio. De pronto Joe, sin decir palabra, empezó a cruzar hacia la ribera de Illinois. A Tom se le encogió el corazón. Miró a Huck. Huck no pudo sostener la mirada y bajó los ojos.

—Yo también quiero irme, Tom —dijo—; esto se está poniendo muy solitario y después lo estará más. Vámonos nosotros también.

—No quiero; os podéis ir si os da la gana. Estoy decidido a quedarme.

—Tom, creo que es mejor que me vaya.

—Pues vete..., ¿quién te lo impide?

Huck empezó a recoger sus harapos dispersos, y después dijo:

—Tom, me gustaría que vinieras tú. Piénsalo bien. Te esperaremos cuando lleguemos a la orilla.

—Bueno, pues vais a esperar un rato largo.

Huck echó a andar apesadumbrado y Tom le siguió con la mirada, y sentía un irresistible deseo de echar a un lado su amor propio y marcharse con ellos. Tuvo una lucha final con su vanidad y después echó a correr tras sus compañeros gritando:

—¡Esperad! ¡Esperad! ¡Tengo que deciros una cosa!

Los otros se detuvieron, aguardándole. Cuando los alcanzó, comenzó a explicarles su secreto y le escucharon de mala gana, hasta que al fin vieron «adónde iba a parar», y lanzaron gritos de entusiasmo y dijeron que era una cosa «de primera» y que si lo hubiera dicho antes no habrían pensado en irse. Tom dio una disculpa aceptable; pero el verdadero motivo de su tardanza había sido el temor de que ni siquiera el secreto tendría fuerza bastante para retenerlos a su lado mucho tiempo, y por eso lo había guardado como el último recurso para seducirlos.

Los chicos dieron la vuelta alegremente y tornaron a sus juegos con entusiasmo, alabando sin cesar el estupendo plan de Tom y admirados de su genial inventiva. Después de una gustosa comida de huevos y pescado,

Tom declaró su intención de aprender a fumar allí mismo. A Joe le sedujo la idea y añadió que a él también le gustaría probar. Así pues, Huck fabricó las pipas y las cargó. Los dos novatos no habían fumado nunca más que cigarros hechos de hojas secas, los cuales, además de quemar la lengua, eran tenidos por algo poco varonil.

Tendidos y reclinándose sobre los codos, empezaron a fumar con brío y con no mucha confianza. El humo sabía mal y carraspeaban a menudo, pero Tom dijo:

—¡Bah! ¡Es fácil! Si hubiese sabido que no era más que esto, habría aprendido mucho antes.

—Igual me pasa a mí —dijo Joe—. Esto no es nada.

—Pues mira —prosiguió Tom—. Muchas veces he visto fumar a la gente, y decía: «¡Ojalá pudiera yo fumar!»; pero nunca se me ocurrió que podría. Eso es lo que me pasaba, ¿no es verdad, Huck? ¿No me lo has oído decir?

—La mar de veces —contestó Huck.

—Pues sí —dijo Tom—. Cientos de veces. Una vez lo dije junto al matadero, cuando estaban todos los chicos delante. ¿Te acuerdas, Huck? Estaba Bob Jannes, y Johnny Miller y Jeff Thatcher cuando lo dije. ¿Te acuerdas, Huck, que lo dije?

—Así es —dijo Huck—. Eso fue el día que perdí la canica blanca..., no, el día antes.

—Podría estar fumando esta pipa todo el día —dijo Joe—. No me marea.

—Ni a mí tampoco —dijo Tom—; pero apuesto a que Jeff Thatcher no es capaz.

—¡Jeff Thatcher! Con dos chupadas estaría rodando por el suelo. Que haga la prueba y verá.

—Eso, y Johnny Miller. Me encantaría ver a Johnny Miller intentarlo.

—Y a mí —dijo Joe—. Seguro que no sería capaz. Una calada y se caería.

—Seguro que sí, Joe. Lo que daría porque los chicos nos vieran ahora.

—¡Y yo!

—Lo que tenéis que hacer es no decir nada, y un día, cuando estén todos juntos, me acerco y te digo: «Joe, ¿tienes tabaco? Voy a echar una pipa». Y tú dices, así como si no fuera nada: «Sí, tengo mi pipa vieja y además otra; pero el tabaco vale poco». Y yo te digo: «¡Bah!, ¡con tal que sea fuerte...!». Y entonces sacas las pipas y las encendemos, tan frescos, y ¡habrá que verlos!

—¡Qué bien va a estar! ¡Me gustaría que fuera ahora mismo, Tom!

—Y a mí. Y cuando nos oigan decir que aprendimos mientras estábamos pirateando, ¡lo que darían por haberlo hecho ellos también!

—Seguro. ¡Me apuesto lo que sea!

Así siguió la charla; pero de pronto empezó a flaquear un poco y a hacerse desarticulada. Los silencios se prolongaron y aumentaron prodigiosamente las expectoraciones. Cada poro dentro de las bocas de los muchachos se había convertido en un surtidor y apenas podían achicar bastante deprisa las lagunas que se les formaban bajo las lenguas para impedir una inundación; frecuentes desbordamientos les bajaban por la garganta a pesar de todos sus esfuerzos y les asaltaban repentinas náuseas. Los dos chicos estaban muy pálidos. A Joe se le escurrió la pipa de entre los dedos flácidos. La de Tom hizo lo mismo. Ambas fuentes fluían con ímpetu furioso, y ambas bombas achicaban a todo vapor; Joe dijo con voz tenue:

—Se me ha perdido la navaja. Más vale que vaya a buscarla.

Tom dijo, con labios temblorosos y tartamudeando:

—Voy a ayudarte. Tú te vas por allí y yo buscaré junto a la fuente. No, no vengas, Huck; nosotros la encontraremos.

Huck se volvió a sentar y esperó una hora. Entonces empezó a sentirse solo y fue en busca de sus compañeros. Los encontró muy apartados, en el bosque, ambos palidísimos y profundamente dormidos. Pero algo le hizo saber que, si habían tenido alguna incomodidad, se habían desembarazado de ella.

Hablaron poco aquella noche a la hora de la cena. Tenían un aire humilde, y cuando Huck preparó su pipa después de cenar y se disponía a preparar las de ellos, dijeron que no, que no se sentían bien..., alguna cosa que habían comido a mediodía les había sentado mal.

CAPÍTULO 17

A eso de la medianoche, Joe se despertó y llamó a los otros. En el aire había una angustiosa pesadez, como el presagio amenazador de algo que sucedía en la oscuridad. Los chicos se apiñaron y buscaron la amigable compañía del fuego, aunque el calor bochornoso de la atmósfera era sofocante. Permanecieron sentados, sin moverse, sobrecogidos, en impaciente espera. Más allá del resplandor del fuego todo desaparecía en una negrura absoluta. Una temblorosa claridad dejó ver confusamente el follaje por un instante y se extinguió enseguida. Poco después vino otra algo más intensa, y la siguieron otra y otra más. Se oyó luego como un débil lamento que suspiraba por entre las ramas del bosque y los muchachos sintieron un suave soplo sobre sus rostros, y se estremecieron imaginando que el Espíritu de la noche había pasado sobre ellos. Hubo una pausa. Un resplandor espectral convirtió la noche en día y mostró nítidas y distintas hasta las más diminutas briznas de hierba, y mostró también tres caras lívidas y asustadas. Un formidable trueno fue retumbando por los cielos y se perdió, con sordas repercusiones, en la distancia. Una bocanada de aire frío barrió el bosque agi-

158

tando el follaje y esparció como copos de nieve las cenizas del fuego. Otro relámpago cegador iluminó la selva y tras él siguió el estallido de un trueno que pareció desgajar las copas de los árboles sobre las cabezas de los muchachos. Los tres se abrazaron, aterrados, en la densa oscuridad en que se sumió todo de nuevo. Gruesas gotas de lluvia empezaron a golpear las hojas.

—¡Corriendo, chicos! ¡Vamos a la tienda!

Se irguieron de un salto y echaron a correr, tropezando en las raíces y en las lianas, cada uno por su lado. Un vendaval furioso rugió entre los árboles, sacudiendo y haciendo crujir cuanto encontraba en su camino. Relámpagos deslumbrantes y truenos ensordecedores se sucedían sin pausa. Y después cayó una lluvia torrencial, que el huracán arrastraba en líquidas sábanas al ras del suelo. Los chicos se llamaban a gritos, pero los bramidos del viento y el retumbar de la tronada ahogaban por completo sus voces. Sin embargo, fueron llegando uno a uno y buscaron cobijo bajo la tienda, ateridos, temblando de espanto, empapados de agua, pero agradecidos de hallarse en compañía en medio de su angustia. No podían hablar por la furia con que aleteaba la maltrecha vela, aunque otros ruidos lo hubiesen permitido. La tempestad crecía por momentos y la vela, desgarrando sus ataduras, salió volando con el temporal. Los chicos, cogidos de la mano, huyeron, arañándose y dando tumbos, a refugiarse bajo un gran roble que se erguía a la orilla del río. La batalla estaba en su punto culminante. Bajo la incesante tormenta de relámpagos que flameaban en el cielo, todo se destacaba crudamente y sin sombra; los árboles doblegados, el río ondulante cubierto de espuma blanca que el viento arrebataba, y las indecisas líneas de los promontorios y acantilados de la otra orilla se vislumbraban a ratos a través del agitado velo de la lluvia oblicua. A cada momento algún árbol gigante se rendía en la lucha y se desplomaba con estruendosos chasquidos sobre los otros más jóvenes, y el ruido incesante de los truenos culminaba ahora en estallidos repentinos y rápidos, explosiones que desgarraban el oído y producían un espanto indescriptible. La tempestad realizó un esfuerzo supremo, como si fuera a hacer pedazos la isla, incendiarla, sumergirla hasta los ápices de los árboles, arrancarla de su sitio y aniquilar a todo ser vivo que hubiese en ella, todo a la vez, en el mismo instante. Era una tremenda noche para que aquellos pobres chiquillos sin hogar la pasaran a la intemperie.

Pero al rato la batalla llegó a su fin y las fuerzas contendientes se retiraron, con amenazas y murmullos cada vez más débiles y lejanos, y la paz recuperó su lugar. Los chicos volvieron al campamento, todavía sobrecogidos de espanto; pero vieron que aún tenían algo que agradecer, porque el gran sicomoro resguardo de sus lechos no era más que una ruina, hendido por los rayos, y no habían estado ellos allí, bajo su cobijo, cuando ocurrió la catástrofe.

Todo el campamento estaba empapado, incluso la hoguera, pues no eran sino imprevisoras criaturas, como su generación, y no habían tomado precauciones en caso de lluvia. Una pena, porque estaban chorreando y con escalofríos. Se lamentaron mucho; pero enseguida descubrieron que el fuego había penetrado tanto bajo el enorme tronco que servía de respaldo a la hoguera que un pequeño trecho había escapado a la mojadura. Así pues, con paciente trabajo y arrimando briznas y cortezas de otros troncos resguardados del chaparrón, consiguieron reanimarlo. Después apilaron encima una gran provisión de palos secos, hasta que surgió de nuevo un fuego chisporroteante y se les alegró el corazón. Sacaron el jamón cocido y tuvieron un festín; y sentados después en torno del fuego comentaron, exageraron y glorificaron su aventura nocturna hasta que rompió el día, pues no había sitio seco donde tenderse a dormir en toda la zona.

Cuando el sol empezó a acariciar a los muchachos, sintieron una invencible somnolencia y se fueron al banco de arena a tumbarse y dormir. El sol les abrasó la piel y algo tristes se pusieron a preparar el desayuno. Después se sintieron con los cuerpos anquilosados, con agujetas y un tanto nostálgicos de sus casas. Tom vio los síntomas y se puso a reanimar a los piratas lo mejor que pudo. Pero no tenían ganas de canicas, ni de circo, ni de nadar, ni de cosa alguna. Les hizo recordar el imponente secreto y así consiguió despertar en ellos un poco de alegría. Antes de que se desvaneciese, logró interesarlos en una nueva empresa. Consistía en dejar de ser piratas por un rato y ser indios, para variar un poco. La idea los sedujo; así es que se desnudaron en un santiamén y se embadurnaron con barro, a franjas, como cebras. Los tres eran jefes, por supuesto, y marcharon a escape, a través del bosque, a atacar un poblado de colonos ingleses.

Después se dividieron en tres tribus hostiles y se dispararon flechas unos a otros desde emboscadas, con espeluznantes gritos de guerra, y se mataron y se arrancaron las cabelleras a miles. Fue una jornada sangrienta y, por consiguiente, satisfactoria.

Se reunieron en el campamento a la hora de cenar, hambrientos y felices. Pero surgió una dificultad: indios enemigos no podían comer juntos el pan de la hospitalidad sin antes hacer las paces, y esto era, simplemente, una imposibilidad sin fumar la pipa de la paz. Jamás habían oído de ningún otro procedimiento. Dos de los salvajes casi se arrepienten de haber dejado de ser piratas. Sin embargo, ya no había remedio, y con toda la jovialidad que pudieron simular pidieron la pipa y dieron su chupada, según iba pasando de mano en mano, como era la costumbre.

Y he aquí que se dieron por contentos de haberse dedicado al salvajismo, pues algo habían ganado con ello: vieron que ya podían fumar un poco sin tener que marcharse a buscar navajas perdidas, y que no se llegaban a marear del todo. No era probable que por la falta de interés desperdiciasen tontamente tan prometedoras esperanzas. No; después de cenar prosiguieron, con prudencia, sus ensayos y el éxito fue muy aceptable, así que pasaron una alegre velada. Se sentían más orgullosos y satisfechos de su nueva habilidad que lo hubieran estado de mondar y pelar los cráneos de las tribus de las Seis Naciones. Dejémoslos fumar, charlar y fanfarronear, pues por ahora no nos hacen falta.

CAPÍTULO 18

Pero no había risas ni regocijo en el pueblo aquella tranquila tarde del sábado. Las familias de los Harper y de tía Polly estaban vistiéndose de luto entre congojas y lágrimas. Una inusitada quietud prevalecía en toda la población, ya de por sí quieta y tranquila. Las gentes atendían a sus menesteres con aire distraído y hablaban poco, pero suspiraban mucho. La fiesta del sábado les parecía una pesadumbre a los chiquillos: no ponían entusiasmo en sus juegos y poco a poco desistieron de ellos.

Por la tarde, Becky, sin darse cuenta, se encontró vagando por el patio de la escuela, entonces desierto, muy melancólica. Pero no encontró nada que la consolara. Empezó a hablar sola.

—¡Quién tuviera la bola de latón! ¡Pero no tengo nada, ni un solo recuerdo! —dijo, y reprimió un ligero sollozo.

Después se detuvo y continuó su soliloquio:

—Fue aquí, precisamente. Si volviera a ocurrir no le diría aquello, no..., ¡por nada del mundo! Pero ya se ha ido, y no lo veré nunca, nunca más.

Tal pensamiento le hizo romper en llanto y se alejó, sin rumbo, con las lágrimas rodándole por las mejillas. Después se acercó un nutrido grupo de chicos y chicas —compañeros de Tom y de Joe— y se quedaron mirando por encima de la cabaña y hablando en tonos reverentes de cómo Tom hizo esto o aquello la última vez que lo vieron, y de cómo Joe dijo tales o cuales cosas —llenas de latentes y tristes profecías, como ahora se veía—; y cada uno señalaba el sitio preciso donde estaban los ausentes en el momento aquel, con observaciones como «y yo estaba aquí, como estoy ahora, y como si tú fueras él..., y entonces va él y ríe así..., y a mí me pasó una cosa por todo el cuerpo, y yo no sabía lo que aquello quería decir..., ¡y ahora se ve bien claro!».

Después hubo una disputa sobre quién fue el último que vio vivos a los muchachos, y todos se atribuían aquella fúnebre distinción y ofrecían pruebas más o menos amañadas por los testigos; y cuando, al fin, quedó decidido quiénes habían sido los últimos que los vieron en este mundo y cambiaron con ellos las últimas palabras, los favorecidos adoptaron un aire de sagrada solemnidad e importancia y fueron contemplados con admiración y envidia por el resto. Un pobre chico que no tenía otra cosa de que alardear dijo con manifiesto orgullo del recuerdo:

—Pues mira, a mí Tom Sawyer me zurró un día.

Pero tal puja por la gloria fue un fiasco. La mayor parte de los chicos podían decir otro tanto y eso abarató enormemente la distinción.

Cuando terminó la escuela dominical, a la mañana siguiente, la campana empezó a doblar, en vez de tocar como de costumbre. Era un domingo muy tranquilo y el fúnebre tañido parecía hermanarse con el suspense y recogimiento de la naturaleza. Empezó a reunirse la gente del pueblo, parándose un momento en el vestíbulo para cuchichear acerca del triste suceso. Pero no había murmullos dentro de la iglesia, sólo el rozar de los vestidos mientras las mujeres se acomodaban en sus asientos turbaba el silencio. Nadie recordaba tanta concurrencia. Hubo una pausa expectante, una callada espera y entró tía Polly seguida de Sid y Mary, y después la familia Harper, todos vestidos de negro; y los fieles, incluso el anciano pastor, se levantaron y permanecieron en pie hasta que los enlutados tomaron asiento en el banco delantero. Hubo otro silencio emocionante, interrumpido por algún ahogado sollozo, y después el pastor extendió las manos y rezó. Se entonó un himno conmovedor y el sacerdote anunció el texto de su sermón: «Yo soy la resurrección y la vida».

En el curso de su oración trazó el buen señor tal pintura de las gracias, amables cualidades y prometedoras dotes de los tres desaparecidos que cuantos le oían, creyendo reconocer la fidelidad de los retratos, sintieron agudos remordimientos al recordar que hasta entonces se habían obstinado en cerrar los ojos para no ver esas cualidades excelsas sino sólo faltas y defectos en los pobres chicos. El pastor relató, además, muchos y muy enternecedores rasgos de sus vidas, rasgos que demostraban la ternura y generosidad de sus corazones; y la gente pudo ver ahora claramente lo noble y hermoso de esos episodios y recordar con pena que cuando ocurrieron no les habían parecido sino insignes picardías merecedoras de una paliza. La concurrencia se fue enterneciendo más y más a medida que el relato seguía, hasta que todos los presentes dieron rienda suelta a su emoción y se unieron a las llorosas familias de los desaparecidos en un coro de acongojados sollozos; y el predicador mismo, sin poder contenerse, lloraba en el púlpito.

En la balconada hubo ciertos ruidos que nadie notó; poco después rechinó la puerta de la iglesia; el pastor levantó los ojos por encima del pañuelo, y ¡se quedó petrificado! Un par de ojos primero, y otros después, siguieron a los del pastor, y enseguida, como movida por un solo impulso, toda la gente se levantó y se quedó mirando atónita, mientras los tres muchachos difuntos avanzaban en hilera por el pasillo, Tom a la cabeza, detrás Joe, y Huck, un montón de colgantes harapos, huraño y azorado, cerraba la marcha. Habían estado escondidos en la balconada, que estaba siempre cerrada, escuchando su propio panegírico fúnebre.

Tía Polly, Mary y los Harper se arrojaron sobre sus respectivos resucitados, sofocándolos a besos y dando gracias y bendiciones, mientras el pobre Huck permanecía abochornado y sobre ascuas, no sabiendo qué hacer o dónde esconderse de tantas miradas hostiles. Vaciló, y se disponía a dar la vuelta y escabullirse cuando Tom le asió y dijo:

—Tía Polly, esto no vale. Alguien tiene que alegrarse de ver a Huck.

—¡Y claro que sí! ¡Yo me alegro de verlo, pobrecito desamparado sin madre!

Y los afectos y mimos que tía Polly le prodigó eran la única cosa capaz de aumentar aún más su confusión y su malestar.

De pronto el pastor gritó con todas sus fuerzas:

—«¡Alabado sea Dios, por quien todo bien nos es dado!» ¡Cantad! ¡Y poned toda el alma!

Y así lo hicieron. El viejo himno número cien se elevó triunfal, y mientras el canto hacía temblar las vigas, Tom Sawyer, el pirata, miró en torno suyo hacia las envidiosas caras juveniles que le rodeaban, y se confesó a sí mismo que era aquel el momento de mayor orgullo de su vida.

Cuando los estafados concurrentes fueron saliendo, decían que casi desearían volver a ser puestos en ridículo con tal de oír otra vez el himno cantado de aquella manera.

Tom recibió más sopapos y más besos aquel día —según cambiaba el humor de tía Polly— que los que ordinariamente se ganaba en un año, y no sabía cuál de las dos cosas expresaba mejor su agradecimiento a Dios y su cariño hacia él.

CAPÍTULO 19

A quél era el gran secreto de Tom: la idea de regresar con sus compañeros de piratería y asistir a sus propios funerales. Habían remado hasta la orilla del Missouri, montados sobre un tronco, al atardecer del sábado, tomando tierra a diez u once kilómetros más abajo del pueblo; habían dormido en los bosques, a poca distancia de las casas, hasta la hora del alba, y entonces se habían deslizado entre las callejuelas desiertas y habían dormido lo que les faltaba de sueño en la balconada de la iglesia, entre un caos de bancos sin patas.

Durante el desayuno, el lunes por la mañana, tía Polly y Mary se deshicieron en amabilidades con Tom y en halagarle y servirle. Se habló mucho, y, en el curso de la conversación, tía Polly dijo:

—La verdad es que no puede negarse que ha sido un buen bromazo, Tom, tenernos sufriendo a todos casi una semana, mientras vosotros lo pasabais en grande; pero ¡qué pena que hayas tenido tan mal corazón para dejarme sufrir a mí de esa manera! Si podías venirte sobre un tronco para ver tu funeral, también podías haber venido y haberme dado a entender de algún modo que no estabas muerto, sino que te habías escapado.

—Sí, Tom, debiste hacerlo —dijo Mary—, pero creo que lo habrías hecho si se te hubiera ocurrido.

—¿De veras, Tom? —dijo tía Polly con expresión de ansiedad—. Dime, ¿lo habrías hecho si se te hubiera ocurrido?

—Yo... pues no lo sé. Hubiera echado todo a perder.

—Tom, creí que me querías lo suficiente para eso —dijo la tía con un tono triste que desconcertó al muchacho—. Se te podía haber ocurrido, aunque no lo hubieses hecho.

—No es tan grave, tía —alegó Mary—; es sólo el atolondramiento de Tom, que no ve más que lo que tiene delante y no se acuerda nunca de nada.

—Pues peor que peor. Sid sí se hubiera acordado y habría venido. Algún día te acordarás, Tom, cuando ya sea demasiado tarde y sentirás no haberme querido más cuando tan poco te hubiera costado.

—Vamos, tía, ya sabes que te quiero —dijo Tom.

—Mejor lo sabría si te portases de otra manera.

—¡Lástima que no lo pensase! —dijo Tom, arrepentido—; pero, de todos modos, soñé contigo. Eso ya es algo, ¿eh?

—No es mucho, hasta el gato lo hubiera hecho; pero es mejor que nada. ¿Qué soñaste?

—Pues el miércoles por la noche soñé que estabas sentada ahí junto a la cama y Sid junto a la leñera, y Mary pegada a él.

—Y fue así. Así nos sentamos siempre. Me alegro que en sueños te preocupes, aunque sea tan poco, de nosotros.

—Y soñé que la madre de Joe Harper estaba aquí.

—¡Pues sí que estaba! ¿Qué más soñaste?

—Un montón de cosas. Pero casi no me acuerdo.

—Bueno, trata de acordarte. ¿No puedes?

—No sé, me parece que el viento... el viento sopló la... la...

—¡Recuerda, Tom! El viento sopló alguna cosa. ¡Vamos!

Tom se apretó la frente con las manos, mientras los otros permanecían en suspense, y dijo al fin:

—¡Ya lo tengo! ¡Ya lo sé! Sopló la vela.

—¡Dios de mi vida! ¡Sigue, Tom, sigue!

—Y me acuerdo que dijiste: «Me parece que esa puerta...».

—¡Sigue, Tom!

—Déjame pensar un poco..., un momento. ¡Ah, sí! dijiste que la puerta estaba abierta.

—¡Como estoy aquí sentada que lo dije! ¿No lo dije, Mary? ¡Sigue!

—¡Y después, después... no estoy seguro, pero me parece que le dijiste a Sid que fuese y...

—¡Anda, anda! ¿Qué le mandé que hiciese?

—Le mandaste..., le mandaste... ¡que cerrase la puerta!

—¡En el nombre de Dios! ¡No oí cosa igual en mis días! Que me digan ahora que no hay nada en los sueños. No pasará ni una hora antes de que sepa esto Sereny Harper. Quisiera ver qué dice ahora de todas sus pamplinas sobre las supersticiones. ¡Sigue, Tom!

—Ya lo voy viendo todo claro como la luz. Enseguida dijiste que yo no era malo, sino travieso y alocado, y tan poco responsable como un potro me parece que fue.

—¡Y así fue! ¡Vamos! ¡Dios Todopoderoso! ¿Qué más, Tom?

—Y entonces empezaste a llorar.

—¡Así pasó, así pasó! Ni era la primera vez. Y después...

—Después la madre de Joe lloró también y dijo que su hijo era igual, que ojalá no le hubiera azotado por comerse la crema, cuando ella misma la había tirado.

—¡Tom! ¡El espíritu había descendido sobre ti! ¡Estabas profetizado! Eso es lo que hacías. ¡Dios me valga! ¡Sigue, Tom!

—Entonces Sid dijo, dijo...

—Yo creo que no dije nada —indicó Sid.

—Sí, algo dijiste, Sid —dijo Mary.

—¡Cerrad el pico y que hable Tom! ¿Qué es lo que dijo Sid?

—Dijo que esperaba que lo pasase mejor donde estaba, pero que si yo hubiese sido mejor...

—¿Lo oís? ¡Fueron sus propias palabras!

—Y tú le hiciste callar.

—¡Así fue! ¡Debió de haber un ángel por aquí! ¡Aquí había un ángel por alguna parte!

—Y la señora Harper contó que Joe la había asustado con un petardo, y tú contaste lo de Peter y el remedio contra el dolor.

—Tan cierto como que es de día.

—Después se habló de dragar el río para buscarnos y de que los funerales serían el domingo, y vosotras os abrazasteis y llorasteis, y después ella se marchó.

—Así fue. Así precisamente, tan cierto como que estoy sentada en esta silla. Tom, no podrías contarlo mejor aunque lo hubieses visto. ¿Y después qué pasó? Sigue Tom.

—Después me pareció que rezabas por mí... y creía que te estaba viendo y que oía todo lo que decías. Y te metiste en la cama y yo fui y cogí un pedazo de corteza y escribí en ella: «No estamos muertos; no estamos más que haciendo de piratas», y lo puse en la mesa junto al candelero; y parecías tan buena allí, dormida, que me incliné y te di un beso.

—¿De verdad, Tom, de verdad? ¡Todo te lo perdono! —Y estrechó a Tom en un apretadísimo abrazo que le hizo sentirse el más culpable de los villanos.

—Fue una buena acción, aunque es verdad que fue solamente... en sueños —balbuceó Sid en un monólogo apenas audible.

—¡Cállate, Sid! Uno hace en sueños justamente lo que haría estando despierto. Aquí tienes una manzana como no hay otra, que estaba guardando para ti si es que llegaban a encontrarte. Y ahora vete a la escuela. Doy gracias a Dios bendito, Padre de todos nosotros, porque te tengo otra vez aquí, porque es paciente y misericordioso con los que tienen fe en Él y guardan sus mandamientos, aunque no soy digna de sus bondades; pero si únicamente los dignos recibieran su gracia y su ayuda en las adversidades, pocos serían los que disfrutarían aquí abajo o llegarían a descansar en la paz del Señor en la noche eterna. ¡Andando, Sid, Mary, Tom! ¡En marcha! ¡Quitaos de en medio, que ya me habéis mareado bastante!

Los niños se fueron a la escuela; y la anciana, a visitar a la señora Harper para aniquilar su escepticismo con el maravilloso sueño de Tom. Sid fue lo bastante listo para callarse lo que tenía en la cabeza al salir de casa. Era éste:

«Bastante flojito. Un sueño tan largo como ése y sin una sola equivocación en todo él».

¡En qué héroe se había convertido Tom! Ya no iba dando saltos y haciendo cabriolas, sino que avanzaba con majestuoso y digno semblante, como correspondía a un pirata que sentía las miradas del público fijas en él. Y la verdad es que lo estaban; trataba de fingir que no notaba esas miradas ni oía los comentarios a su paso; pero eran néctar y ambrosía para él. Llevaba detrás un enjambre de chicos más pequeños, tan orgullosos de estar en su compañía, de que Tom los aceptara, como si Tom fuera el tamborilero a la cabeza de una procesión o el elefante entrando en el pueblo al frente de una bandada de fieras.

Los muchachos de su edad fingían que no se habían enterado de su ausencia; pero se consumían de envidia. Hubieran dado todo lo del mundo por tener aquella piel curtida y tostada del sol y aquella deslumbrante notoriedad, y Tom no se hubiera desprendido de ella ni siquiera por un circo.

En la escuela, los chicos asediaron de tal manera a Tom y Joe, y era tal la admiración con que los contemplaban, que no tardaron los dos héroes en ponerse insoportables de puro engreimiento. Empezaron a relatar sus aventuras a los insaciables oyentes; pero no hicieron más que empezar, pues no era cosa a lo que fácilmente se pudiera poner remate, con imaginaciones como las suyas para suministrar materiales. Y por último, cuando sacaron las pipas y se pasearon serenamente lanzando bocanadas de humo, alcanzaron la cima más alta de la gloria.

Tom decidió que ya no necesitaba a Becky Thatcher. Con la gloria le bastaba. Ahora que había llegado a la celebridad, quizá ella querría hacer las paces. Pues que lo pretendiera, ya vería como él podía ser tan indiferente como el que más. En aquel momento llegó ella. Tom hizo como que no la veía y se unió a un grupo de chicos y chicas y empezó a charlar. Vio que ella saltaba y corría de aquí para allá, encendida la cara y brillantes los ojos, muy ocupada al parecer en perseguir a sus compañeras y riéndose locamente cuando atrapaba a alguna; pero Tom notó que todas las capturas las hacía cerca de él y que miraba con el rabillo del ojo en su dirección. Halagaba aquello cuanta maligna vanidad había en él, y así, en vez de conquistarle, no hizo más que ponerle más despectivo y que evitase dejar ver que sabía que ella andaba por allí. A poco dejó Becky de llamar la atención y erró indecisa por el patio, suspirando y lanzando hacia Tom furtivas y ansiosas ojeadas. Observó que Tom hablaba más con Amy Lawrence que con ninguna otra. Sintió una pena aguda y se puso nerviosa. Trató de marcharse, pero los pies no le obedecían y, a su pesar, la llevaron hacia el grupo. Con fingida animación dijo a una niña que estaba al lado de Tom:

—¡Hola, Mary Austin, pícara! ¿Por qué no fuiste a la escuela dominical?

—Sí, fui; ¿no me viste?

—¡Pues no te vi! ¿dónde estabas?

—En la clase de la señorita Peters, donde siempre voy. Yo te vi a ti.

—¿De verdad? ¡Pues no te vi! Quería hablarte de la merienda campestre.

—¡Qué bien! ¿Quién la va a hacer?

—Mamá me va a dejar que la haga yo.

—¡Qué alegría! ¿Y dejará que yo vaya?

—Pues sí. La merienda es por mí, y mamá permitirá que vayan los que yo quiera; y quiero que vayas tú.

—Eso está muy bien. ¿Y cuándo va a ser?

—Pronto. Puede ser que para las vacaciones.

—¡Cómo nos vamos a divertir! ¿Y vas a llevar a todas las chicas y chicos?

—Sí, a todos los que son amigos míos... o que quieran serlo. —Y echó a Tom una mirada rápida y furtiva; pero él siguió charlando con Amy sobre la terrible tormenta de la isla y de cómo un rayo partió el gran sicomoro «en astillas» mientras él estaba «en pie a menos de un metro del árbol».

—¿Puedo ir? —dijo Gracie Miller.

—Sí.

—¿Y yo? —preguntó Sally Rogers.

—Sí.

—¿Y yo también? —preguntó Susy Harper—. ¿Y Joe?

—Sí.

Y así siguieron, con palmoteos de alegría, hasta que todos los del grupo habían pedido que se los invitase, menos Tom y Amy. Tom dio la vuelta desdeñoso y se alejó con Amy, sin interrumpir su coloquio. A Becky le temblaron los labios y las lágrimas le asomaron a los ojos, aunque lo disimuló con una forzada alegría y siguió charlando; pero la merienda había perdido su encanto, y todo lo demás, también; se alejó en cuanto pudo a un lugar apartado para darse «un buen atracón de llorar», según la expresión de su sexo. Después se fue a sentar triste y herida en su amor propio, hasta que tocó la campana. Se levantó enfadada, con un vengativo fulgor en los ojos; dio una sacudida a las trenzas, y se dijo que ya sabía lo que iba a hacer.

Durante el recreo, Tom siguió coqueteando con Amy, jubiloso y satisfecho. No cesó de andar de un lado para otro para encontrarse con Becky y hacerla sufrir. Al fin consiguió verla; pero el termómetro de su alegría bajó de pronto a cero. Estaba sentada confortablemente en un banquito detrás de la escuela, viendo un libro de estampas con Alfred Temple; y tan absorta estaba la pareja y tan juntas ambas cabezas, inclinadas sobre el libro, que no parecían darse cuenta de que existía el resto del mundo. Los celos abrasaron a Tom como fuego líquido que corriese por sus venas. Abominaba de sí mismo por haber desperdiciado la ocasión que Becky le había ofrecido para que se reconciliasen. Se llamó idiota y cuantos insultos encontró a mano. Sentía ganas de llorar de pura rabia. Amy seguía charlando alegremente mientras paseaban, porque estaba loca de contento; pero Tom se había quedado sin palabras. No oía lo que Amy le estaba diciendo, y cuando se callaba, esperando una respuesta, no podía más que balbucear un asentimiento que casi nunca venía a cuento. Procuró pasar una y otra vez por detrás de la escuela, para saciarse los ojos en el odioso espectáculo. No podía remediarlo. Y le enloquecía ver, o creer que veía, que Becky ni por un momento había llegado a sospechar que él estaba allí, en el mundo de los vivos. Pero ella veía, sin embargo; y sabía, además, que estaba venciendo en la contienda, y estaba encantada de verle sufrir como había sufrido ella. El continuo cotorreo de Amy se hizo inaguantable. Tom dejó caer indirectas sobre cosas que tenía que hacer, cosas que no podían aguardar y el tiempo volaba. Pero en vano: la muchacha no cerraba el pico. Tom pensaba: «¡Maldita sea! ¿Cómo me voy a librar de ella?». Al fin, las cosas que tenía que hacer no pudieron esperar más. Ella dijo cándidamente que «andaría por allí» al acabarse la escuela. Y él se fue disparado y lleno de rencor contra ella.

«¡Si fuera cualquier otro...!», pensaba, haciendo rechinar los dientes. «¡Cualquier otro, de todos los del pueblo, menos ese gomoso de Saint Louis, que presume

177

de elegante y de aristócrata! Pero está bien. ¡Yo te zurré el primer día que pisaste este pueblo y te pegaré otra vez! ¡Espera a que te pille en la calle! Te voy a coger y...»

Y realizó todos los actos y movimientos requeridos para dar una formidable zurra a un muchacho imaginario, soltando puñetazos al aire, sin olvidar los puntapiés y los golpes en la nuca.

«¿Qué? ¿Ya tienes bastante? No puedes más, ¿eh? Pues con esto aprenderás para otra vez.»

Y así, la pelea ilusoria acabó a su gusto.

Tom voló a su casa a mediodía. Su conciencia no podía soportar por más tiempo el cariño y la gratitud de Amy, y sus celos tampoco podían soportar ya más la vista del otro dolor. Becky prosiguió la contemplación de las estampas; pero como los minutos pasaban lentamente y Tom no volvió a aparecer, para someterlo a nuevos tormentos, su triunfo empezó a nublarse y ella a sentir un aburrimiento mortal. Se puso seria y distraída, y después, triste. Dos o tres veces aguzó el oído, pero no era más que una falsa alarma. Tom no aparecía. Al fin se sintió del todo desconsolada y arrepentida de haber llevado las cosas a tal extremo. El pobre Alfred, viendo que se le iba de entre las manos, sin saber por qué, seguía exclamando: «¡Aquí hay una preciosa! ¡Mira ésta!»; pero ella acabó de perder la paciencia y le dijo: «¡Vaya, no me fastidies! ¡No me gustan!»; y rompió en lágrimas, se levantó, y se fue de allí.

Alfred la alcanzó y se puso a su lado, dispuesto a consolarla, cuando ella le dijo:

—¡Vete de aquí y déjame en paz! ¡No te quiero ver!

El muchacho se quedó parado, preguntándose qué era lo que había hecho, pues Becky le había dicho que estaría viendo las estampas durante todo el mediodía, y ella siguió su camino llorando. Después Alfred entró, pensativo, en la escuela desierta. Estaba humillado y furioso. Se dio cuenta de la verdad fácilmente: Becky lo había utilizado para vengarse de Tom Sawyer. Tal pensamiento no era para disminuir su aborrecimiento hacia Tom. Buscaba un medio de vengarse sin mucho riesgo para su persona. Sus ojos tropezaron con la gramática de su rival. Abrió el libro por la página donde estaba la lección para aquella tarde y la embadurnó de tinta. En aquel momento, Becky se asomó a la ventana, detrás de él, vio la maniobra y siguió su camino sin que él la viera. La niña volvió a su casa con la idea de buscar a Tom y contarle lo ocurrido: él se lo agradecería y con eso habían de acabar sus mutuas penas. Antes de llegar a medio camino había cambiado de parecer. Recordó la conducta de Tom al hablar ella de la merienda, y enrojeció de vergüenza. Y resolvió dejar que le azotasen por el estropicio de la gramática, y aborrecerlo eternamente, por añadidura.

CAPÍTULO 20

Tom llegó a su casa de negrísimo humor, y las primeras palabras de su tía le hicieron ver que había llevado sus penas a un mercado ya bastante abastecido, donde tendrían poca salida.

—Tom, me están dando ganas de desollarte vivo.

—¿Qué he hecho, tía?

—Pues has hecho de sobra. Me voy, ¡pobre de mí!, a ver a Sereny Harper, como una vieja boba que soy, figurándome que le iba a hacer creer todas aquellas simplezas de tus sueños, cuando me encuentro con que ya había descubierto, por su Joe, que tú habías estado aquí y que habías escuchado todo lo que dijimos aquella noche. Tom, ¡no sé en lo que puede acabar un chico capaz de hacer una cosa parecida! Me pongo mala de pensar que hayas podido dejarme ir a casa de Sereny Harper y ponerme en ridículo, y no decir palabra.

Éste era un nuevo aspecto de la cuestión. Su agudeza de por la mañana le había parecido antes una broma ingeniosa y saladísima. Ahora sólo le parecía una estúpida villanía. Dejó caer la cabeza y por un momento no supo qué decir.

—Tiíta —dijo al fin— quisiera no haberlo hecho, pero no pensé...

—¡Diablo de chico! ¡No piensas nunca! No piensas nunca en nada que no sea tu propio egoísmo. Pudiste pensar en venir hasta aquí desde la isla de Jackson para reírte de nuestros apuros, y no se te ocurrió otra cosa para engañarme que una mentira como la del sueño; pero tú nunca piensas en tener lástima de nosotros ni en evitarnos penas.

—Tía, sé que fue una maldad, pero lo hice sin intención; te juro que sí. No vine aquí a burlarme aquella noche.

—Pues, ¿a qué venías entonces?

—Era para decirte que no te apurases por nosotros, porque no nos habíamos ahogado.

—¡Tom, Tom! ¡Qué contenta estaría si pudiera creer que eres capaz de tener un pensamiento tan bueno como ése! Pero bien sabes tú que no lo has tenido, bien lo sabes.

—De verdad que sí, tía. Que no me mueva de aquí si no lo tuve.

—No mientas, Tom, no mientas. Con eso no haces más que agravarlo.

—No es mentira, tía, es la pura verdad. Quería que no pasaras un mal rato; para eso vine aquí.

—No sé lo que daría por creerlo; eso compensaría por un sinfín de pecados, Tom. Casi me alegraría de que hubieses hecho la diablura de escaparte; pero no es creíble, porque ¿cómo fue que no lo dijiste, criatura?

—Pues mira, tía: cuando empezasteis a hablar de los funerales, me vino la idea de volver allí y escondernos en la iglesia, y, no sé cómo, no pude resistir la tentación y no quise echarla a perder. De modo que me volví a meter la corteza en el bolsillo y no abrí el pico.

—¿Qué corteza?

—Una corteza donde había escrito diciendo que nos habíamos hecho piratas. ¡Ojalá te hubieras despertado cuando te besé!, lo digo de veras.

El severo ceño de la tía se dulcificó y un súbito enternecimiento apareció en sus ojos.

—¿Me besaste, Tom?

—Pues sí, te besé.

—¿Estás seguro, Tom?

—Sí, tía. Seguro.

—¿Por qué me besaste?

—Porque te quiero tanto..., y estabas allí llorando y yo lo sentía mucho.

—¡Pues bésame otra vez, Tom!, y ya estás marchándose a la escuela, y no me molestes más.

En cuanto él se fue, corrió hacia el armario y sacó los restos de la chaqueta con que Tom se había lanzado a la piratería. Pero se contuvo de pronto, con ella en la mano, y se dijo a sí misma: «No, no me atrevo. ¡Pobrecito! Me figuro que ha mentido pero es una santa mentira, porque ¡me consuela tanto...! Espero que el Señor, sé que el Señor se la perdonará, porque la ha dicho de puro buen corazón. Pero no quiero descubrir que ha sido mentira y no quiero mirar».

Volvió a guardar la chaqueta y se quedó allí, susurrando un momento. Dos veces alargó la mano para volver a coger la prenda y las dos se contuvo. Una vez más repitió el intento y se reconfortó con esta reflexión. «Es una mentira buena, es una mentira buena, no debe causarme tristeza.» Registró el bolsillo de la chaqueta. Un momento después estaba leyendo, a través de las lágrimas, lo que Tom había escrito en la corteza y se decía: «¡Perdonaría ahora al chico aunque hubiera cometido un millón de pecados!».

CAPÍTULO 21

Había algo en la actitud y en la expresión de tía Polly cuando besó a Tom que dejó los espíritus de éste limpios de melancolía y le hizo de nuevo feliz y contento. Se fue hacia la escuela, y tuvo la suerte de encontrarse a Becky en el camino. Su humor del momento determinaba siempre sus actos. Sin un instante de vacilación, corrió hasta ella y le dijo:

—Me he portado mal esta mañana, Becky. Nunca, nunca lo volveré a hacer mientras viva. ¿Vamos a olvidarlo, no?

La niña se detuvo y le miró, con menosprecio, cara a cara.

—Le agradeceré a usted que se quite de mi presencia, señor Thomas Sawyer. En mi vida volveré a hablarle.

Echó atrás la cabeza y siguió adelante. Tom se quedó tan estupefacto que no tuvo ni siquiera la presencia de ánimo para decirle: «¡Y a mí qué me importa!» hasta que el instante oportuno había ya pasado. Así es que no dijo nada, pero temblaba de rabia. Entró en el patio de la escuela. Querría que Becky hubiera sido un muchacho, imaginándose la tunda que le habría dado si así fuera. Al rato se encontró con ella y al pasar le dijo una indirecta mortificante. Ella le soltó otra y la brecha del odio que los separaba se hizo un abismo. Le parecía a Becky, en el acaloramiento de su rencor, que no llegaba nunca la hora de empezar la clase: tan impaciente estaba de ver a Tom azotado por el desprecio de la gramática. Si alguna remota idea le quedaba de acusar a Alfred Temple, la injuria de Tom hizo que se desvaneciera por completo.

No sabía la pobrecilla que pronto ella misma se iba a encontrar en apuros. El maestro, el señor Dobbins, había alcanzado la edad madura con una ambición no satisfecha. El deseo de vida había sido llegar a hacerse doctor; pero la pobreza le había condenado a no pasar de maestro de escuela de pueblo. Todos los días sacaba de su pupitre un libro misterioso y se absorbía en su lectura cuando las tareas de la clase se lo permitían. Guardaba aquel libro bajo llave. No había un solo chiquillo en la escuela que no estuviera muerto de ganas de echarle una ojeada, pero nunca se presentó la ocasión. Cada chico y cada chica tenían su propia hipótesis acerca de la naturaleza de aquel libro, pero no había dos que coincidieran y no había manera de llegar a la verdad del caso. Ocurrió que al pasar Becky junto al pupitre, que estaba al lado de la puerta, vio que la llave estaba en la cerradura. Era un instante único. Echó una rápida mirada a su alrededor: estaba sola, y en un momento tenía el libro en las manos. El título, en la primera página, nada le dijo: «*Anatomía*, por el profesor Tal»; así es que pasó más hojas y se encontró con un lindo frontispicio[1] de colores en el que aparecía una figura humana. En aquel momento una sombra cubrió la página; Tom Sawyer entró en la sala y tuvo una imagen de la estampa. Becky alcanzó el libro para cerrarlo, pero tuvo la mala suerte de rasgar la página hasta la mitad. Metió el volumen en el pupitre, dio vuelta a la llave y rompió a llorar de rabia y de vergüenza.

—Tom Sawyer, eres un indecente en venir a espiar lo que una hace y a averiguar lo que está mirando.

—¿Cómo podía saber que estabas viendo eso?

—Te debería dar vergüenza, porque sabes que vas a acusarme. ¿Qué haré, Dios mío, qué haré? ¡Me van a pegar y nunca me habían pegado en la escuela! —Después dio una patada en el suelo y dijo—: ¡Pues sé todo lo malo que quieras! Yo sé una cosa que va a pasar. ¡Te aborrezco! ¡Te odio! —Y salió de la clase, con una nueva explosión de llanto.

Tom se quedó inmóvil, un tanto perplejo por aquel ataque. Y se dijo: «¡Qué raras y qué tontas son las chicas! ¡Que no la han zurrado nunca en la escuela! ¡Bah!, ¿qué es una zurra? Chica tenía que ser: son todas tan delicaditas y tan miedosas... Por supuesto que no voy a decir nada de esta tonta a Dobbins, porque hay otros medios de que me las pague que no son tan sucios. ¿Qué pasará? Dobbins va a preguntar quién le ha roto el libro. Nadie va a contestar. Entonces hará lo que hace siempre:

---

1. Página de un libro que suele contener el título y algún grabado.

preguntar uno por uno, y cuando llegue a la que lo ha hecho, lo sabe sin que se lo diga. A las chicas se les nota en la cara. Después le pegará. Becky se ha metido en un mal paso y no le veo salida». Tom reflexionó un rato y luego añadió: «Pero está bien. A ella le gustaría verme a mí en el mismo aprieto, pues que se aguante».

Tom fue a reunirse con sus bulliciosos compañeros. Poco después llegó el maestro y empezó la clase. Tom no puso gran atención en el estudio. Cada vez que miraba al lado de la sala donde estaban las niñas, la cara de Becky le turbaba. Acordándose de todo lo ocurrido, no quería compadecerse de ella y sin embargo no podía remediarlo. No podía alegrarse sino con una alegría falsa. Ocurrió poco después el descubrimiento del estropicio en la gramática, y los pensamientos de Tom tuvieron harto en que ocuparse con sus propias penas durante un rato. Becky volvió en sí de un letargo de angustia y mostró gran interés en tal acontecimiento. Esperaba que Tom no podría salir del apuro sólo con negar que él hubiera vertido la tinta, y tenía razón. La negativa no hizo más que agravar la falta. Becky suponía que iba a gozar con ello, y quiso convencerse de que así era. Cuando llegó lo peor, sintió un vivo impulso de levantarse y acusar a Alfred, pero se contuvo haciendo un esfuerzo y dijo para sí: «Él me ha de acusar de haber roto la estampa. Estoy segura. No diré palabra, ni para salvarle la vida».

Tom recibió la zurra, y se volvió a su asiento sin gran amargura, pues pensó que no era difícil que él mismo, sin darse cuenta, hubiera vertido la tinta al hacer alguna cabriola. Había negado por pura fórmula y porque era costumbre, y había persistido en la negativa por cuestión de principios.

Transcurrió toda una hora. El maestro daba cabezadas en su trono; el monótono rumor del estudio incitaba al sueño. Después el señor Dobbins se irguió en su asiento, bostezó, abrió el pupitre y alargó la mano hacia el libro, pero parecía indeciso entre cogerlo o dejarlo. La mayor parte de los alumnos levantaron la mirada lentamente; pero dos de ellos seguían los movimientos del maestro con los ojos fijos, sin pestañear. El señor Dobbins se quedó un rato palpando el libro, distraído, y por fin lo sacó y se acomodó en la silla para leer.

Tom lanzó una mirada a Becky. Había visto una vez un conejo perseguido y acorralado frente al cañón de una escopeta que tenía un aspecto idéntico. Instantáneamente olvidó su discusión. ¡Pronto, había que hacer algo y tenía que ser rápido! Pero la misma inminencia del peligro paralizaba su inventiva. ¡Bravo! Tuvo una inspiración: lanzarse de un salto, coger el libro y huir por la puerta como un rayo; pero titubeó por un breve instante, y la oportunidad había pasado: el maestro abrió el libro. ¡Si la ocasión perdida pudiera volver...! Pero ya no había remedio para Becky, pensó. Un momento después el maestro se irguió amenazador. Todos los ojos se bajaron ante su mirada; había algo en ella que hasta al más inocente sobrecogía. Hubo un silencio momentáneo: el maestro estaba acumulando cólera. Después habló:

—¿Quién ha rasgado este libro?

Profundo silencio. Se hubiera oído volar una mosca. La inquietud continuaba; el maestro examinaba cara por cara, buscando indicios de culpabilidad.

—Benjamin Rogers, ¿has rasgado tú este libro?

Una negativa. Otra pausa.

—Joseph Harper, ¿has sido tú?

Otra negativa. Los nervios de Tom se iban haciendo más y más violentos bajo la lenta tortura de aquel procedimiento. El maestro recorrió con la mirada las filas de los muchachos, meditó un momento, y se volvió hacia las niñas.

—¿Amy Lawrence?

Una negación con la cabeza.

—¿Gracie Miller?

La misma señal.

—Susan Harper, ¿has sido tú?

Otra negativa. La siguiente niña era Becky. La excitación y lo irremediable del caso hacía temblar a Tom de la cabeza a los pies.

—Rebeca Thatcher.

Tom la miró: estaba lívida de terror.

—¿Has sido tú? No, mírame a la cara.

La niña levantó las manos suplicantes.

—¿Has sido tú la que ha rasgado el libro?

Una idea cruzó por la mente de Tom. Se puso en pie y gritó:

—¡He sido yo!

Toda la clase se le quedó mirando, atónita ante tamaña locura. Tom permaneció un momento inmóvil, recuperando el uso de sus facultades dispersas; y cuando se adelantó a recibir el castigo, la sorpresa, la gratitud, la adoración que leyó en los ojos de la pobre Becky le parecieron recompensa suficiente para cien palizas. Animado por la gloria de su propio acto, sufrió sin una queja el más despiadado castigo que el propio señor Dobbins jamás había administrado; y también recibió con indiferencia la cruel noticia de que tendría que permanecer allí dos horas al terminar la clase: sabía quién había de esperar por él a la puerta hasta el término de su cautividad y sin lamentar el aburrimiento de la espera.

Tom se fue aquella noche a la cama madurando planes de venganza contra Alfred Temple, pues, avergonzada y arrepentida, Becky le había contado todo, sin olvidar su propia traición; pero la sed de venganza dejó paso a más gratos pensamientos, y se durmió al fin con las últimas palabras de Becky sonándole confusamente en el oído:

—Tom, ¿cómo puedes ser tan noble?

CAPÍTULO 22

Las vacaciones se acercaban. El maestro, siempre severo, se hizo más airado y exigente que nunca, pues tenía gran empeño en que la clase hiciera un buen papel el día de los exámenes. La vara y la palmeta rara vez estaban ociosas, al menos entre los discípulos más pequeños. Sólo los muchachos altos y las señoritas de dieciocho a veinte escaparon a los castigos. Los que administraba el señor Dobbins eran extremadamente vigorosos, pues, aunque tenía bajo la peluca el cráneo pelado y brillante, todavía era joven y no mostraba el menor síntoma de debilidad muscular. A medida que el gran día se acercaba, toda la tiranía que tenía dentro salió a la superficie: parecía que gozaba con maligno y rencoroso placer castigando las más pequeñas faltas. De aquí que los chicos más pequeños pasasen los días en el terror y el tormento y las noches ideando venganzas. No desperdiciaban ocasión de jugar al maestro una mala pasada. Pero él les sacaba siempre ventaja. El castigo que seguía a cada propósito de venganza realizado era tan arrollador e imponente que los chicos se retiraban siempre de la palestra derrotados y maltrechos. Al fin se juntaron para conspirar y dieron

191

con un plan que prometía una deslumbrante victoria. Tomaron juramento al hijo del pintor, le confiaron el proyecto y le pidieron ayuda. Tenía él muchas razones para prestarla con alegría, pues el maestro se hospedaba en su casa y había dado al chico infinitos motivos para aborrecerle. La mujer del maestro se disponía a pasar unos días con una familia en el campo y no habría inconvenientes para realizar el plan. El maestro se preparaba siempre para las grandes ocasiones cogiéndose unas buenas borracheras, y el hijo del pintor prometió que cuando el director de la escuela llegase al estado preciso, en la tarde del día de los exámenes, él «arreglaría» la cosa mientras el otro dormitaba en la silla, y después harían que lo despertasen con el tiempo justo para que saliera precipitadamente hacia la escuela.

En su debido momento, llegó la interesante ocasión. A las ocho de la noche, la escuela estaba brillantemente iluminada y adornada con guirnaldas y festones de follaje y de flores. El maestro estaba sentado en su poltrona sobre una tarima, con el encerado detrás. Parecía un tanto suavizado y blando. Tres filas de bancos a cada lado de él y seis enfrente estaban ocupadas por los dignatarios de la población y por los padres de los escolares. A su izquierda, detrás de los invitados, había una espaciosa plataforma provisional, en la cual estaban sentados los alumnos que iban a tomar parte en los ejercicios: filas de párvulos relavados y emperifollados hasta un grado intolerable de embarazo y malestar; filas de muchachos desgarbados; nevados bancos de niñas y señoritas vestidas de blanco limón y gasa y muy preocupadas de sus brazos desnudos, de las joyas de sus abuelas, de sus cintas azules y rojas, y de las flores que llevaban en el pelo; y el resto de la escuela estaba ocupado por los escolares que no tomaban parte en el acto.

Los ejercicios comenzaron. Un chico diminuto se levantó y, hurañamente, recitó lo de «No podían ustedes esperar que un niño de mi corta edad hablase en público», etcétera, acompañándose con los gestos, exactos y espasmódicos que hubiera empleado una máquina, suponiendo que la máquina estuviese un tanto desarreglada. Pero salió del trance sano y salvo, aunque atrozmente asustado, y se ganó un aplauso general cuando se inclinó, como había ensayado, y se retiró.

Una niñita ruborizada tartamudeó: «María tenía un corderito», etcétera, hizo una reverencia que inspiraba compasión, recibió su recompensa de aplausos y se sentó enrojecida y contenta.

Tom Sawyer avanzó con presuntuosa confianza y se lanzó en el inextinguible e indestructible discurso «O libertad o muerte» con furia y frenética gesticulación, y se atascó a la mitad. Un terrible pánico le sobrecogió de pronto, las piernas le flaquearon y le faltaba la respiración. Verdad es que tenía la manifiesta simpatía del auditorio, pero también su silencio, que era peor que la simpatía. El maestro frunció el ceño y esto colmó el desastre. Aún luchó un rato y después se retiró, completamente derrotado. Surgió un débil aplauso, pero murió al nacer.

Siguieron otras conocidas joyas del género declamatorio; después hubo un concurso de ortografía; la reducida clase de latín recitó meritoriamente. El número más importante del programa vino después: «composiciones *originales*», por las señoritas. Cada una de éstas, a su vez, se adelantó hasta el borde del tablado, se despejó la garganta y leyó su trabajo, con premioso y aprensivo cuidado en cuanto a «expresión» y puntuación. Los temas eran los mismos que habían sido tratados en ocasiones similares, antes que por ellas, por sus madres, sus abuelas e indudablemente por toda su estirpe, en la línea femenina, hasta más allá de las Cruzadas. «La amistad» era uno, «Recuerdos del pasado», «La Religión en la Historia», «Las ventajas de la instrucción», «Comparación entre las formas de gobierno», «Melancolía», «Amor filial», «Anhelos del corazón», etcétera.

Una característica que prevalecía en esas composiciones era una bien nutrida y mimada melancolía; otra, el generoso despilfarro de «lenguaje escogido»; otra, una tendencia a meter a la fuerza frases y palabras de especial aprecio hasta que dejaban de tener sentido; y una visible peculiaridad, que les ponía el sello y las echaba a perder, era la inevitable e insoportable moraleja que coleaba al final de todas y cada una de ellas. No importa cuál fuera el asunto, se hacía un desesperado esfuerzo para buscarle las vueltas y presentarlo de modo que pudiera parecer edificante a las almas morales y devotas. Las insinceridad, que saltaba a los ojos, de tales sermones no fue suficiente para desterrar esa moda de las escuelas, y no lo es todavía, y quizá no lo sea mientras el mundo se tenga en pie. No hay ni una sola escuela en nuestro país en que las señoritas no se crean obligadas a rematar sus composiciones con una moraleja; y se puede observar que la moraleja de la muchacha más superficial y menos religiosa de la escuela es siempre el más largo y el más irremediablemente piadoso. Pero basta de esto, porque las verdades acerca de nosotros mismos dejan siempre mal sabor de boca, y volvamos a los exámenes. La primera composición leída fue una que tenía por título «¿Es eso, pues, la vida?». Quizá el lector pueda soportar un trozo:

En la senda de la vida, ¡con qué ardientes ilusiones la fantasía juvenil saborea de antemano los goces de las fiestas y mundanos placeres! La ardorosa imaginación se afana en pintar cuadros de color de rosa. Con los ojos de la fantasía, la frívola esclava de la moda se ve a sí misma en medio de la deslumbrante concurrencia, siendo el centro de todas las miradas. Ve su figura grácil, envuelta en níveas vestiduras, girando entre las parejas del baile, ávidas de placeres: su paso es el más ligero; su faz, la más hermosa. El tiempo transcurre veloz en tan deliciosas fantasías, y llega la ansiada hora de entrar en el olímpico mundo de sus ardientes ensueños. Todo parece un cuento de hadas ante sus hechizados ojos, y cada nueva escena le parece más bella. Pero en breve descubre que bajo esa seductora apariencia todo es vanidad: la adulación que antes encantaba su mente, ahora hiere sus oídos; el salón de baile ha perdido su encanto; y enferma y con el corazón destrozado huye convencida de que los placeres terrenales no pueden satisfacer los anhelos del alma.

Y así seguía y seguía por el camino. De cuando en cuando, durante la lectura, se alzaba un rumor de aprobación, acompañado de cuchicheos como «¡Qué encanto!», «¡Qué elocuente!», «¡Qué verdades dice!»; y cuando, al fin, terminó con una moraleja singularmente dolorosa, los aplausos fueron entusiastas.

Después se levantó una muchacha flaca y melancólica, con la interesante palidez nacida de píldoras y malas digestiones, y leyó un poema. Con dos estrofas bastará:

Una doncella de Missouri se despide de Alabama

¡Adiós, bella Alabama! ¡Qué amor mi pecho siente
hoy que, por breve plazo, te voy a abandonar!
¡Qué tristes pensamientos se agolpan en mi frente
y qué recuerdos hacen mi llanto desbordado!,
porque he vagado a solas bajo tus enramadas,
y al borde de tus ríos me he sentado a leer,
y he escuchado, entre flores, murmurar tus cascadas
cuando Aurora tendía sus rayos por doquier.

Pero no avergonzada de mi dolor te dejo,
ni mis llorosos ojos de volver hacia ti,
pues no es de extraña tierra de la que ahora me alejo,
ni extraños los que pronto se apartarán de mí.
Porque mi hogar estaba en tu seno, Alabama,
cuyos valles y torres de vista perderé,
y si te abandonase sin dolor en el alma,
cual de bronce serían mi cabeza y mi *coeur*.

Había allí muy pocos que supieran lo que *coeur* significaba, pero, no obstante, el poema obtuvo una aprobación general.

Apareció enseguida una señorita de tez morena, ojos negros y pelo oscuro, que permaneció silenciosa unos impresionantes momentos, asumió una expresión trágica y empezó a leer con pausado tono:

UNA VISIÓN

Lóbrega y tempestuosa era la noche. En el alto trono del firmamento no fulgía una sola estrella; pero el sordo retumbar del trueno vibraba constantemente en los oídos, mientras los sobrecogedores relámpagos hendían la nebulosa concavidad del cielo y parecían burlarse del poder ejercido sobre su terrible potencia por el ilustre Franklin. Hasta los bramadores vientos, abandonando sus místicas miradas, se lanzaron, rugiendo, por doquier, como para aumentar con su ayuda el horror de la escena. En aquellos momentos de tinieblas, de espanto, mi espíritu suspiraba por hallar compasión en los humanos; pero, en su lugar,

Mi amiga del alma, mi mentor, mi ayuda y mi guía,
mi consuelo en las penas, y en mis gozos mi doble
alegría, vino a mí.

Se movía como uno de esos resplandecientes seres imaginarios en los floridos senderos de un fantástico Edén por las almas románticas y juveniles. Tan leve era su paso que no producía ningún ruido, y a no ser por el mágico escalofrío que producía su contacto, se hubiera deslizado, como otras esquivas y recatadas bellezas, ni advertida ni buscada. Una extraña tristeza se extendió sobre sus facciones, como heladas lágrimas en las vestiduras de diciembre, cuando me señaló los batalladores elementos a lo lejos y me invitó a que contemplase los dos seres que se aparecían.[1]

Esta pesadilla ocupaba unas diez páginas manuscritas y acababa con una moraleja tan destructiva de toda esperanza para los que no pertenecieran a la secta presbiteriana, que se llevó el primer premio. Esta composición fue considerada como el más meritorio trabajo de la velada. El alcalde, al entregar el premio a la autora, hizo un caluroso discurso, en el cual dijo que era aquello «lo más elocuente» que jamás había oído, y que el propio Daniel Webster hubiera «estado orgulloso de que fuera suyo».

Después, el maestro, ablandado ya casi hasta la campechanería, puso a un lado la butaca, volvió la espalda al auditorio y empezó a trazar un mapa de América en el encerado para los ejercicios de la clase de geografía. Pero aún tenía la mano insegura, e hizo de aquello un lamentable berenjenal, y un rumor de apagadas risas corrió por

1. Las supuestas «composiciones» citadas más arriba están tomadas de un volumen titulado *Prosa y poesía de una señora del Oeste*. Se ajustan con exacta precisión al modelo de las colegialas, de ahí que sean mucho más fieles de lo que habría sido una mera imitación. *(N. del a.)*

todo el público. Se dio cuenta de lo que pasaba y se puso a arreglarlo. Pasó la esponja por algunas líneas y las trazó de nuevo; pero le salieron aún más absurdas y dislocadas, y las risitas fueron en aumento. Puso toda su atención y empeño en la tarea, resuelto a no dejarse acobardar por aquel regocijo. Sentía que todas las miradas estaban fijas en él; creyó que había triunfado al fin, y sin embargo las risas seguían cada vez más nutridas y ruidosas. Había razón para ello. En el techo, sobre la cabeza del maestro, había una trampa que daba a una buhardilla; por ella apareció un gato suspendido de una cuerda atada al cuerpo. Tenía la cabeza envuelta en un trapo, para que no maullase. Según iba bajando lentamente, se curvó hacia arriba y arañó la cuerda; después se dobló hacia abajo, dando zarpazos al aire intangible. El jolgorio crecía; ya estaba el gato a quince centímetros de la cabeza del absorto maestro. Siguió bajando, bajando, y hundió las uñas en la peluca; se subió a ella, enfadado, y de pronto tiraron de él hacia arriba, con el trofeo en las garras. ¡Qué destellos lanzó la calva del maestro! Como que el hijo del pintor se la había *dorado*.

Con aquello acabó la reunión. Los chicos se habían vengado. Habían empezado las vacaciones.

CAPÍTULO 23

Tom ingresó en la nueva Orden de los Cadetes Antialcoholismo atraído por lo vistoso y decorativo de sus insignias y emblemas. Hizo promesa de no fumar, no mascar tabaco y no jurar en tanto que perteneciera a la orden. Hizo enseguida un nuevo descubrimiento, a saber: que comprometerse a no hacer una cosa es el procedimiento más seguro para que se desee hacer precisamente eso. Tom se sintió inmediatamente atormentado por las ganas de beber y jurar, y el deseo se hizo tan irresistible que sólo la esperanza de que hubiera ocasión para exhibirse con la banda roja lo contuvo para que no abandonase la orden. El Día de la Independencia se acercaba; pero dejó de pensar en eso, lo dejó de lado, cuando aún no hacía cuarenta y ocho horas que arrastraba el grillete, y fijó todas sus esperanzas en el juez de paz, el viejísimo Frazer, que al parecer estaba enfermo de muerte y al que se harían grandes funerales por lo encumbrado de su posición. Durante tres días, Tom estuvo preocupadísimo con la enfermedad del juez, pidiendo a cada instante noticias de su estado. A veces subían tanto sus esperanzas, tan altas estaban, que llegaba a sacar las insignias y a ensayar frente al espejo. Pero el juez tenía las más desanimadoras fluctuaciones. Al fin fue declarado fuera de peligro; y después, en franca convalecencia. Tom estaba indignado y, además, se sentía víctima de una ofensa personal. Presentó inmediatamente la dimisión, y aquella noche el juez tuvo una recaída y murió. Tom se juró que jamás se fiaría de un hombre como aquél. El entierro fue increíble. Los cadetes desfilaron con una pompa que parecía preparada intencionadamente para matar de envidia al dimisionario.

Tom había recobrado su libertad a cambio, y eso ya era algo. Podía jurar y beber; pero con gran sorpresa notó que no tenía ganas de ninguna de las dos cosas. Sólo el hecho de que podía hacerlo le apagó el deseo y privó a aquellos placeres de todo encanto.

Empezó a darse cuenta también de que las vacaciones, esperadas con tanto anhelo, se le escapaban lentamente de las manos.

Intentó escribir un diario, pero, como no le ocurrió nada durante tres días, abandonó la idea.

Llegó al pueblo la primera orquesta de negros de la temporada, y causó sensación. Tom y Joe Harper organizaron una banda de actores y fueron felices durante un par de días.

Hasta el glorioso Día de la Independencia fue en parte un fiasco, pues llovió sin parar; no hubo, por tanto, procesión cívica, y el hombre más eminente del mundo —según se imaginaba Tom—, el señor Benton, un senador auténtico de Estados Unidos, resultó un abrumador desencanto, pues no llegaba al metro y medio de estatura, ni siquiera andaba cerca.

Llegó un circo. Los muchachos jugaron a los títeres durante los tres días siguientes, en tiendas hechas de retazos de alfombras viejas. Precio de entrada: tres alfileres los chicos y dos las chicas. Y después se olvidaron del circo.

Llegaron un frenólogo y un hipnotizador, y se volvieron a marchar, dejando el pueblo más aburrido y soso que nunca.

Hubo algunas fiestas de chicos y chicas, pero fueron pocas y tan placenteras que sólo sirvieron para hacer los penosos intervalos entre ellas aún más penosos.

Becky Thatcher se había ido a su casa de Constantinople a pasar las vacaciones con sus padres, y, así pues, no le quedaba a la vida ni un poco de brillo.

El horrible secreto del asesinato era una agonía crónica. Era un verdadero cáncer, por la persistencia y el sufrimiento.

Después llegó el sarampión.

Durante dos largas semanas estuvo Tom prisionero, muerto para el mundo y sus acontecimientos. Estaba muy malo; nada le interesaba. Cuando, al fin, pudo tenerse en pie y empezó a vagar, decaído y débil, por el pueblo, vio que una triste mudanza se había operado en todas las cosas y en todas las criaturas. Había habido un renacimiento religioso; todo el mundo había «renovado su fe». Tom recorrió el pueblo, esperando sin esperanza ver alguna bendita cara pecadora; pero no encontró sino desengaños. Halló a Joe Harper enfrascado en estudiar la Biblia, le dio la espalda y se alejó del desconsolador espectáculo. Buscó a Ben Rogers y lo encontró visitando a los pobres, con una cesta de folletos devotos. Consiguió dar con Jim Hollis, que le invitó a considerar el precioso beneficio del sarampión como un aviso de la providencia. Cada chico que encontraba añadía otra tonelada a su agobiante pesar; y cuando buscó al fin, desesperado, refugio en el seno de Huckleberry Finn y éste lo recibió con una cita bíblica, el corazón se le cayó a los pies y fue arrastrándose hasta su casa y se metió en la cama, convencido de que él era el único en el pueblo que estaba perdido para siempre jamás.

Y aquella noche sobrevino una terrorífica tempestad, con lluvia, truenos y horribles relámpagos. Se tapó la cabeza con la sábana y esperó, con horrenda ansiedad, su fin, pues no tenía la menor duda de que todo aquel alboroto era por él. Creía que había abusado de la divina benevolencia más allá de lo tolerable y que ése era el resultado. Debería haberle parecido un despilfarro de pompa y municiones, como el de matar un mosquito con una batería de artillería; pero no veía ninguna incongruencia en que se montase una tempestad tan costosa como aquélla sin otro fin que el de soplar y arrancar del suelo a un insecto como él.

Poco a poco la tempestad cedió y se fue extinguiendo sin conseguir su objetivo. El primer impulso del muchacho fue de gratitud e inmediata enmienda; el segundo, esperar... porque quizá no hubiera más tormentas.

Al día siguiente volvió el médico; Tom había recaído. Las tres semanas que permaneció acostado fueron una eternidad. Cuando al fin volvió a la vida, no sabía si agradecerlo, recordando la soledad en que se encontraba, sin amigos, abandonado de todos. Echó a andar, indiferente y triste, calle abajo, y encontró a Jim Hollis actuando de juez ante un jurado infantil que estaba juzgando a un gato, acusado de asesinato, en presencia de su víctima: un pájaro. Encontró a Joe Harper y Huck Finn retirados en una calleja, comiéndose un melón robado. ¡Pobrecillos! Ellos también, como Tom, habían recaído.

CAPÍTULO 24

Al fin sacudió el pueblo su soñoliento letargo y lo hizo con ganas. En el tribunal se iba a ver el proceso por asesinato. Aquello se convirtió en el tema único de todas las conversaciones. Tom no podía sustraerse a él. Toda alusión al crimen le producía un escalofrío, porque su conciencia acusadora y su miedo le persuadían de que todas esas alusiones no eran sino anzuelos que se le tendían; no veía cómo se podía sospechar de que él supiera algo acerca del asesinato; pero, a pesar de eso, no podía sentirse tranquilo en medio de esos comentarios y chismorreos. Vivía en un continuo estremecimiento. Se llevó a Huck a un lugar apartado para hablar del asunto. Sería un alivio quitarse la mordaza durante un rato. Quería, además, estar seguro de que Huck no había cometido ninguna indiscreción.

—Huck, ¿has hablado con alguien de aquello?

—¿De qué?

—Ya sabes de qué.

—¡Ah! Por supuesto que no.

—¿Ni una palabra?

—Ni media, y si no, que me caiga aquí mismo. ¿Por qué lo preguntas?

—Pues porque tenía miedo.

—Vamos, Tom Sawyer; no estaríamos ni dos días vivos si se descubriera. Bien lo sabes tú.

Tom se sintió más tranquilo. Después de una pausa dijo:

—Huck, nadie conseguiría hacer que lo dijeras, ¿verdad?

—¿Hacer que lo dijera? Si quisiera que aquel mestizo me ahogase, podrían hacérmelo decir. No tendrían otro camino.

—Entonces está bien. Me parece que estaremos seguros mientras no abramos el pico. Pero vamos a jurar otra vez. Es más seguro.

—Conforme.

Y juraron de nuevo con grandes solemnidades.

—¿De qué se habla por ahí, Huck? He oído la mar de cosas.

—¿De qué? Pues nada más que de Muff Potter, Muff Potter y Muff Potter todo el tiempo. Me hace sudar la gota gorda, así que quiero ir a esconderme por ahí.

—Pues lo mismo me pasa a mí. Me parece que a ése le dan pasaporte. ¿No te da lástima de él a veces?

—Casi siempre, casi siempre. Él no vale para nada, pero nunca hizo mal a nadie. No hacía más que pescar un poco para tener dinero y emborracharse, y ganduleaba mucho de aquí para allá; pero, ¡Señor!, todos ganduleamos; al menos, muchos de nosotros: predicadores y gente así. Pero tenía cosas buenas; me dio medio pescado una vez, aunque no había bastante para dos; y muchas veces me echaba una mano cuando yo no estaba de suerte.

—Pues a mí me arreglaba las cometas, Huck, y me ataba los anzuelos al sedal. ¡Si pudiéramos sacarlo de allí...!

—¡No! No podemos sacarlo, Tom; y además le volverían a echar mano enseguida.

—Sí, lo cogerían. Pero no puedo aguantar oírles hablar de él como del demonio, cuando no fue él quien hizo... aquello.

—Me pasa lo mismo, Tom, cuando les oigo decir que es el mayor criminal de esta tierra y que por qué no lo habían ahorcado antes.

—Sí, siempre están diciendo eso. Les he oído decir que, si le dejasen libre, lo lincharían.

—Seguro que lo harían.

Los dos tuvieron una larga conversación, pero les sirvió de escaso provecho. Al atardecer se encontraron dando vueltas en la vecindad de la solitaria cárcel, acaso con una vaga esperanza de que algo pudiera ocurrir que resolviera sus dificultades. Pero nada sucedió: no parecía que hubiera ángeles ni hadas que se interesasen por aquel desventurado cautivo.

Los dos muchachos, como tantas otras veces, se acercaron a la reja de la celda y dieron tabaco y cerillas a Potter. Estaba en la planta baja y no tenía guardián.

Ante su gratitud por los regalos, siempre les remordía a ambos la conciencia, pero esta vez más dolorosamente que nunca. Se sintieron traidores y cobardes hasta lo indecible cuando Potter les dijo:

—Habéis sido muy buenos conmigo, hijos; mejores

que nadie del pueblo. Y no lo olvido, no. Muchas veces me digo a mí mismo: «Yo les arreglaba las cometas y sus cosas a todos los chicos y les enseñaba los buenos sitios para pescar, y era amigo de ellos, y ahora ninguno se acuerda del pobre Muff, que está en apuros, aparte de Tom y Huck. No, ellos no me olvidan», digo yo, «y yo no me olvido de ellos». Bien, muchachos; yo hice aquello porque estaba loco y borracho entonces, y sólo así lo puedo comprender, y ahora me van a colgar por ello, y está bien que así sea. Está bien y es lo mejor, espero. No vamos a hablar de eso; no quiero que os pongáis tristes, porque sois amigos míos. Pero lo que quiero deciros es que no os emborrachéis y así no os veréis aquí. Echaos un poco a un lado para que os vea mejor. Es un alivio ver caras de amigos cuando se está en este paso, y nadie viene por aquí más que vosotros. Caras de buenos amigos, de buenos amigos. Subíos uno en la espalda del otro para que pueda tocarlas. Así está bien. Dame la mano; la tuya cabe por la reja, pero la mía no. Son manos bien chicas, pero han ayudado mucho a Muff Potter y más le ayudarían si pudieran.

Tom llegó tristísimo a su casa y sus sueños de aquella noche fueron una sucesión de horrores. Al día siguiente y al siguiente rondó por las cercanías de la sala del tribunal, atraído por un irresistible impulso de entrar, pero conteniéndose para permanecer fuera. A Huck le ocurría lo mismo. Se esquivaban mutuamente con gran cuidado. Uno y otro se alejaban de cuando en cuando, pero la misma trágica fascinación los obligaba a volver enseguida. Tom aguzaba el oído cuando algún ocioso salía fuera de la sala, pero invariablemente oía malas noticias: el cerco se iba estrechando más y más, implacable, en torno del pobre Potter. Al final del segundo día, la conversación del pueblo era que la declaración de Joe el Indio se mantenía inamovible y que no cabía la menor duda sobre cuál sería el veredicto del jurado.

Tom se retiró muy tarde aquella noche y entró a acostarse por la ventana. Tenía una excitación terrible y pasaron muchas horas antes de que se durmiera. Todo el pueblo acudió a la mañana siguiente al tribunal, porque era el día decisivo. Ambos sexos estaban representados por igual en el compacto auditorio. Después de una larga espera entró el jurado y ocupó sus puestos. Trajeron a Potter, pálido y huraño, tímido e inmóvil, sujeto con cadenas y le sentaron donde todos los curiosos pudieran contemplarle; no menos importante parecía Joe el Indio, impasible como siempre. Hubo otra espera hasta que llegó el juez, y el sheriff declaró abierta la sesión. Surgieron los acostumbrados cuchicheos entre los abogados y el manejo y reunión de papeles. Esos detalles, las tardanzas y pausas que los acompañaban, iban formando una atmósfera de preparativos y expectación verdaderamente impresionante.

Se llamó a un testigo, que declaró que había encontrado a Muff Potter lavándose en el arroyo en las primeras horas de la madrugada el día en que se descubrió el crimen y que inmediatamente se alejó sospechosamente. Después de algunas preguntas, el fiscal dijo:

—La defensa puede interrogar al testigo.

El prisionero levantó los ojos, pero los volvió a bajar cuando su propio defensor dijo:

—No tengo nada que preguntarle.

El testigo que compareció después declaró haberse encontrado la navaja al lado del cadáver. El fiscal dijo:

—Puede interrogarle la defensa.

—No tengo nada que preguntarle.

Un tercer testigo juró que había visto a menudo la navaja en posesión de Muff Potter.

El abogado defensor también se abstuvo de interrogarle.

En todos los rostros del público empezó a traslucirse el enojo.

¿Se proponía aquel abogado tirar por la ventana la vida de su cliente sin hacer un esfuerzo por salvarle?

Varios testigos declararon sobre la acusadora actitud observada por Potter cuando lo llevaron al lugar del crimen. Todos abandonaron el estrado sin que los interrogara la defensa.

Testigos fidedignos relataron ante el tribunal todos los detalles, abrumadores para el acusado, de lo ocurrido en el cementerio en aquella mañana, que todos recordaban tan bien; pero el abogado de Potter no interrogó a ninguno de ellos. El asombro y el disgusto del público se tradujo en fuertes murmullos, que provocaron una reprimenda del juez. El fiscal dijo entonces:

—Bajo el juramento de ciudadanos cuya mera palabra está por encima de toda sospecha, hemos probado, sin que haya posibilidad de duda, que el autor de este horrendo crimen es el desgraciado prisionero que está en ese banco. No tengo nada que añadir a la acusación.

El pobre Potter exhaló un sollozo, se tapó la cara con las manos y balanceó su cuerpo atrás y adelante, mientras un angustioso silencio prevalecía en la sala. Muchos hombres estaban conmovidos y la compasión de las mujeres se exteriorizaba en lágrimas. El abogado defensor se levantó y dijo:

—En mis primeras indicaciones, al abrirse este juicio, dejé entrever mi propósito de probar que mi defendido había realizado ese acto sangriento bajo la influencia ciega e irresponsable de un delirio producido por el alcohol. Mi intención es ahora otra: no he de alegar esa circunstancia. —Dirigiéndose al alguacil—: Que comparezca Thomas Sawyer.

La perplejidad y el asombro se pintó en todas las caras, sin exceptuar la de Potter. Todas las miradas, curiosas e interrogadoras, se fijaron en Tom cuando se levantó y fue a ocupar su puesto en el estrado. Parecía fuera de sí, pues estaba atrozmente asustado. Se le tomó juramento.

—Thomas Sawyer, ¿dónde estabas el 17 de junio a eso de las doce de la noche?

Tom echó una mirada a la férrea cara de Joe el Indio y se le trabó la lengua. Todos ponían ansiosamente el oído, pero las palabras se negaban a salir. Pasados unos momentos, sin embargo, el muchacho recuperó algo sus fuerzas y logró poner la suficiente fuerza en su voz para que una parte de la concurrencia llegase a oír:

—En el cementerio.

—Un poco más alto. No tengas miedo. Dices que estabas...

—En el cementerio.

Una desdeñosa sonrisa se dibujó en los labios de Joe el Indio.

—¿Estabas en algún sitio próximo a la sepultura de Williams?

—Sí, señor.

—Habla un poquito más fuerte. ¿A qué distancia estabas?

—Tan cerca como estoy de usted.

—¿Dónde? Estabas escondido, ¿no?

—Detrás de los olmos que hay junto a la sepultura.

A Joe el Indio le dio un sobresalto imperceptible.

—¿Había alguien contigo?

—Sí, señor. Fui allí con...

—Espera..., espera un momento. No te ocupes ahora de cómo se llamaba tu acompañante. En el momento oportuno comparecerá también. ¿Llevasteis allí alguna cosa?

Tom vaciló y parecía abochornado.

—Dilo, muchacho, no tengas escrúpulo. La verdad es siempre digna de respeto. ¿Qué llevabas?

—Nada más que un... un... gato muerto.

Se oyeron risas contenidas, a las que el tribunal se apresuró a poner término.

—Presentaré a su tiempo el esqueleto del gato. Ahora, muchacho, dinos todo lo que ocurrió; dilo a tu manera, no te calles nada y no tengas miedo.

Tom comenzó, vacilante al principio, pero a medida que se iba adentrando en el tema las palabras fluyeron con mayor soltura. A los pocos instantes no se oyó sino la voz del testigo y todos los ojos estaban clavados en él. Con las bocas entreabiertas y la respiración contenida, el auditorio estaba pendiente de sus palabras, sin darse cuenta del transcurso del tiempo, arrebatado por la trágica fascinación del relato. La tensión de las reprimidas emociones llegó a su punto culminante cuando el muchacho dijo: «Y cuando el doctor levantó el tablón y Muff Potter cayó al suelo, Joe el Indio saltó con la navaja y...».

¡Zas! Veloz como una centella, el mestizo se lanzó hacia una ventana, se abrió paso por entre los que intentaban detenerle y desapareció.

CAPÍTULO 25

Una vez más volvía a ser un héroe ilustre, mimado por los viejos, envidiado por los jóvenes. Hasta recibió su nombre la inmortalidad de la letra impresa, pues el periódico de la localidad magnificó su hazaña. Había quien auguraba que llegaría a ser presidente si se libraba de que lo ahorcasen.

Como sucede siempre, el mundo cambiante e ilógico estrujó a Muff Potter contra su pecho y lo halagó y festejó con el mismo despilfarro con que antes lo había maltratado. Pero tal conducta es, al fin y al cabo, digna de elogio; no hay, por consiguiente, que empezar a poner faltas.

Aquellos fueron días de esplendor y ventura para Tom, pero las noches eran intervalos de horror: Joe el Indio turbaba todos sus sueños, y siempre con algo de fatídico en su mirada. No había tentación que le hiciera asomar la nariz fuera de casa en cuanto oscurecía.

El pobre Huck estaba en el mismo estado de angustia y pánico, pues Tom había contado todo al abogado la noche antes del día de la declaración, y temía que su participación en el asunto llegara a saberse, aunque la fuga de Joe el Indio le había evitado el tormento de dar testimonio ante el tribunal. El pobre había conseguido que el abogado le prometiese guardar el secreto; pero ¿qué adelantaba con eso? Desde que los escrúpulos de conciencia de Tom le arrastraron de noche a casa del defensor y arrancaron la tremenda historia de unos labios sellados por los más macabros y formidables juramentos, la confianza de Huck en el género humano casi se había evaporado. Todos los días la gratitud de Potter hacía alegrarse a Tom de haber hablado, pero por las noches se arrepentía de no haber seguido con la boca cerrada. La mitad del tiempo temía que jamás se llegase a capturar a Joe el Indio, y la otra mitad temía que llegasen a echarle mano. Estaba seguro de que no volvería ya a respirar tranquilo hasta que aquel hombre muriera y él viese el cadáver.

Se habían ofrecido recompensas por la captura, se había rebuscado por todo el país, pero Joe el Indio no aparecía. Una de esas omniscientes y pasmosas maravillas, un detective, vino de Saint Louis; olisqueó por todas partes, sacudió la cabeza, meditó cejijunto, y consiguió uno de esos asombrosos éxitos que los miembros de tal profesión acostumbran a alcanzar. Es decir, «descubrió una pista». Pero no es posible ahorcar a una pista por asesinato, así es que cuando el detective acabó la tarea y se fue a su casa, Tom se sintió exactamente igual de inseguro que antes.

Los días se fueron deslizando perezosamente y cada uno iba dejando detrás, un poco aligerado, el peso de esas preocupaciones.

CAPÍTULO 26

Llega un momento en la vida de todo muchacho rectamente constituido en que siente un devorador deseo de ir a cualquier parte y excavar en busca de tesoros. Un día, repentinamente, le entró a Tom ese deseo. Se echó a la calle para buscar a Joe Harper, pero fracasó en su empeño. Después trató de encontrar a Ben Rogers, pero se había ido de pesca. Entonces se topó con Huck Finn, el de las Manos Rojas. Huck serviría para el caso. Tom se lo llevó a un lugar apartado y le explicó el asunto confidencialmente. Huck estaba dispuesto. Huck estaba siempre dispuesto a echar una mano en cualquier empresa que ofreciese entretenimiento sin exigir capital, pues tenía una abrumadora superabundancia de esa clase de tiempo que no es oro.

—¿Dónde tenemos que cavar?

—¡Bah!, en cualquier parte.

—¿Qué? ¿Están por todos los lados?

—No, no. Están escondidos en los sitios más raros; unas veces en islas; otras en cofres carcomidos, debajo de la punta de una rama de un árbol muy viejo, justo donde su sombra cae a medianoche; pero la mayor parte, en el suelo de casas encantadas.

—¿Y quién los esconde?

—Pues los ladrones, por supuesto. ¿Quién creías que iba a ser? ¿Los superintendentes de escuelas dominicales?

—No sé. Si fuera mío el dinero no lo escondería. Me lo gastaría para pasarlo en grande.

—Lo mismo haría yo, pero a los ladrones no les da por ahí: siempre lo esconden y allí lo dejan.

—¿Y no vuelven a buscarlo?

—No; creen que van a volver, pero casi siempre se les olvidan las señales o se mueren. De todos modos, allí se queda mucho tiempo, y se pone roñoso; y después alguno se encuentra un papel amarillento donde dice cómo se pueden encontrar las señales, un papel que hay que estar descifrando durante una semana porque casi todo son signos y jeroglíficos.

—Jero... ¿qué?

—Jeroglíficos. Dibujos y cosas, ¿sabes?, que parece que no quieren decir nada.

—¿Tienes tú algún papel de ésos, Tom?

—No.

—Pues, entonces, ¿cómo vas a encontrar las señales?

—No necesito señales. Siempre lo entierran debajo de casas encantadas, o en una isla, o debajo de un árbol seco que tenga una rama que sobresalga. Bueno; ya hemos rebuscado un poco por la isla de Jackson, y podemos hacer la prueba otra vez; y tenemos aquella vieja casa encantada junto al arroyo de la destilería, y un montón de árboles con ramas secas, miles de árboles.

—¿Y en todos hay algo?

—¡Qué cosas dices! No.

—Pues, entonces, ¿cómo vamos a saber cuál es?

—Buscaremos en todos.

—¡Pero eso llevará todo el verano!

—Bueno, ¿y qué más da? Supón que encuentras un caldero de cobre con cien dólares dentro, todos enmohecidos, o un arca podrida llena de diamantes. Entonces, ¿qué?

A Huck le brillaron los ojos.

—Sería fantástico. ¡De primera! Que me den los cien dólares y no necesito diamantes.

—Muy bien. Pero ten por cierto que yo no voy a tirar los diamantes. Los hay que valen hasta veinte dólares cada uno. Casi no hay ninguno que no valga cerca de un dólar.

—¡No! ¿De verdad?

—Ya lo creo; cualquiera te lo puede decir. ¿Nunca has visto ninguno, Huck?

—No, que yo recuerde.

—Pues los reyes los tienen a montones.

—No conozco a ningún rey, Tom.

—Ya sé que no. Pero si fueras a Europa los verías a miles brincando por todas partes.

—¿De verdad brincan?

—¿Brincar? ¡Eres un bruto! ¡Claro que no!

—Y entonces, ¿por qué lo dices?

—¡Bah! Quiero decir que los verías sin brincar, por supuesto; ¿para qué necesitan brincar? Lo que quiero que comprendas es que los verías por todas partes, ¿sabes?, como si no fuera algo especial. Como a aquel Ricardo el de la joroba.

—Ricardo... ¿cómo se llamaba de apellido?

—No tenía más nombre que ése. Los reyes no tienen más que nombre de pila.

—¿No?

—No, no tienen apellido.

—Pues mira, si eso les gusta, muy bien, Tom; pero yo no quiero ser un rey y tener nada más que el nombre de pila, como si fuera un negro. Pero, dime: ¿dónde vamos a cavar primero?

—Pues no lo sé. ¿Qué te parece si empezamos con aquel árbol viejo que hay en la cuesta al otro lado del arroyo de la destilería?

—Conforme.

Así pues, se agenciaron un pico roto y una pala, y emprendieron su primera caminata de seis kilómetros. Llegaron sofocados y jadeantes, y se tumbaron a la sombra de un olmo vecino, para descansar y fumarse una pipa.

—Esto me gusta —dijo Tom.

—Y a mí también.

—Dime, Huck, si encontramos un tesoro aquí, ¿qué harás con lo que te toque?

—Pues comer pasteles todos los días y beberme un vaso de gaseosa y, además, ir a todos los circos que pasen por aquí.

—Bien, ¿no vas a ahorrar algo?

—¿Ahorrar? ¿Para qué?

—Para tener algo de qué vivir en el futuro.

—¡Bah!, eso no sirve de nada. Papá puede volver al pueblo el día menos pensado y echarle el guante si no ando con cuidado. Y ya verías lo que tardaba en liquidarlo. ¿Qué vas a hacer tú con lo tuyo, Tom?

—Me voy a comprar otro tambor, y una espada de verdad, y una corbata colorada, y me voy a casar.

—¡A casarte!

—Eso es.

—Tom, tú..., tú has perdido la chaveta.

—Espera y verás.

—Pues es la cosa más tonta que puedes hacer, Tom. Mira a papá y a mi madre. ¿Pegarse? ¡No hacían otra cosa! Me acuerdo muy bien.

—Eso no quiere decir nada. La novia con quien voy a casarme no es de las que se pelean.

—A mí me parece que todas son iguales, Tom. Todas le tratan a uno a patadas. Más vale que lo pienses antes. Es lo mejor que puedes hacer. ¿Y cómo se llama la muchacha?

—No es una muchacha..., es una chica.

—Es lo mismo, supongo. Unos dicen muchacha, otros dicen chica... ¿qué más da? Pero ¿cómo se llama?

—Ya te lo diré más adelante; ahora no.

—Bueno, pues déjalo. Lo único que hay es que si te casas me voy a quedar más solo que la una.

—No, no, ya verás; te vendrás a vivir conmigo. Y ahora, a levantarnos y a cavar.

Trabajaron y sudaron durante media hora. Ningún

resultado. Siguieron trabajando media hora más. Sin resultado todavía. Huck dijo:

—¿Lo entierran siempre así de hondo?

—A veces, pero no siempre. Generalmente, no. Me parece que no hemos acertado con el sitio.

Escogieron otro y empezaron de nuevo. Trabajaron con menos bríos, pero la obra progresaba. Cavaron largo rato en silencio. Al fin Huck se apoyó en la pala, se enjugó el sudor de la frente con la manga y dijo:

—¿Dónde vas a cavar cuando hayamos acabado con éste?

—¿Te parece que probemos con el árbol que está allá en el monte Cardiff, detrás de la casa de la viuda?

—Me parece que ése debe de ser de los buenos. Pero ¿no nos lo quitaría la viuda, Tom? Está en su terreno.

—¡Quitárnoslo! Puede que lo intentara. Quien encuentra un tesoro es el dueño. No importa de quién sea el terreno.

Aquello era tranquilizador. Prosiguieron el trabajo. Pasado un rato dijo Huck:

—¡Maldita sea! Debemos de estar equivocados otra vez. ¿Qué te parece?

—Es muy raro, Huck. No lo entiendo. Algunas veces andan en ello brujas. Puede que sea eso lo que pasa.

—¡¿Qué?! Las brujas no tienen poder cuando es de día.

—Sí, es verdad. No había pensado en ello. ¡Ah, ya sé! ¡Qué idiotas somos! Hay que saber dónde cae la sombra de la rama a medianoche, ¡y allí es donde hay que cavar!

—¡Maldita sea! Hemos desperdiciado todo este trabajo para nada. Pues ahora no tenemos más remedio que venir de noche, y esto está la mar de lejos. ¿Puedes salir?

—Saldré. Tenemos que hacerlo esta noche, porque si alguien ve estos hoyos, enseguida sabrá lo que hay aquí y lo querrá robar.

—Bueno; yo iré por tu casa y maullaré.

—De acuerdo, vamos a esconder la herramienta entre las matas.

Los chicos estaban allí a la hora convenida. Se sentaron a esperar, en la oscuridad. Era un paraje solitario y una hora que la tradición había hecho solemne. Los espíritus cuchicheaban en las inquietas hojas, los fantasmas acechaban en los rincones oscuros, se oía a lo lejos el ronco aullido de un perro y una lechuza contestaba con su graznido sepulcral. Los dos estaban intimidados por aquella solemnidad y hablaban poco. Cuando juzgaron que serían las doce, señalaron dónde caía la sombra trazada por la lima y empezaron a cavar. Las esperanzas crecían. Su interés iba en aumento, y su laboriosidad no le iba a la zaga. El hoyo se hacía cada vez más y más profundo; pero cada vez que les daba el corazón un vuelco al sentir que el pico tropezaba en algo, era para sufrir un nuevo desengaño: no era sino una piedra o una raíz.

—Es inútil —dijo Tom al fin—. Huck, nos hemos equivocado otra vez.

—Pues no podemos habernos equivocado. Señalamos la sombra justo donde estaba.

—Ya lo sé, pero hay otra cosa.

—¿Cuál?

—Que no hicimos más que figurarnos la hora. Puede que fuera demasiado temprano o demasiado tarde.

Huck dejó caer la pala.

—¡Eso es! —dijo—. Ahí está el inconveniente. Tenemos que desistir. Nunca podremos saber la hora justa con brujas y aparecidos rondando por ahí de esa manera. Todo el tiempo me está pareciendo que tengo alguien detrás, y no me atrevo a volver la cabeza porque puede ser que haya otros delante, aguardando la ocasión. Tengo la carne de gallina desde que estoy aquí.

—A mí me pasa lo mismo, Huck. Casi siempre meten dentro un difunto cuando entierran un tesoro debajo de un árbol, para que esté allí guardándolo.

—¡Cristo!

—Sí que lo hacen. Siempre lo oí decir.

—Tom, a mí no me gusta andar haciendo tonterías donde hay gente muerta. Aunque uno no quiera, se mete en líos con ellos; tenlo por seguro.

—A mí tampoco me gusta molestarlos. Figúrate que hubiera uno aquí y la calavera nos dijera algo.

—¡Cállate, Tom! Es temeroso.

—Sí que lo es. No estoy nada tranquilo.

—Oye, Tom, vamos a dejar esto y a probar en cualquier otro sitio.

—Mejor será.

—¿Dónde?

Tom se quedó pensando y dijo:

—En la casa encantada.

—¡Maldita sea! No me gustan las casas encantadas. Son cien veces peor que los difuntos. Los muertos puede ser que hablen, pero no aparecen por detrás con un sudario cuando está uno descuidado, ni sacan la cabeza por encima del hombro de uno y rechinan los dientes como los fantasmas. Yo no puedo aguantar eso, Tom; nadie podría.

—Sí, pero los fantasmas no andan por ahí más que de noche; no pueden evitar que cavemos allí por el día.

—Está bien. Pero tú sabes de sobra que la gente no se acerca a la casa encantada ni de noche ni de día.

—Eso es, más que nada, porque no les gusta ir donde han matado a alguien. Pero nunca se ha visto nada de noche fuera de aquella casa: sólo alguna luz azul que sale por la ventana; no fantasmas de los corrientes.

—Bueno, pues si ves una de esas luces azules, puedes apostar a que hay un fantasma justamente detrás de ella. No hay duda. Porque tú sabes que sólo las usan los fantasmas.

—Claro que sí. Pero, de todos modos, no salen de día, así que no hay que tener miedo.

—Pues iremos a la casa encantada si tú lo dices, pero me parece que corremos peligro.

Para entonces ya habían comenzado a bajar la cuesta. Allá abajo, en medio del valle iluminado por la luna, estaba la casa encantada, completamente aislada, sin cercas desde mucho tiempo atrás, con las puertas casi obstruidas por la vegetación, la chimenea en ruinas, una punta del tejado hundida. Los muchachos se quedaron mirándola, casi con el temor de ver pasar una luz azulada por detrás de la ventana. Después, hablando en voz baja, como convenía a la hora y al lugar, echaron a andar, torciendo hacia la derecha para dejar la casa a respetuosa distancia, y se dirigieron al pueblo, cortando a través de los bosques que embellecían el otro lado del monte Cardiff.

CAPÍTULO 27

Serían las doce del día siguiente cuando los dos amigos llegaron al árbol muerto: iban en busca de sus herramientas. Tom sentía gran impaciencia por ir a la casa encantada; Huck también, pero con cierto grado de prudencia, y de pronto dijo:

—Oye, Tom, ¿sabes qué día es hoy?

Tom repasó mentalmente los días de la semana y levantó de repente los ojos alarmados.

—¡Anda, no se me había ocurrido pensar en eso!

—Tampoco a mí, pero de golpe me he acordado de que es viernes.[1]

—¡Qué fastidio! Todo cuidado es poco, Huck. Quizá nos hemos librado de una buena por no habernos metido en esto un viernes.

—¡A lo mejor!... Seguro que sí. Puede que haya días de buena suerte, pero lo que es los viernes...

—Todo el mundo lo sabe. No creas que has sido tú el primero que lo ha descubierto.

1. En algunas culturas, el viernes es considerado día de mala suerte.

—¿He dicho yo que era el primero? Y no es sólo que sea viernes, sino que además he tenido esta noche un mal sueño: he soñado con ratas.

—¡No! Señal de apuros. ¿Se peleaban?

—No.

—Menos mal, Huck. Cuando no riñen es señal de que anda rondando algún problema. No hay más que andar con ojo y librarse de él. Vamos a dejar esto por hoy y vamos a jugar. ¿Sabes jugar a Robin Hood?

—No; ¿quién es Robin Hood?

—Pues era uno de los hombres más grandes que hubo en Inglaterra... y el mejor. Era un bandido.

—¡Qué suerte! ¡Ojalá lo fuera yo! ¿A quién robaba?

—Únicamente a los sheriffs y obispos, a los ricos y a los reyes y gente así. Nunca se metía con los pobres. Los quería mucho. Siempre iba a partes iguales con ellos, hasta el último centavo.

—Vaya, pues debía de ser un tipo estupendo.

—Ya lo creo. Era la persona más noble que ha habido nunca. Podía a todos los hombres de Inglaterra con una mano atada atrás; y cogía su arco de tejo y atravesaba una moneda de diez centavos a más de dos kilómetros de distancia.

—¿Qué es un arco de tejo?

—No lo sé. Es una especie de arco, por supuesto. Y si daba a la moneda nada más que en el borde, se tiraba al suelo y lloraba, echando maldiciones. Vamos a jugar a Robin Hood; es muy divertido. Yo te enseñaré.

—De acuerdo.

Jugaron, pues, a Robin Hood toda la tarde, echando de vez en cuando una ansiosa mirada a la casa encantada y hablando de los proyectos para el día siguiente y de lo que podría ocurrirles. Al ponerse el sol emprendieron el regreso entre las largas sombras de los árboles y pronto desaparecieron bajo las frondosidades del monte Cardiff.

El sábado, poco después de mediodía, estaban otra vez junto al árbol seco. Se fumaron una pipa, charlaron a la sombra y después cavaron un poco en el último hoyo, con pocas esperanzas y sólo porque Tom dijo que había habido muchos casos de gente que había desistido de hallar un tesoro cuando ya estaba a dos dedos de él, y después otro había pasado por allí y lo había sacado con un solo golpe de pala. La cosa falló esta vez, sin embargo; así es que los muchachos echaron al hombro las herramientas y se fueron, con la convicción de que no habían bromeado con la suerte, sino que habían cumplido todos los requisitos y ordenanzas pertinentes al oficio de cazadores de tesoros.

Cuando llegaron a la casa encantada, había algo tan fatídico y espeluznante en el silencio de muerte que reinaba bajo el sol abrasador, y algo tan desalentador en la soledad y desolación del lugar, que por un instante tuvieron miedo de aventurarse dentro. Después se deslizaron hasta la puerta y observaron, temblando, el interior. Vieron una habitación con el suelo sin pavimento, donde crecía la hierba, y con los muros sin pintar; una chimenea destrozada, las ventanas sin cierres y una escalera ruinosa; y por todas partes telas de araña colgantes y desgarradas. Entraron de puntillas, latiéndoles el corazón, hablando en voz baja, alerta el oído para atrapar el más leve ruido y con los músculos tensos y preparados para la huida.

Poco a poco, la familiaridad disminuyó sus temores y pudieron examinar minuciosamente el lugar en que estaban, sorprendidos y admirados por su propia audacia. Enseguida quisieron echar una mirada al piso de arriba. Subir era cortarse la retirada, pero se animaron el uno al otro, y eso no podía tener más que un resultado: tiraron las herramientas en un rincón y subieron. Allí había las mismas señales de abandono y ruina. En un rincón encontraron un armario que prometía misterio, pero fue un fraude: no había nada. Estaban ya rehechos y envalentonados. Se disponían a bajar y ponerse al trabajo cuando...

—¡Chist! —dijo Tom.

—¿Qué? ¡Ay, Dios! ¡Corre!

—Estate quieto, Huck. No te muevas. Vienen derechos hacia la puerta.

Se tendieron en el suelo, con los ojos pegados a los resquicios de las tarimas, y esperaron en una agonía de espanto.

—Se han parado... No, vienen... Ahí están. No hables, Huck. ¡Dios, ojalá estuviéramos bien lejos!

Dos hombres entraron. Cada uno de los chicos se dijo a sí mismo:

—Ahí está el viejo español sordomudo que ha venido una o dos veces por el pueblo estos días; al otro no lo he visto nunca.

«El otro» era un ser haraposo y sucio y de no muy atrayente fisonomía. El español estaba envuelto en un poncho; tenía unas barbas blancas y tupidas, largas greñas, blancas también, que le salían por debajo del ancho sombrero, y llevaba anteojos verdes. Cuando entraron, «el otro» iba hablando en voz baja. Se sentaron en el suelo, de cara a la puerta y de espaldas al muro, y el que llevaba la palabra continuó hablando. Poco a poco sus formas se hicieron menos cautelosos y más audibles sus palabras.

—No —dijo—. Lo he pensado bien y no me gusta. Es peligroso. ¡Peligroso! —refunfuñó el español «sordomudo», con gran sorpresa de los muchachos.

—¡Gallina!

Su voz dejó a aquéllos atónitos y estremecidos. ¡Era Joe el Indio! Hubo un largo silencio; después dijo Joe:

—No es más peligroso que el golpe de allá arriba, y no nos ha pasado nada.

—Eso es diferente. Tan lejos río arriba y sin ninguna otra casa cerca... Nunca se sabrá que lo hemos intentado, porque no hemos logrado nada.

—Bueno, ¿y qué cosa hay de más peligro que venir aquí de día? Cualquiera que nos viese sospecharía.

—Ya lo sé. Pero no había ningún otro sitio tan a mano después de aquel golpe idiota. Yo quiero irme de esta conejera. Quise irme ayer, pero de nada servía tratar de asomar fuera la oreja con aquellos condenados chicos jugando allí en lo alto de la colina.

Los «condenados chicos» se estremecieron de nuevo al oír esto, y pensaron en la suerte que habían tenido el día antes en acordarse de que era viernes y dejarlo para el siguiente. ¡Cómo se arrepentían de no haberlo dejado para otro año!

Los dos hombres sacaron algo de comer y almorzaron. Después de una larga y silenciosa meditación, Joe el Indio dijo:

—Óyeme, muchacho: tú te vuelves río arriba a tu tierra. Esperas allí hasta que oigas de mí. Yo voy a arriesgarme a dejarme caer por el pueblo una vez más, para echar una mirada por allí. Daremos el golpe «peligroso» después que yo haya investigado un poco y vea que las cosas se presentan bien. Después, ¡a Texas! Haremos el camino juntos.

Aquello parecía aceptable. Después los dos empezaron a bostezar, y Joe dijo:

—Estoy muerto de sueño. A ti te toca vigilar.

Se acurrucó entre las hierbas y poco después empezó a roncar. Su compañero le zarandeó para que guardase silencio. Después el centinela comenzó a dar cabezadas, bajando la cabeza cada vez más, y al poco rato los dos roncaban al unísono.

Los muchachos respiraron satisfechos.

—¡Ahora es la nuestra! —murmuró Tom—. ¡Vámonos!

—No puedo —respondió Huck—: me muero si se despiertan.

Tom insistía; Huck no se decidía. Al fin Tom se levantó lentamente y con gran cuidado, y echó a andar solo. Pero el primer paso hizo dar tal crujido al desvencijado pavimento que volvió a tenderse en el suelo, muerto de espanto. No osó repetir el intento. Allí se quedaron contando los interminables minutos, hasta que les pareció que el tiempo no corría y que la eternidad iba envejeciendo, y después notaron con placer que al fin se estaba poniendo el sol.

En aquel momento cesó uno de los ronquidos. Joe el Indio se sentó, miró alrededor y dirigió una perversa sonrisa a su camarada, el cual tenía colgando la cabeza entre las rodillas. Le empujó con el pie, diciéndole:

—¡Vamos! ¡Vaya un vigilante que estás hecho! Pero no importa; no ha ocurrido nada.

—¡Diablo! ¿Me he dormido?

—Un rato nada más. Ya es hora de ponerse en marcha, compadre. ¿Qué vamos a hacer con la poca pasta que nos queda?

—No sé qué decirte; me parece que dejarla aquí como siempre hemos hecho. De nada sirve que nos la llevemos hasta que salgamos hacia el sur. Seiscientos cincuenta dólares en plata pesan un poco para llevarlos.

—Bueno, está bien; no importa volver otra vez por aquí.

—No; pero habrá que venir de noche, como hacíamos antes. Es mejor.

—Sí, pero mira: puede pasar mucho tiempo antes de que se presente una buena ocasión para ese golpe; pueden ocurrir accidentes, porque el sitio no es muy bueno. Vamos a enterrarlo de verdad y a enterrarlo hondo.

—¡Buena idea! —dijo el compadre; y atravesando la habitación se puso de rodillas, levantó una de las losas del fogón y sacó un talego del que salía un grato tintineo. Extrajo de él veinte o treinta dólares para él y otros tantos para Joe, y entregó el talego a éste, que estaba arrodillado en un rincón haciendo un agujero en el suelo con su cuchillo.

En un instante olvidaron los muchachos todos sus terrores y angustias. Con ávidos ojos seguían hasta los menores movimientos. ¡Qué suerte! ¡No era posible imaginar aquello! Seiscientos dólares era dinero sobrado para hacer ricos a media docena de chicos: ya no habría más enojosas incertidumbres sobre dónde había que cavar. Se hacían guiños e indicaciones con la cabeza; elocuentes signos fáciles de interpretar porque no significaban más que esto: «Dime, ¿no estás contento de estar aquí?».

El cuchillo de Joe tropezó con algo.

—¡Ahí va! —dijo aquél.

—¿Qué pasa? —preguntó su compañero.

—Una tabla medio podrida... No, es una caja. Echa una mano y veremos qué es. No hace falta: le he hecho un boquete.

Metió por él la mano y la sacó enseguida.

—¡Dios! ¡Es dinero!

Ambos examinaron el puñado de monedas. Eran de oro. Tan sobreexcitados como ellos estaban los dos muchachos allá arriba, y no menos contentos.

El compañero de Joe dijo:

—Esto lo arreglamos rápido. Ahí hay un pico viejo entre la broza, en el rincón, al otro lado de la chimenea. Acabo de verlo.

Fue corriendo y volvió con el pico y la pala de los chicos. Joe el Indio cogió el pico, lo examinó minuciosamente, sacudió la cabeza, murmuró algo entre dientes y comenzó a usarlo.

En un momento desenterró la caja. No era muy grande; estaba reforzada con herrajes, y había sido muy recia antes de que el lento pasar de los años la estropease. Los dos hombres contemplaron el tesoro con venerable silencio.

—Compadre, aquí hay miles de dólares —dijo Joe el Indio.

—Siempre se dijo que los de la cuadrilla de Murrell anduvieron por aquí un verano —observó el desconocido.

—Ya lo sé —dijo Joe—, y esto tiene pinta de ser cosa de ellos.

—Ahora ya no necesitarás dar aquel golpe.

El mestizo frunció el ceño.

—Tú no me conoces —dijo—. Por lo menos, no sabes nada del caso. No se trata sólo de un robo, es una venganza. —Y un destello maligno brilló en sus ojos—. Necesitaré que me ayudes. Cuando esté hecho..., entonces a Texas. Vete a tu casa con tu parienta y tus chicos, y estate preparado para cuando yo te diga.

—Bueno, si tú lo dices... ¿Qué haremos con esto? ¿Volverlo a enterrar?

—Sí. —Gran júbilo en el piso de arriba—. No, ¡de

ningún modo!, ¡no! —Profundo desencanto en lo alto—.
Ya no me acordaba. Ese pico tiene pegada tierra fresca.
—El terror se apoderó de los muchachos—. ¿Qué hacían
aquí esta pala y este pico? ¿Quién los trajo aquí? ¡Quita
ya! ¿Enterrarlo aquí y que vuelvan y vean el suelo removido? No, precisamente. Lo llevaremos a mi guarida.

—¡Claro que sí! Podíamos haberlo pensado antes.
¿Piensas que a la número uno?

—No, a la número dos, debajo de la cruz. El otro
sitio no es bueno, demasiado conocido.

—Muy bien. Ya está casi lo bastante oscuro para irnos.

Joe el Indio fue de ventana en ventana observando
cautelosamente. Después dijo:

—¿Quién habrá traído aquí estas herramientas?

Los muchachos se quedaron sin aliento. Joe el Indio
puso la mano sobre el cuchillo, se detuvo un momento
indeciso, y después dio media vuelta y se dirigió a la escalera. Los chicos se acordaron del armario, pero estaban sin fuerzas, desfallecidos. Los pasos crujientes se
acercaban por la escalera... La insufrible angustia de la
situación despertó sus energías, y estaban a punto de lanzarse hacia el armario cuando se oyó un chasquido y el
derrumbamiento de maderas podridas, y Joe el Indio se
desplomó, entre las ruinas de la escalera. Se incorporó
lanzando improperios y su compañero le dijo:

—¿Qué más da? Si hay alguien allá arriba, que siga
ahí, ¿qué nos importa? Dentro de quince minutos es de
noche... y que nos sigan si les apetece; no hay inconve-

niente. Pienso yo que quienquiera que trajo estas cosas aquí nos avistó y nos tomó por fantasmas o demonios, o algo por el estilo. Apuesto a que aún no ha acabado de correr.

Joe refunfuñó un rato; después convino con su amigo en que lo poco que todavía quedaba de claridad debía aprovecharse para preparar las cosas para la marcha. Poco después se deslizaron fuera de la casa, en la oscuridad, cada vez más densa del crepúsculo, y se encaminaron hacia el río con su preciosa caja.

Tom y Huck se levantaron desfallecidos, pero tranquilizados, y los siguieron con la vista a través de los resquicios entre los troncos que formaban el muro. ¿Seguirlos? No estaban para eso. Se contentaron con descender otra vez a tierra firme, sin romperse ningún hueso, y tomaron la senda que llevaba al pueblo por encima del monte. Hablaron poco; estaban demasiado ocupados en aborrecerse a sí mismos, en maldecir la mala suerte que les había hecho llevar allí el pico y la pala. De no ser por eso, Joe jamás hubiera sospechado. Habría escondido allí el oro y la plata hasta que, satisfecha su «venganza», volvería a recogerlos, y entonces hubiera sufrido el desencanto de encontrarse con que el dinero había volado. ¡Qué mala suerte haber dejado allí las herramientas! Resolvieron estar al acecho para cuando el falso español volviera al pueblo buscando la ocasión para realizar sus propósitos de venganza, y seguirle hasta la «número dos», fuera lo que fuera. Después se le ocurrió a Tom una siniestra idea:

—¿Venganza? —dijo—. ¿Y si fuera de nosotros, Huck?

—¡No digas eso! —exclamó Huck, a punto de desmayarse.

Discutieron el asunto, y para cuando llegaron al pueblo se habían puesto de acuerdo en creer que Joe podía referirse a otro, o al menos que sólo se refería a Tom, puesto que él era el único que había declarado.

¡Menudo consuelo era para Tom verse solo ante el peligro! Estar en compañía hubiera sido una mejora positiva, pensó.

CAPÍTULO 28

La aventura de aquel día obsesionó a Tom durante la noche, perturbando sus sueños. Cuatro veces tuvo en las manos el rico tesoro y cuatro veces se evaporó entre sus dedos al abandonarle el sueño y despertar a la realidad de su desgracia. Cuando, espabilado ya, en las primeras horas de la madrugada, recordaba los incidentes del increíble suceso, le parecían extrañamente amortiguados y lejanos, como si hubieran ocurrido en otro mundo o en un pasado remoto. Pensó, entonces, que a lo mejor la gran aventura también era un sueño. Había un argumento decisivo en favor de esa idea, a saber: que la cantidad de dinero que había visto era demasiado cuantiosa para tener existencia real. Jamás habían visto sus ojos cincuenta dólares juntos y, como todos los chicos de su edad y de su condición, se imaginaba que todas las alusiones a «cientos» y a «miles» no eran sino fantásticos modos de expresión y que no existían tales sumas en el mundo. Nunca había sospechado, ni por un instante, que alguien pudiera poseer cantidad tan considerable como cien dólares en dinero contante y sonante. Si se hubieran analizado sus ideas sobre tesoros escondidos, se habría visto que consistían éstos en un puñado de monedas reales y una fanega de dólares vagos, maravillosos, impalpables.

Pero los incidentes de su aventura fueron apareciendo con mayor relieve y más relucientes y claros a fuerza de frotarlos pensando en ellos; y así se fue inclinando a la opinión de que quizá no fuera un sueño, después de todo. Había que acabar con aquella incertidumbre. Tomaría un bocado y se iría en busca de Huck.

Lo encontró sentado en el borde de una chalana,[1] abstraído, chapoteando los pies en el agua, sumido en una intensa melancolía. Tom decidió dejar que Huck llevase la conversación hacia el tema. Si no lo hacía, era señal de que todo había sido un sueño.

—¡Hola, Huck!

—¡Hola, tú!

Un minuto de silencio.

—Tom, si hubiéramos dejado las condenadas herramientas en el árbol seco, habríamos cogido el dinero. ¡Maldita sea!

—¡Pues entonces no es un sueño! ¡No era un sueño! Casi casi querría que lo fuese. ¡Que me maten si no lo digo de veras!

—¿Qué es lo que no es un sueño?

—Lo de ayer. Casi creía que lo era.

—¡Sueño! ¡Si no se llega a romper la escalera ya hubieras visto si era o no era sueño! Pesadillas he tenido

1. Embarcación de fondo plano y popa cuadrada que navega en aguas de poco fondo.

239

toda la noche con aquel maldito español del parche corriendo tras de mí... ¡Ojalá lo ahorquen!

—No, ahorcarlo no. ¡Hay que encontrarlo! ¡Descubrir el dinero!

—Tom, no vamos a encontrarle. Una ocasión como ésa de dar con un tesoro sólo se le presenta a uno una vez, y la hemos perdido. ¡El pánico que me iba a entrar si volviera a ver a ese hombre!

—A mí también; pero, con todo, quisiera verlo y seguir tras él hasta dar con su «número dos».

—Número dos, eso es. He estado pensando en ello, pero no caigo en lo que puede ser... ¿Qué crees tú que será?

—No lo sé. Es algo demasiado oculto. Dime, Huck, ¿será el número de una casa?

—¡Eso es!... No, Tom, no es eso. Si lo fuera, no sería en esta población. Aquí no tienen número las casas.

—Es verdad. Déjame pensar un poco. Ya está: es el número de una habitación... en una posada; ¿qué te parece?

—¡Ahí está! Sólo hay dos posadas aquí. Vamos a averiguarlo.

—Quédate aquí, Huck, hasta que yo vuelva.

Tom se alejó. No le gustaba que le vieran en compañía de Huck en sitios públicos. Tardó media hora en volver. Había averiguado que en la mejor posada la número dos estaba ocupada por un abogado joven. En la más modesta, la número dos era un misterio. El hijo del posadero dijo que aquel cuarto estaba siempre cerrado y nunca había visto entrar ni salir a nadie, a no ser de noche; no sabía la razón de que así fuera; le había picado a veces la curiosidad, pero no le dio importancia; le gustaba pensar que el misterio venía de que el cuarto estaba encantado; por cierto que había visto luz la noche anterior.

—Eso es lo que he descubierto, Huck. Me parece que ésta es la número dos tras la que andamos.

—Me parece que sí... Y ahora, ¿qué vas a hacer?

—Déjame pensar.

Tom meditó largo rato. Después habló así:

—Verás. La puerta trasera de esa número dos es la que da al callejón sin salida que hay entre la posada y el nido de ratas del almacén de ladrillos. Intenta reunir todas las llaves de puerta que puedas y yo cogeré todas las de mi tía; y en la primera noche oscura vamos allí y las probamos. Y cuidado con que dejes de estar al quite por si aparece Joe el Indio, puesto que dijo que había de volver otra vez por aquí para buscar una ocasión para su venganza. Si lo ves, lo sigues; y si no va a la número dos, es que no es el sitio.

—¡Dios mío! ¡No me gusta eso de seguirle yo solo!

—Será de noche, seguramente. Puede ser que ni siquiera te vea, y si te ve, puede que no se le ocurra pensar nada.

—Puede ser que si está muy oscuro me atreva a seguirle. No lo sé, no lo sé... Intentaré hacerlo.

—A mí no me importaría seguirle de noche, Huck. A lo mejor descubre que no puede vengarse y se va derecho a coger el dinero.

—Tienes razón; así es. Le seguiré... ¡le seguiré aunque se hunda el mundo!

—Así se habla. No te ablandes, Huck, que tampoco lo haré yo.

CAPÍTULO 29

Tom y Huck se prepararon aquella noche para la empresa. Rondaron por las cercanías de la posada hasta después de las nueve, vigilando uno el callejón a distancia y el otro la puerta de la posada. Nadie entró en el callejón ni salió por allí; nadie que se pareciese al español traspasó la puerta. La noche parecía serena; así es que Tom se fue a su casa después de convenir que, si llegaba a ponerse muy oscuro, Huck iría a buscarle y maullaría, y entonces él se escaparía para que probasen las llaves. Pero la noche continuó clara y Huck abandonó la guardia y se fue a acostar en un barril de azúcar vacío a eso de las doce.

No tuvieron mejor suerte el martes, y el miércoles tampoco. Pero la noche del jueves se mostró más propicia.

Tom se escapó en el momento oportuno con una maltrecha linterna de hojalata de su tía, y una toalla para envolverla. Ocultó la linterna en el barril de azúcar de Huck y montaron guardia. Una hora antes de medianoche se cerró la taberna, y sus luces —únicas que por allí se veían— se extinguieron. No habían visto al español;

nadie había pasado por el callejón. Todo se presentaba propicio. La oscuridad era profunda; la perfecta quietud sólo se interrumpía de cuando en cuando por el rumor de truenos lejanos.

Tom sacó la linterna, la encendió dentro del barril envolviéndola cuidadosamente en la toalla, y los dos aventureros fueron avanzando en las tinieblas hacia la posada. Huck se quedó de centinela y Tom entró a tientas en el callejón. Después hubo un intervalo de espera ansiosa, que pesó sobre el espíritu de Huck como una montaña. Empezó a desear que se viese algún destello de la linterna de Tom: eso le alarmaría, pero al menos sería señal de que su amigo aún vivía.

Parecía que habían transcurrido horas enteras desde que Tom desapareció. Seguramente le había dado un soponcio; podía ser que estuviese muerto; quizá se le había parado el corazón de puro terror y sobresalto. Arrastrado por su ansiedad, Huck se iba acercando más y más al callejón, temiendo toda clase de sucesos terribles y esperando a cada segundo que ocurriera alguna catástrofe que le dejase sin aliento. No parecía que le pudiera quitar mucho, porque apenas respiraba y el corazón le latía como si le fuera a estallar. De pronto hubo un destello de luz y Tom pasó ante él como una exhalación.

—¡Corre! —le dijo—. ¡Sálvate! ¡Corre!

No hubiera necesitado que se lo repitiera: la primera advertencia fue suficiente; Huck estaba haciendo cincuenta o sesenta kilómetros por hora cuando se oyó la segunda. Ninguno de los dos se detuvo hasta que llegaron bajo el cobertizo de un matadero abandonado, en las afueras del pueblo. En el momento que llegaron estalló la tormenta y empezó a llover a cántaros. Tan pronto como Tom recobró el resuello, dijo:

—Huck, ¡ha sido espantoso! Probé dos llaves con toda la suavidad que pude; pero hacían tal ruido que casi no podía tenerme en pie de puro miedo. Además, no daban vuelta en la cerradura. Bueno, pues, sin saber lo que hacía, cogí el tirador de la puerta y... ¡se abrió! No estaba cerrada. Entré de puntillas y tiré la toalla, y... ¡Dios de mi vida!...

—¡Qué!..., ¿qué es lo que viste, Tom?

—Huck, ¡casi le piso una mano a Joe el Indio!

—¡No!

—¡Sí! Estaba tumbado, dormido como un leño, en el suelo, con el parche en el ojo y los brazos abiertos.

—¿Y qué hiciste? ¿Se despertó?

—No, no se movió. Estaba borracho, me figuro. No hice más que recoger la toalla y salir disparado.

—Nunca me hubiera acordado de la toalla.

—Yo sí. ¡Habría que haber visto a mi tía si llego a perdérsela!

—Dime, Tom, ¿viste la caja?

—No me paré a mirar. No vi la caja ni la cruz. No vi más que una botella y un vaso de estaño en el suelo al lado de Joe. Sí, y vi dos barricas y la mar de botellas en el cuarto. ¿No comprendes ahora qué es lo que le pasa a aquel cuarto?

—¿Qué?

—Pues que está encantado de whisky. Puede ser que en todas las Posadas de Templanza[1] tengan un cuarto encantado, ¿eh?

—Puede que sí. ¡Quién iba a pensarlo! Pero oye, Tom, ahora es la mejor ocasión para hacernos con la caja, si Joe el Indio está borracho.

—¿De veras? ¡Pues ve tú si quieres!

Huck se estremeció.

—No, me parece que no.

—A mí también me parece que no. Una sola botella junto a Joe no es suficiente. Si hubiera habido tres, estaría tan borracho que yo me atrevería a intentarlo.

Reflexionaron un rato y al fin dijo Tom:

—Mira, Huck, más vale que no intentemos nada más hasta que sepamos que Joe no está allí. Da demasiado miedo. Pero, si vigilamos todas las noches, seguro que le vemos salir alguna vez y entonces nos hacemos con la caja en un santiamén.

—De acuerdo. Yo vigilaré todas las noches, sin dejar ninguna, si tú haces la otra parte del trabajo.

—Muy bien, lo haré. Todo lo que tú tienes que hacer es ir corriendo a mi calle y maullar, y si estoy durmiendo tiras una china a la ventana, y ya me tienes dispuesto.

—Vale. ¡De primera!

—Ya ha pasado la tormenta Huck, y me voy a casa.

---

1. Establecimientos donde se supone que no se consumen bebidas alcohólicas y gozan por ello de ciertos privilegios y exenciones de impuestos. *(N. del t.)*

Dentro de un par de horas empezará a ser de día. Tú te vuelves y vigilas todo ese rato, ¿quieres?

—He dicho que lo haría y lo haré. Voy a rondar esa posada todas las noches, aunque sea un año. Dormiré de día y haré la guardia por la noche.

—Eso es. ¿Y dónde vas a dormir?

—En el pajar de Ben Rogers. Ya sé que él me deja y también el negro de su padre, el tío Jake. Acarreo agua para tío Jake cuando la necesita, y siempre que se lo pido me da alguna cosa de comer, si puede pasar sin ella. Es un negro muy bueno, Tom. Él me quiere porque yo nunca me doy importancia con él. Algunas veces me he sentado con él a comer. Pero no lo digas por ahí. Uno tiene que hacer cosas cuando le aprieta mucho el hambre que no quisiera hacer de ordinario.

—Bueno; si no te necesito por el día, Huck, te dejaré que duermas. No quiero andar fastidiándote. A cualquier hora que descubras tú algo de noche, echas a correr y maúllas.

CAPÍTULO 30

Lo primero que llegó a oídos de Tom en la mañana del viernes fue una noticia estupenda: la familia del juez Thatcher había regresado al pueblo aquella noche. Tanto Joe el Indio como el tesoro pasaron enseguida a segundo término, y Becky ocupó el lugar preferente en el interés del muchacho. La vio y disfrutaron hasta hartarse jugando al escondite y a las cuatro esquinas con una bandada de compañeros. La felicidad del día tuvo un remate glorioso. Becky había importunado a su madre para que celebrase al siguiente día la merienda campestre, prometida tanto tiempo atrás y siempre aplazada, y la mamá accedió. La alegría de la niña no tuvo límites, y la de Tom no fue menor. Las invitaciones se hicieron al caer la tarde e instantáneamente cundió la fiebre de preparativos y de júbilo anticipado entre la gente menuda. Los nervios hicieron que Tom estuviera despierto hasta muy tarde, y tenía muchas esperanzas de oír el «¡miau!» de Huck y de poder asombrar a Becky y a los demás con su tesoro al día siguiente; pero se frustró su esperanza. No hubo señal aquella noche.

Llegó al fin la mañana, y hacia las diez o las once una alborotada y ruidosa compañía se hallaba reunida en casa

247

del juez, y todo estaba preparado para emprender la marcha. No era costumbre que las personas mayores aguasen estas fiestas con su presencia. Se consideraba que los niños estaban seguros bajo las alas protectoras de unas cuantas señoritas de dieciocho y unos cuantos caballeros de veintitrés o cosa así. Habían alquilado la vieja barcaza de vapor que servía para cruzar el río para la fiesta; en poco tiempo la alegre comitiva, cargada de cestas con provisiones, llenó la calle principal. Sid estaba malo y se quedó sin fiesta; Mary se quedó en casa para hacerle compañía. La última advertencia que la señora de Thatcher hizo a Becky fue:

—No volveréis hasta muy tarde. Quizá sea mejor que te quedes a pasar la noche con alguna de las niñas que viven cerca del embarcadero.

—Entonces me quedaré con Susy Harper, mamá.

—Muy bien. Ten cuidado y sé buena. Y no des molestias.

Poco después, ya en marcha, dijo Tom a Becky:

—Oye, voy a decirte lo que hemos de hacer. En vez de ir a casa de Joe Harper subimos al monte y vamos a casa de la viuda de Douglas. Tendrá helados. Los toma casi todos los días, a montones. Y se alegrará de que vayamos.

—¡Qué divertido!

Después Becky reflexionó un momento y añadió:

—Pero ¿qué va a decir mamá?

—¿Cómo va a saberlo?

La niña rumió un rato la idea y dijo vacilante:

—Me parece que no está bien, pero...

—Pero... ¡nada! Tu madre no tiene por qué saberlo,

así que ¿dónde está el mal? Lo que ella quiere es que estés en un lugar seguro, y apuesto a que te hubiera dicho que fueses allí si se le llega a ocurrir. Seguro que sí.

La hospitalidad de la viuda era un cebo tentador. Y eso y las persuasiones de Tom ganaron la batalla. Se decidió, pues, no decir nada a nadie en cuanto al programa nocturno.

Después se le ocurrió a Tom que quizá Huck pudiera ir aquella noche y hacer la señal. Esta idea le quitó gran parte del entusiasmo por su proyecto. Pero, con todo, no se avenía a renunciar a los placeres de la mansión de la viuda. ¿Y por qué había de renunciar?, pensaba. Si aquella noche no hubo señal, ¿era probable que la hubiera la noche siguiente? El placer cierto que le aguardaba le atraía más que el incierto tesoro y, como niño que era, decidió dejarse llevar por su inclinación y no volver a pensar en el cajón del dinero durante el resto del día.

Unos cinco kilómetros más abajo de la población, la barcaza se detuvo a la entrada de una frondosa cala y echó las amarras. La multitud saltó a tierra, y en un momento las lejanías del bosque y los altos peñascales resonaron por todas partes con gritos y risas. Se pusieron en práctica todos los procedimientos para sofocarse y cansarse, y después los expedicionarios fueron regresando poco a poco al punto de reunión, con fieros apetitos, y comenzó la destrucción y aniquilamiento de los suculentos manjares. Después del banquete hubo un rato de charla y refrescante descanso bajo los corpulentos y desparramados robles. Al fin, alguien gritó:

—¿Quién quiere venir a la cueva?

Todos querían ir. Se buscaron paquetes de bujías y enseguida todo el mundo se puso en marcha monte arriba. La boca de la cueva estaba en la ladera y era una abertura en forma de A. La recia puerta de roble estaba abierta. Dentro había una pequeña cavidad, fría como una cámara frigorífica, construida por la naturaleza con sólidos muros de roca caliza que transpiraba humedad, como un sudor frío. Era romántico y misterioso estar allí en la profundidad sombría y ver fuera el verde valle resplandeciente de sol. Pero pronto se disipó lo impresionante de la situación y se reanudó el alboroto. En el momento en que cualquiera encendía una vela, todos se lanzaban sobre él, se tramaba una viva escaramuza de ataque y defensa, hasta que la luz rodaba por el suelo o quedaba apagada de un soplo, entre grandes risas y nuevas repeticiones de la escena. Pero todo acaba, y al fin la procesión empezó a subir la abrupta cuesta de la galería principal; la vacilante hilera de luces permitía entrever los enormes muros de roca casi hasta el punto en que se juntaban, a unos dieciocho metros de altura. Esta galería principal no tenía más de dos o tres metros de anchura. A cada paso otras altas resquebrajaduras, aún más estrechas, se abrían por ambos lados, pues la cueva de Mac Dougall no era sino un vasto laberinto de retorcidas galerías que se separaban unas de otras, se volvían a encontrar y no conducían a parte alguna. Se decía que podía uno vagar días y noches por la intrincada red de grietas y fisuras sin llegar nunca al término de la cueva, y que se podía bajar y bajar a las profundidades de la Tierra y por todas partes era lo mismo: un laberinto debajo del otro y todos sin fin. Nadie *se sabía* la caverna. Era cosa imposible. La mayor parte de los muchachos conocía sólo un trozo, y no acostumbraba aventurarse mucho más allá de la parte conocida. Tom Sawyer sabía tanto como cualquier otro.

La comitiva avanzó por la galería principal como un kilómetro, y después grupos y parejas fueron metiéndose por las cavernas laterales, correteando por las tétricas galerías para sorprenderse unos a otros en las encrucijadas donde se unían. Unos grupos podían eludir la persecución de los otros durante más de media hora sin salir del terreno conocido.

Poco a poco, un grupo tras otro, fueron llegando a la boca de la cueva, sin aliento, cansados de reír, cubiertos de la cabeza a los pies de goterones de sebo de las velas, manchados de barro y encantados de lo que se habían divertido.

Se quedaban todos sorprendidos de no haberse dado cuenta del transcurso del tiempo y de que la noche se venía encima. Hacía media hora que la campana del barco los estaba llamando; pero aquel final de las aventuras del día les parecía también novelesco y romántico y, por consiguiente, satisfactorio. Cuando el vapor, con su jovial y ruidoso cargamento, avanzó por la corriente, a nadie le importaba ni una pizca el tiempo perdido, a no ser el capitán de la embarcación.

Huck estaba ya al acecho cuando las luces del vapor se deslizaron, relampagueantes, frente al muelle. No oyó ruido alguno a bordo porque la gente joven estaba muy formal y apaciguada, como ocurre siempre cuando se está medio muerto de cansancio. Se preguntaba qué barco sería aquél y por qué no atracaba en el muelle, y con esto no volvió a acordarse más de él y puso toda su atención en sus asuntos. La noche se estaba poniendo anubarrada y oscura. Dieron las diez, y cesó el ruido de vehículos; luces dispersas empezaron a hacer guiños en la oscuridad; los transeúntes rezagados desaparecieron, la población se entregó al sueño y dejó al pequeño vigilante a solas con el silencio y los fantasmas. Sonaron las once y se apagaron las luces de las tabernas; entonces la oscuridad lo invadió todo. Huck esperó un largo rato que le pareció interminable y aburrido, pero no ocurrió nada. Su fe se debilitaba. ¿Serviría de algo? ¿Sería realmente de alguna utilidad? ¿Por qué no desistir e irse a dormir?

Oyó un ruido. En un instante fue todo atención. La puerta de la calleja se cerró suavemente. De un salto se escondió en el rincón del almacén de ladrillos. Un momento después dos hombres pasaron ante él, rozándole, y uno de ellos parecía llevar algo bajo el brazo. ¡Debía de ser aquella caja! Se llevaban el tesoro. ¿Para qué llamar entonces a Tom? Sería insensato: los dos hombres desaparecían con la caja para no volverlos a ver jamás. No, se iba a pegar a sus talones y seguirlos; confiaba en la oscuridad para no ser descubierto. Así razonando consigo mismo, Huck salió de su escondrijo y se deslizó tras ellos como un gato, con los pies desnudos, dejándoles la delantera precisa para no perderlos de vista.

Subieron un trecho por la calle del río y torcieron a la izquierda por una calleja transversal. Avanzaron por allí en línea recta hasta llegar a la senda que conducía al monte Cardiff y la tomaron. Pasaron por la antigua casa del galés, a mitad de la subida del monte, y, sin vacilar, siguieron cuesta arriba. «Bien —pensó Huck—, van a enterrarla en la cantera abandonada.» Continuaron hasta la cumbre; se metieron por el estrecho sendero entre los matorrales, y al momento se desvanecieron en las sombras. Huck se apresuró y acortó la distancia, pues ahora ya no podrían verle. Trotó durante un rato; después moderó el paso, temiendo acercarse demasiado; siguió andando un trecho y se detuvo. Escuchó; no se oía ruido alguno; tan sólo creía oír los latidos de su propio corazón. El graznido de una lechuza llegó hasta él desde el otro lado de la colina. ¡Mal agüero!; pero no se oían pasos. ¡Cielos! ¿Estaría todo perdido? Estaba a punto de lanzarse a correr cuando oyó un carraspeo a dos pasos de él. El corazón se le subió a la garganta, pero se lo volvió a tragar, y se quedó allí, tiritando como si media docena de fiebres le hubieran atacado a un tiempo, y tan débil que creyó que se iba a desplomar en el suelo. Conocía bien el sitio: sabía que estaba a cinco pasos del portillo que conducía a la finca de la viuda de Douglas. «Muy bien —pensó—, que lo entierren aquí; no ha de ser difícil encontrarlo.»

Una voz le interrumpió, apenas audible: la de Joe el Indio.

—¡Maldita mujer! Quizá tenga visitas. Hay luces con lo tarde que es.

—Yo no las veo.

Esta segunda voz era la del desconocido, el forastero de la casa encantada. Un escalofrío recorrió el cuerpo de Huck. ¡Ésta era, pues, la empresa de venganza! Su primera idea fue huir; después se acordó de que la viuda había sido buena con él más de una vez, y acaso aquellos hombres iban a matarla. ¡Si se atreviera a prevenirla...! Pero bien sabía que iba a atreverse: podían venir y atraparlo. Todo eso y mucho más se le pasó por la cabeza en el instante que medió entre las palabras del forastero y la respuesta de Joe el Indio.

—Porque tienes las matas delante. Ven por aquí y lo verás. ¿Ves?

—Sí. Parece que hay gente con ella. Más vale dejarlo.

—¡Dejarlo, y precisamente cuando me voy para siempre de esta tierra! ¡Dejarlo, y que no se presente nunca otra ocasión! Ya te he dicho, y lo repito, que no me importa su bolsa: puedes quedarte con ella. Pero me trató mal su marido, me trató mal muchas veces y, sobre todo, él fue el juez de paz que me condenó por vagabundo. Y eso no es todo; no es ni siquiera la milésima parte. Me hizo *azotar*, ¡azotar delante de la cárcel como a un negro, con todo el pueblo mirándome! ¡Azotado! ¿Entiendes? Se fue sin pagármelo, porque se murió. Pero cobraré en ella.

—No, no la mates. No hagas eso.

—¡Matar! ¿Quién habla de matar? Le mataría a él si le tuviera a mano, pero no a ella. Cuando quiere uno vengarse de una mujer no se la mata, ¡bah!, se le estropea la cara. ¡No hay más que desgarrarle las narices y cortarle las orejas como a una cerda!

—¡Por Dios! Eso es...

—Guárdate tu parecer. Es lo más seguro para ti. Pienso atarla a la cama. Si se desangra y se muere, no es asunto mío: no lloraré por ello. Amigo mío, me tienes que ayudar con esto, que es mi asunto, y para eso estás aquí: quizá no pueda manejarme solo. Si te echas atrás, te mato, ¿lo entiendes? Y si tengo que matarte a ti, la mataré a ella también, y me figuro que entonces nadie sabrá quién lo hizo.

—Bueno; si hay que hacerlo, vamos a ello. Cuanto antes, mejor...; estoy temblando.

—¿Hacerlo ahora y habiendo gente allí? Anda con ojo, que voy a sospechar de ti, ¿sabes? No, vamos a esperar a que se apaguen las luces. No hay prisa.

Huck comprendió que iba a seguir un silencio aún más terrible que cien criminales coloquios; así es que contuvo el aliento y dio un paso hacia atrás, plantando primero un pie cuidadosa y firmemente; después se mantuvo en precario equilibrio sobre el otro y estuvo a punto de caer a la derecha o a la izquierda. Retrocedió otro paso con el mismo minucioso cuidado y no menos riesgo; después otro y otro, y... ¡una rama crujió bajo el pie! Se quedó sin respirar y escuchó. No se oía nada: la quietud era absoluta; su gratitud, infinita. Después volvió sobre sus pasos entre los muros de matorrales: dio la vuelta con las mismas precauciones que si fuera una embarcación y anduvo más ligero, aunque no con menos cuidado. No se sintió seguro hasta que llegó a la cantera, y allí apretó los talones y echó a correr. Fue volando cuesta abajo hasta la casa del galés. Aporreó la puerta, y a poco las cabezas del viejo y de sus dos muchachotes aparecían en diferentes ventanas.

—¿Qué escándalo es ése? ¿Quién llama? ¿Qué quiere?

—¡Ábranme, de prisa! Lo diré todo.

—¿Quién es?

—Huckleberry Finn... ¡Deprisa, ábranme!

—¡Huckleberry Finn! No es un nombre que haga abrir muchas puertas que se diga. Pero abridle la puerta, muchachos, y veamos qué es lo que le pasa.

—¡Por Dios, no digan que lo he hecho yo! —Fueron sus primeras palabras cuando se vio dentro—. No lo digan, por Dios, porque me matarán, seguro; pero la viuda ha sido buena conmigo y quiero decirlo; lo diré si me prometen que no dirán nunca que fui yo.

—Apuesto a que algo de peso tiene que decir, o no se pondría así. Fuera con ello, muchacho, que aquí nadie va a decir nada.

Tres minutos después el viejo y sus dos hijos, bien armados, estaban en lo alto del monte y entraban en el sendero de los matorrales, con las armas preparadas. Huck los acompañó hasta allí, se agazapó tras un peñasco y se puso a escuchar. Hubo un anheloso silencio; de pronto, una detonación de arma de fuego y un grito. Huck no esperó a saber detalles. Dio un salto y echó a correr monte abajo como una liebre.

CAPÍTULO 31

Antes del alba, en la madrugada del domingo, Huck subió a tientas por el monte y llamó suavemente a la puerta del galés. Todos los de la casa estaban durmiendo, pero era un sueño que pendía de un hilo a causa de los emocionantes sucesos de la noche. Desde una de las ventanas gritó una voz:

—¿Quién es?

Huck, con tono medroso y cohibido, respondió:

—Hágame el favor de abrir. Soy Huck Finn.

—De noche o de día, siempre tendrás esta puerta abierta, muchacho. Y bienvenido.

Eran palabras inusitadas para los oídos del chico vagabundo. No recordaba que la frase final hubiera sido pronunciada nunca tratándose de él.

La puerta se abrió enseguida. Le ofrecieron asiento y el viejo y sus hijos se vistieron a toda prisa.

—Bueno, muchacho; espero que estés bien y que tengas buen apetito, porque el desayuno estará a punto tan pronto como asome el sol, y será de lo bueno; tranquilízate en cuanto a eso. Yo y los chicos esperábamos que hubieras venido anoche a dormir aquí.

—Estaba muy asustado —dijo Huck— y eché a correr. Me largué en cuanto oí las pistolas y no paré en cinco kilómetros. He venido porque quería enterarme de lo ocurrido, ¿sabe?, y he venido antes que sea de día porque no quería tropezarme con aquellos condenados aunque estuviesen muertos.

—Bien, hijo, bien; tienes cara de haber pasado mala noche; pero ahí tienes una cama para echarte después de desayunar. No, no están muertos, muchacho, y bien que lo sentimos. Ya ves, sabíamos bien dónde podíamos atraparlos por lo que tú nos dijiste; así es que nos fuimos acercando de puntillas hasta menos de cinco metros de donde estaban. El sendero estaba oscuro como una cueva. Y justamente en aquel momento sentí que iba a estornudar. ¡Suerte perra! Traté de contenerme, pero no sirvió de nada: tenía que venir y vino. Yo iba delante, con la pistola levantada, y cuando estornudé se oyó moverse a los canallas para salir del sendero; yo grité: «¡Fuego, muchachos!», y disparé contra el sitio donde se oyó el ruido. Lo mismo hicieron los chicos. Pero escaparon como exhalaciones aquellos bandidos, y nosotros tras ellos a través del bosque. No creo que les hiciéramos nada. Cada uno de ellos soltó un tiro al escapar, pero las balas pasaron zumbando sin hacernos daño. En cuanto dejamos de oír sus pasos, abandonamos la caza y bajamos a despertar a los policías. Juntaron una cuadrilla y se fueron a vigilar la orilla del río, y tan pronto como amanezca va a dar una batida el sheriff por el bosque, y mis hijos van a ir con él y su gente. Lástima que no sepamos las señas de esos bribones: eso nos ayudaría mucho. Pero me figuro que tú no podrías ver en la oscuridad la pinta que tenían, ¿no es eso?

—Sí, sí; los vi abajo en el pueblo y los seguí.

—¡Magnífico! Dime cómo son; dímelo muchacho.

—Uno de ellos es el viejo mudo español que ha andado por aquí una o dos veces, y el otro es uno de mala traza, destrozado...

—¡Basta, muchacho, basta! ¡Los conocemos! Nos encontramos con ellos un día en el bosque, por detrás de la finca de la viuda, y se alejaron con disimulo. ¡Andando, muchachos, a contárselo al sheriff...! Ya desayunaréis mañana.

Los hijos del galés se fueron enseguida. Cuando salían de la habitación, Huck se puso en pie y exclamó:

—¡Por favor, no digan a nadie que yo di el soplo! ¡Por favor!

—Muy bien, si tú no quieres, Huck...; pero a ti se te debe el agradecimiento por lo que has hecho.

—¡No, no! No digan nada.

Después de irse sus hijos, el anciano galés dijo:

—Ésos no dirán nada, ni yo tampoco. Pero ¿por qué no quieres que se sepa?

Huck no se extendió en explicaciones más allá de decir que sabía demasiadas cosas de uno de aquellos hombres y que por nada del mundo quería que llegase a sus oídos que él, Huck, sabía algo en su contra, pues lo mataría sin la menor duda.

El viejo prometió una vez más guardar secreto, y añadió:

—¿Cómo se te ocurrió seguirlos? ¿Parecían sospechosos?

Huck permaneció callado mientras fraguaba una respuesta con la debida cautela. Después dijo:

—Pues verá usted: yo soy un poco granuja; al menos eso dice todo el mundo, y yo no tengo nada que responder. Y algunas veces no puedo dormir a gusto porque me pongo a pensar en ello para intentar seguir por mejor camino. Y eso me pasó anoche. No podía dormir y subía por la calle, dándole vueltas al asunto, y cuando llegué a aquel almacén de ladrillos junto a la Posada de Templanza me recosté de espaldas a la pared para pensar otro rato. Bueno; pues en aquel momento llegan esos dos tipos y pasan por mi lado con una cosa bajo el brazo, y yo pensé que la habrían robado. El uno iba fumando y el otro le pidió fuego; así es que se pararon delante de mí, y la lumbre de los cigarros les alumbró las caras, y vi que el alto era el español sordomudo, por la barba blanca y el parche en el ojo, y el otro era un facineroso roto y lleno de jirones.

—¿Y pudiste ver los jirones con la lumbre de los cigarros?

Esto azoró a Huck por un momento. Después siguió:

—Bueno, no sé; pero me parece que lo vi.

—Después ellos echarían a andar, y tú...

—Sí, los seguí. Eso es: quería ver lo que traían entre manos, pues marchaban con tanto recelo. Los seguí hasta el portillo de la finca de la viuda y me quedé escondido en la oscuridad, y oí al de los harapos interceder por la viuda, y el español juraba que le había de cortar la cara, lo mismo que les dije a usted y a sus dos...

—¿Cómo? ¡El *sordomudo* dijo todo eso!

Huck había dado otro irremediable tropezón. Hacía cuanto podía para impedir que el viejo tuviera la menor sospecha de quién pudiera ser el español, y parecía que su lengua tenía empeño en crearle dificultades, a pesar de todos sus esfuerzos. Intentó por diversos medios salir del enredo, pero el anciano no le quitaba ojo, y se enredó cada vez más.

—Muchacho —dijo el galés—, no tengas miedo de mí; por nada del mundo te haría el menor daño. No, yo te protegeré, te protegeré. Ese español no es sordomudo; se te ha escapado sin querer, y ya no puedes arreglarlo. Tú sabes algo de ese español y no quieres sacarlo a colación. Confía en mí; dime lo que es y fíate de mí; no te voy a traicionar.

Huck miró un momento los ojos sinceros y honrados del viejo, y después se inclinó y murmuró en su oído:

—No es español... ¡es Joe el Indio!

El galés casi salta de la silla.

—Ahora se explica todo —dijo—. Cuando hablaste de lo de abrir las narices y despuntar orejas, creí que todo eso lo habías puesto de tu cosecha, para adorno, porque los blancos no toman ese género de venganzas. ¡Pero un indio...! Eso es otra cosa.

Mientras despachaban el desayuno siguió la conversación, y el galés dijo que lo último que hicieron él y sus hijos aquella noche antes de acostarse fue coger un farol y examinar el portillo y sus cercanías para descubrir manchas de sangre. No encontraron ninguna, pero sí cogieron un abultado paquete...

—¿De qué? —gritó Huck.

Un rayo no hubiera salido con más rapidez que esa pregunta de los pálidos labios de Huck. Tenía los ojos fuera de las órbitas, y no respiraba esperando la respuesta. El galés se sobresaltó, le miró también fijamente durante uno, dos, tres... diez segundos, y entonces replicó:

—Herramientas de las que usan los ladrones. Pero ¿qué es lo que te pasa?

Huck se reclinó en el respaldo, jadeante, pero profunda, indeciblemente contento. El galés le miró grave, con curiosidad, y al fin le dijo:

—Sí, herramientas de ladrón. Eso parece que te ha consolado. Pero ¿por qué te pusiste así? ¿Qué creías que íbamos a encontrar en el bulto?

Huck estaba en un callejón sin salida; el ojo escrutador no se apartaba de él; hubiera dado cualquier cosa por encontrar material para una contestación aceptable. No se le ocurría nada; el ojo zahorí iba penetrando más y más profundamente; se le ocurrió una respuesta absurda; no tuvo tiempo para considerarla, y la soltó, a la buena de Dios, débilmente.

—Catecismos quizá.

El pobre Huck estaba demasiado avergonzado para sonreír; pero el viejo soltó una alegre y ruidosa carcajada, sacudió convulsivamente toda su anatomía y acabó diciendo que risas así eran mejor que dinero en el bolsillo, porque disminuían la cuenta del médico como ninguna otra cosa. Después añadió:

—¡Pobre chico! Estás sin color y cansado. No debes de estar bueno. No es de extrañar que se te vaya la cabeza y no estés en tus cabales. Con descansar y dormir quedarás como nuevo.

Huck estaba rabioso de ver que se había conducido como un asno y que había dejado traslucir su sospechoso nerviosismo, pues ya había desechado la idea de que el bulto traído de la posada pudiera ser el tesoro, tan pronto como oyó el coloquio junto al portillo de la finca de la viuda. No había hecho, sin embargo, más que pensar que no era el tesoro, pero no estaba seguro de ello, y por eso la mención de un bulto bastó para hacerle perder la serenidad. Pero, en medio de todo, se alegraba, pues ahora sabía, sin duda, que lo que llevaban no era el tesoro, y esto le devolvía tranquilidad y bienestar a su espíritu. La verdad era que todo parecía marchar por buen camino: el tesoro tenía que estar aún en la número dos; no había de pasar el día sin que aquellos hombres fueran detenidos y encarcelados, y Tom y él podrían apoderarse del oro sin dificultad alguna y sin temor a interrupciones.

Cuando acababan de desayunar llamaron a la puerta. Huck se levantó de un salto para esconderse, pues no estaba dispuesto a que se le atribuyera ni la más remota conexión con los sucesos de aquella noche. El galés abrió la puerta a varios señores y señoras, entre éstas la viuda de Douglas, y notó que algunos grupos subían la cuesta para contemplar el portillo, señal de que la noticia se había propagado.

El galés tuvo que hacer el relato de los sucesos a sus visitantes. La viuda no se cansaba de expresar su agradecimiento a los que la habían salvado.

—No hable usted más de ello, señora. Hay otro a quien tiene que estar más agradecida que a mí y a mis muchachos, pero no quiere que se diga su nombre. De no ser por él, nosotros no hubiéramos estado allí.

Esto, como es de suponer, despertó tanta curiosidad que casi hizo desaparecer la que inspiraba el principal suceso; pero el galés dejó que corroyera las entrañas de sus visitantes y por ellos las de todo el pueblo, pues no quiso descubrir su secreto. Cuando supieron todo lo que había que saber, la viuda dijo:

—Me quedé dormida leyendo en la cama, y seguí durmiendo durante todo el bullicio. ¿Por qué no fue usted y me despertó?

—Creíamos que no valía la pena. No era fácil que aquellos tipejos volvieran: no les habían quedado herramientas para trabajar y ¿de qué servía despertarla y darle un susto mortal? Mis tres negros se quedaron guardando la casa toda la noche. Ahora acaban de volver.

Llegaron más visitantes y hubo que contar y recontar la historia durante otras dos horas.

No había escuela dominical durante las vacaciones, pero todos fueron temprano a la iglesia. Se supo que aún no se había encontrado el menor rastro de los malhechores. Al acabarse el sermón, el juez Thatcher se acercó a la señora Harper, que salía por el centro de la nave, entre la multitud.

—Pero ¿es que mi Becky se va a pasar durmiendo todo el día? —le dijo—. Ya me figuraba yo que estaría muerta de cansancio.

—¿Su Becky?

—Sí —contestó el juez alarmado—. ¿No ha pasado la noche en casa de usted?

—¡No! No, señor.

La esposa del juez palideció y se dejó caer sobre un banco, en el momento que pasaba la tía Polly hablando apresuradamente con una amiga.

—Buenos días, señoras —dijo—. Uno de mis chicos no aparece. Me figuro que se quedaría a dormir en casa de una de ustedes, y que luego habrá tenido miedo de presentarse en la iglesia. Ya le ajustaré las cuentas.

La señora Thatcher hizo un débil movimiento negativo con la cabeza y se puso aún más pálida.

—No ha estado con nosotros —dijo la señorita Harper un tanto inquieta.

Una viva ansiedad contrajo el rostro de tía Polly.

—Joe Harper, ¿has visto a mi Tom esta mañana?

Joe hizo memoria, pero no estaba seguro de si le había visto o no. La gente que salía se iba deteniendo. Fueron extendiéndose los cuchicheos y en todas las caras se iba viendo la preocupación y la intranquilidad. Se interrogó ansiosamente a los niños y a los instructores. Todos decían que no habían notado si Tom y Becky estaban a bordo del vapor en el viaje de vuelta; la noche era muy

265

oscura y nadie pensó en averiguar si faltaba alguno. Un muchacho dejó escapar su temor de que estuvieran aún en la cueva. La madre de Becky se desmayó; tía Polly rompió a llorar, retorciéndose las manos.

La alarma corrió de boca en boca, de grupo en grupo y de calle en calle, y no habían pasado cinco minutos cuando todo el pueblo se había echado a la calle. Lo ocurrido en el monte Cardiff se sumió de pronto en la insignificancia; nadie volvió a acordarse de los malhechores; se ensillaron caballos, se tripularon botes, se requisó la barca de vapor y antes de media hora doscientos hombres se apresuraron por la carretera o río abajo hacia la caverna.

Durante el lento transcurrir de la tarde, el pueblo parecía deshabitado y muerto. Muchas vecinas visitaron a tía Polly y a la señora Thatcher para tratar de consolarlas y lloraron con ellas, pues las lágrimas eran más elocuentes que las palabras.

El pueblo entero pasó la interminable noche en espera de noticias; pero la única que se recibió, cuando ya clareaba el día, fue la de «que hacían falta más velas y que enviasen comestibles». La señora Thatcher y tía Polly estaban como locas. El juez les mandaba recados desde la cueva para darles ánimos y tranquilizarlas, pero ninguno motivaba esperanzas.

El viejo galés volvió a su casa al amanecer, cubierto de barro y de goterones de sebo de las velas, sin poder tenerse de cansancio. Encontró a Huck todavía en la cama que le habían ofrecido, y delirando de fiebre. Todos los médicos estaban en la cueva, así es que la viuda de Douglas había ido para hacerse cargo del paciente. «No sé si es bueno, malo o mediano —dijo—; pero es hijo de Dios y ninguna criatura de Él puede dejarse abandonada.» El galés dijo que no le faltaban buenas cualidades, a lo que replicó la viuda:

—Esté usted seguro de ello. Ésa es la marca del Señor y no deja de ponerla nunca. La pone en alguna parte en toda criatura que sale de sus manos.

Al caer la tarde, grupos de hombres agotados fueron llegando al pueblo; pero los más vigorosos de entre los vecinos continuaron la busca. Todo lo que se llegó a saber fue que se estaban registrando profundidades remotas de la cueva que jamás habían sido exploradas; que no había recoveco ni hendidura que no fuera minuciosamente examinada; que por cualquier lado que se fuese por el laberinto de galerías se veían luces que se movían de aquí para allá, y los gritos y las detonaciones de pistolas repercutían en los ecos de los oscuros subterráneos. En un sitio muy lejos de donde iban ordinariamente los turistas habían encontrado los nombres de Tom y Becky trazados con humo sobre la roca, y a poca distancia, un trozo de cinta manchado de sebo. La señora Thatcher lo había reconocido deshecha en lágrimas, y dijo que aquello sería el más preciado recuerdo de su hija, porque era el último que había dejado en el mundo antes de su horrible fin. Contaban que, de cuando en cuando, se veía oscilar en la cueva un débil destello de luz en la lejanía, y un tropel de hombres se lanzaba corriendo hacia allá con gritos de alegría, y se encontraban con el amargo desengaño de que no estaban allí los niños, sino que era la luz de algunos de los exploradores.

Tres días y tres noches pasaron lentos, abrumadores, y el pueblo fue cayendo en un sopor sin esperanza. Nadie tenía ánimos para nada. El descubrimiento casual de que el propietario de la Posada de Templanza escondía licores en el establecimiento casi no interesó a la gente, a pesar de la tremenda importancia y magnitud del acontecimiento. En un momento de lucidez, Huck, con voz débil, llevó la conversación hacia el tema de las posadas y acabó por preguntar, temiendo vagamente lo peor, si se había descubierto algo, desde que él estaba malo, en la Posada de Templanza.

—Sí —contestó la viuda.

Huck se incorporó con los ojos fuera de las órbitas.

—¿Qué? ¿Qué han descubierto?

—Bebidas y han cerrado la posada. Échate, hijo. ¡Qué susto me has dado!

—No me diga más que una cosa, nada más que una, por favor. ¿Fue Tom Sawyer el que las encontró?

La viuda se echó a llorar.

—¡Calla, calla! Ya te he dicho antes que no tienes que hablar. Estás muy malito.

Nada habían encontrado, pues, más que licores, pensó Huck; de ser el oro se hubiera armado gran escándalo. Así pues, el tesoro estaba perdido, perdido para siempre. Pero ¿por qué lloraría ella? Era muy raro.

Esos pensamientos pasaron oscura y trabajosamente

por el espíritu de Huck, y la fatiga que le produjeron le hizo dormirse.

—Vamos, ya está dormido el pobrecillo. ¡Pensar que era Tom Sawyer el que lo descubrió! ¡Lástima que no puedan descubrirlo a él! Ya no queda casi nadie que conserve bastante esperanza ni bastantes fuerzas para seguir buscándolo.

CAPÍTULO 32

Volvamos ahora a las aventuras de Tom y Becky en la cueva. Corretearon por los lóbregos subterráneos con los demás excursionistas, visitando las consabidas maravillas de la caverna, maravillas condecoradas con nombres un tanto enfáticos como «El Salón», «La Catedral», «El Palacio de Aladino» y otros por el estilo. Después empezó el juego del escondite, y Becky y Tom tomaron parte en él con tal entusiasmo que no tardaron en sentirse fatigados; se internaron entonces por el sinuoso pasadizo, alzando las velas en alto para leer la enmarañada confusión de nombres, fechas, direcciones que decoraban los rocosos muros —con humo de velas—. Siguieron adelante, charlando y apenas se dieron cuenta de que estaban ya en una parte de la cueva cuyos muros permanecían inmaculados. Escribieron sus propios nombres bajo una roca salediza, y prosiguieron su marcha. Poco después llegaron a un lugar donde una diminuta corriente de agua que arrastraba un sedimento calcáreo caía desde una roca, y en el lento pasar de las edades había formado una catarata como la del Niágara con encajes y rizos de brillante e imperecedera piedra. Tom

270

deslizó su cuerpo menudo por detrás de la pétrea cascada para que Becky pudiera verla iluminada. Vio que
ocultaba una especie de empinada escalera natural ence-
rrada en la estrechez de dos muros, y le entraron ganas
de ser un descubridor. Becky se unió a la aventura. Hicieron una marca con el humo, para que les sirviera más
tarde de guía, y emprendieron el avance. Fueron torciendo a derecha e izquierda, hundiéndose en las ignoradas
profundidades de la caverna; hicieron otra señal, y tomaron por una ruta lateral en busca de novedades que poder contar a los de allá arriba. En sus exploraciones dieron con una gruta, de cuyo techo pendían multitud de
brillantes estalactitas y de gran tamaño. Dieron la vuelta
a toda la cavidad, sorprendidos y admirados, y luego siguieron por uno de los numerosos túneles que desembo-
can allí. Fueron a parar a un maravilloso manantial,
cuyo cauce estaba incrustado como con una escarcha de
fulgurantes cristales. Estaban en una caverna cuyo techo
parecía sostenido por muchos y fantásticos pilares for-
mados al unirse las estalactitas con las estalagmitas por
el incesante goteo de siglos y siglos. Bajo el techo, grandes grupos de murciélagos se habían amontonado por
miles en racimos. Asustados por el resplandor de las velas, bajaron en bandadas, chillando y precipitándose
contra las luces. Tom sabía sus costumbres y el peligro
que había. Cogió a Becky de la mano y tiró de ella hacia
la primera abertura que encontró; pero no fue demasiado rápido, pues un murciélago apagó de un aletazo la
vela que llevaba en la mano, en el momento de salir de la

caverna. Los murciélagos persiguieron a los niños un gran trecho; pero se metieron por todos los pasadizos con que topaban, y al fin se vieron libres de la persecución. Tom encontró poco después un lago subterráneo que extendía su indecisa superficie a lo lejos, hasta desvanecerse en la oscuridad. Quería explorar sus orillas, pero pensó que sería mejor sentarse y descansar un rato antes de emprender la exploración. Y fue entonces cuando, por primera vez, la profunda quietud de aquel lugar se posó como una mano húmeda y fría sobre los ánimos de los niños.

—No me he dado cuenta —dijo Becky—, pero me parece que hace tiempo que no oímos a los demás.

—Creo que estamos mucho más abajo que ellos, y no sé si muy lejos, al norte, sur, este o qué. Desde aquí no podemos oírlos.

Becky mostró cierta inquietud.

—¿Cuánto tiempo habremos estado aquí, Tom? Más vale que volvamos atrás.

—Sí, será lo mejor. Puede que sea lo mejor.

—¿Sabrás el camino, Tom? Para mí no es más que un laberinto intrincadísimo.

—Creo que daré con él, pero lo malo son los murciélagos. Si nos apagan las dos velas será un apuro. Vamos a ver si podemos ir por otra parte, sin pasar por allí.

—Bueno, pero espero que no nos perdamos. ¡Qué miedo! —dijo la niña, y se estremeció ante la horrenda posibilidad.

Echaron a andar por la galería y caminaron largo

rato en silencio, mirando cada nueva abertura para ver si encontraban algo que les fuera familiar en su aspecto. Cada vez que Tom examinaba el camino, Becky no apartaba los ojos de su cara, buscando algún signo tranquilizador, y él decía alegremente:

—¡Bueno, no hay nada que temer! Ésta no es, pero ya daremos con otra enseguida. —Pero iba sintiéndose menos esperanzado a cada paso, y empezó a meterse por las galerías opuestas completamente al azar, con la vana esperanza de dar con la que hacía falta. Aún seguía diciendo: «¡No hay nada que temer!», pero el miedo le oprimía de tal modo el corazón que las palabras habían perdido su tono alentador y sonaban como si dijera: «¡Todo está perdido!». Becky no se apartaba de su lado, luchando por contener las lágrimas, sin poder conseguirlo.

—¡Tom! —dijo al fin—. Que no te importen los murciélagos. Volvamos por donde hemos venido. Parece que cada vez estamos más extraviados.

Tom se detuvo.

—¡Escucha! —dijo.

Silencio absoluto; silencio tan profundo que hasta el rumor de sus respiraciones resaltaba en aquella quietud. Tom gritó. La llamada fue despertando ecos por las profundas cavidades y se desvaneció en la lejanía con un rumor que parecía las convulsiones de una risa burlona.

—¡No! ¡No lo vuelvas a hacer, Tom! ¡Es horrible! —exclamó Becky.

—Sí, es horroroso, Becky; pero más vale hacerlo. *Puede* que nos oigan. —Y Tom volvió a gritar.

El *puede* constituía un horror aún más escalofriante que la risa diabólica, pues era la confesión de una esperanza que se iba perdiendo. Los niños se quedaron quietos, aguzando el oído; todo inútil. Tom volvió sobre sus pasos, apresurándose. A los pocos momentos una cierta indecisión en sus movimientos reveló a Becky otro hecho fatal: ¡que Tom no podía dar con el camino de vuelta!

—Tom, ¡no hiciste ninguna señal!

—Becky, ¡he sido un idiota! ¡No pensé que tuviéramos nunca necesidad de volver al mismo sitio! No, no doy con el camino. Todo está tan revuelto...

—¡Tom, estamos perdidos! ¡Estamos perdidos! ¡Ya no saldremos nunca de este horror! ¡Por qué nos separaríamos de los otros!

Se dejó caer al suelo y rompió en un llanto tan frenético que Tom se quedó espantado ante la idea de que Becky pudiera morirse o perder la razón. Se sentó a su lado, rodeándola con los brazos; reclinó ella la cabeza en su pecho, y dio rienda suelta a sus temores, sus inútiles arrepentimientos, y los ecos lejanos convirtieron sus lamentaciones en una risa burlona. Tom le pedía que recobrase la esperanza y ella le dijo que la había perdido totalmente. Él se echó la culpa de todo y se colmó de insultos por haberla traído a tan terrible trance, y esto produjo mejor resultado. Prometió ella no desesperar más y levantarse y seguirle a donde la llevase, con tal de que no volviese a hablar así, pues no había sido ella menos culpable que él.

Se pusieron en marcha de nuevo, pero sin rumbo.

Era lo único que podían hacer: andar, no cesar de moverse. Durante un breve rato pareció que la esperanza revivía, no porque hubiera razón alguna para ello, sino tan sólo porque es natural en ella revivir cuando sus resortes no se han gastado por la edad y la resignación con el fracaso.

Poco después cogió Tom la vela de Becky y la apagó. Aquella economía significaba mucho; no hacía falta explicarla. Becky se hizo cargo y su esperanza se extinguió de nuevo. Sabía que Tom tenía una vela entera y tres o cuatro cabos en el bolsillo, pero había que economizar.

Después el cansancio empezó a hacer mella; los niños trataron de no hacerle caso, pues era terrible pensar en sentarse cuando el tiempo valía tanto. Moverse en alguna dirección, en cualquier dirección, era progresar y podía dar fruto; pero sentarse era invitar a la muerte y acortar su persecución.

Al fin las piernas de Becky se negaron a llevarla más lejos. Se sentó en el suelo. Tom se sentó a su lado y hablaron del pueblo, los amigos que allí tenían, las camas cómodas y, sobre todo, ¡la luz! Becky lloraba y Tom trató de consolarla; pero todos sus consuelos se iban quedando gastados con el uso y parecían sarcasmos. Estaba tan cansada que se fue quedando dormida. Tom se alegró de ello y se quedó mirando la cara dolorosamente contraída de la niña, y vio cómo volvía a quedar natural y serena bajo la influencia de sueños placenteros, y hasta vio aparecer una sonrisa en sus labios. Y el semblante apacible de Becky le dio una sensación de paz y consuelo al espíritu de Tom y le sumió en gratos pensamientos de tiempos pasados y de vagos recuerdos. Aún seguía en esas ensoñaciones cuando Becky se despertó riéndose; pero la risa se heló al instante en sus labios y se cambió por un sollozo.

—¡No sé cómo he podido dormir! ¡Ojalá no hubiera despertado nunca, nunca! No, Tom no me mires así. No volveré a decirlo.

—Me alegro de que hayas dormido, Becky. Ahora ya no te sentirás tan cansada y encontraremos el camino.

—Podemos probar, Tom; ¡pero he visto un país tan bonito mientras dormía...! Me parece que iremos allí.

—Puede que no, Becky; puede que no. Ten valor y vamos a seguir buscando.

Se levantaron y se pusieron en marcha otra vez, descorazonados. Trataron de calcular el tiempo que llevaban en la cueva, pero todo lo que sabían era que parecía que habían pasado días y hasta semanas; y sin embargo, era evidente que no, pues aún no se habían consumido las velas.

Mucho tiempo después de esto —no podían decir cuánto—, Tom dijo que tenían que andar en silencio para poder oír el goteo del agua, pues era preciso encontrar un manantial. Hallaron uno cerca y Tom dijo que ya era hora de darse otro descanso. Ambos estaban desfallecidos de cansancio, pero Becky dijo que aún podía ir un poco más lejos. Se quedó sorprendida al ver que Tom no opinaba así: no lo comprendía. Se sentaron, y Tom fijó la vela en el muro, delante de ellos, con un poco de barro.

Aunque sus mentes no se detenían, no dijeron nada por algún tiempo. Becky rompió al fin el silencio:

—Tom, ¡tengo tanta hambre...!

Tom sacó una cosa del bolsillo.

—¿Te acuerdas de esto? —dijo.

Becky casi se sonrió.

—Es nuestro pastel de boda, Tom.

—Sí, y más valía que fuera tan grande como una barrica, porque es todo lo que tenemos.

—Lo separé de la merienda para que jugásemos con él, como hace la gente mayor con el pastel de bodas. Pero va a ser...

Dejó la frase sin acabar. Tom hizo dos partes del pastel y Becky comió con apetito la suya, mientras Tom no hizo más que mordiscar la que le tocó. No les faltó agua fresca para completar el festín. Después indicó a Becky que debían ponerse en marcha. Tom guardó silencio un rato y al cabo dijo:

—Becky, ¿tienes valor para que te diga una cosa?

La niña palideció, pero dijo que sí, que se la dijera.

—Bueno; pues entonces, oye: tenemos que estar aquí, donde hay agua para beber. Ese cabito es lo único que nos queda de las velas.

Becky dio rienda suelta al llanto y a las lamentaciones. Él hizo cuanto pudo para consolarla, pero fue en vano.

—Tom —dijo después de un rato—, ¡nos echarán de menos y nos buscarán!

—Seguro que sí. Claro que nos buscarán.

—¿Nos estarán buscando ya?

—Me parece que sí. Espero que sí.

—¿Cuándo nos echarán de menos, Tom?

—Puede ser que cuando vuelvan a la barca.

—Para entonces ya será de noche. ¿Notarán que no hemos ido nosotros?

—No lo sé. Pero, de todos modos, tu madre te echará de menos en cuanto estén de vuelta en el pueblo.

La angustia en los ojos de Becky hizo que Tom se diese cuenta de la pifia que había cometido. ¡Becky no iba a pasar aquella noche en su casa! Los dos se quedaron callados y pensativos. Enseguida una nueva explosión de llanto indicó que lo mismo que estaba pensando Tom estaba pensando su compañera: que podía pasar casi toda la mañana del domingo antes de que la madre de Becky descubriera que su hija no estaba en casa de los Harper. Los niños permanecieron con los ojos fijos en el pedacito de vela y miraron cómo se consumía lenta e inexorablemente; vieron el trozo de pábilo quedarse solo al fin; vieron alzarse y encogerse la débil llama, subir y bajar, trepar por la tenue columna de humo, vacilar un instante en lo alto, y después... el horror de la absoluta oscuridad.

Ninguno de los dos sabría decir cuánto tiempo pasó hasta que Becky volvió a recobrar poco a poco los sentidos y a darse cuenta de que estaba llorando en los brazos de Tom. No sabían sino que, después de lo que les pareció un tiempo larguísimo, ambos despertaron de un pesado sopor y se vieron otra vez sumidos en angustias. Tom dijo que quizá fuese ya domingo, quizá lunes. Quiso hacer hablar a Becky, pero la pesadumbre de su pena

278

la tenía anonadada, perdida ya toda esperanza. Tom le aseguró que tenía que hacer mucho tiempo que habían notado su falta y que, sin duda, ya los estaban buscando. Gritaría y quizá viniera alguien. Hizo la prueba; pero los ecos lejanos sonaban en la oscuridad de modo tan siniestro que no osó repetirla.

Las horas siguieron pasando y el hambre volvió a atormentar a los cautivos. Había quedado un poco de la parte del pastel que le tocó a Tom, y lo repartieron entre los dos; pero se quedaron aún más hambrientos: el mísero bocado no hizo sino aguzarles el ansia de alimento.

Al poco rato, Tom dijo:

—¡Chist! ¿No oyes?

Contuvieron el aliento y escucharon.

Se oía algo como un grito remotísimo y débil. Tom contestó al punto, y cogiendo a Becky de la mano echó a andar a tientas por la galería en aquella dirección. Se paró y volvió a escuchar: otra vez se oyó el mismo sonido y, al parecer, más cercano.

—¡Son ellos! —exclamó Tom—. ¡Ya vienen! ¡Corre, Becky! ¡Estamos salvados!

La alegría enloquecía a los chicos perdidos. Pero avanzaban muy despacio, porque abundaban los hoyos y despeñaderos y era preciso tomar precauciones. Al poco rato llegaron a uno de ellos y tuvieron que detenerse. Podía tener un metro de profundidad o podía tener cientos. Tom se echó de bruces al suelo y estiró el brazo cuanto pudo, sin hallar fondo. Tenían que quedarse allí y esperar hasta que llegasen los que los buscaban. Escucharon; no había duda de que los gritos lejanos se iban haciendo más y más remotos. Un momento después dejaron de oírse del todo. ¡Qué mortal desengaño! Tom gritó hasta ponerse ronco, pero fue inútil. Aún daba esperanzas a Becky, pero pasó toda una eternidad de ansiosa espera y no volvió a oírse nada.

Palpando en las tinieblas, volvieron hacia el manantial. El tiempo siguió pasando cansado y lento; volvieron a dormir y a despertarse, más hambrientos y despavoridos. Tom creía que ya debía de ser martes por entonces.

Se le ocurrió una idea. Por allí cerca se abrían algunas galerías. Más valía explorarlas que soportar el abrumador paso del tiempo sin hacer nada. Sacó del bolsillo la cuerda de la cometa, la ató a un saliente de la roca, y él y Becky avanzaron, soltando la cuerda del ovillo mientras caminaban a tientas. A los veinte pasos, la galería acababa en un corte vertical. Tom se arrodilló y, estirando el brazo cuanto pudo hacia abajo, palpó la grieta y fue deslizándose después hasta el muro; hizo un esfuerzo para alcanzar con la mano un poco más lejos a la derecha, y en aquel momento, a menos de veinte metros, una mano con una vela apareció por detrás de un peñasco. Tom lanzó un grito dé alegría; enseguida se presentó, siguiendo a la mano, el cuerpo al cual pertenecía... ¡Joe el Indio! Tom se quedó paralizado; no podía moverse. En el mismo instante, con indecible placer, vio que el «español» apretaba los talones y desaparecía de su vista. Tom no se explicaba que Joe no hubiera reconocido su voz y no hubiera venido a matarlo por su declaración ante el tribunal. Sin duda, los ecos habían desfigurado su voz. Eso tenía que ser, pensaba. El susto le había aflojado todos los músculos del cuerpo. Se prometía a sí mismo que, si le quedaban bastantes fuerzas para volver al manantial, se quedaría allí y nada le tentaría a correr el riesgo de volver a encontrarse otra vez con Joe. Tuvo gran cuidado de no decir a Becky lo que había visto. Le dijo que sólo había gritado para probar suerte.

Pero el hambre y la desventura empezaban a superar al miedo. Otra interminable espera en el manantial y otro largo sueño trajeron cambios consigo. Los niños se despertaron torturados por un hambre rabiosa. Tom creía que ya sería miércoles o jueves, o quizá viernes o sábado, y que los que los buscaban habían abandonado la empresa. Propuso explorar otra galería. Estaba dispuesto a afrontar el peligro de Joe el Indio y cualquier otro terror. Pero Becky estaba muy débil. Se había sumido en una mortal apatía y no quería salir de ella. Dijo que esperaría allí donde estaba y se moriría... ya no le quedaba mucho. Tom podía ir a explorar con la cuerda de la cometa, si quería; pero le suplicaba que volviera de cuando en cuando para hablarle; y le hizo prometer que cuando llegase el momento terrible estaría a su lado y la cogería de la mano hasta que todo acabase. Tom la besó, con un nudo en la garganta que le ahogaba, y fingió que tenía esperanza de encontrar a los buscadores o un escape para salir de la cueva. Y con la cuerda en la mano empezó a andar a gatas por otra de las galerías, martirizado por el hambre y agobiado por los presentimientos de un desenlace fatal.

CAPÍTULO 33

Transcurrió la tarde del martes y llegó el crepúsculo. El pueblecito de Saint Petersburg guardaba todavía un fúnebre recogimiento. Los niños perdidos no habían aparecido. Se habían hecho plegarias públicas por ellos y muchas en privado, poniendo los que las hacían todo su corazón en las plegarias; pero no llegaban buenas noticias de la cueva. La mayor parte de los exploradores habían abandonado la tarea y habían vuelto a sus ocupaciones, diciendo que era evidente que nunca se encontraría a los desaparecidos. La madre de Becky estaba gravemente enferma y deliraba con frecuencia. Decían que desgarraba el corazón cuando llamaba a su hija y se quedaba escuchando largo rato, y después volvía a hundir la cabeza entre las sábanas con un sollozo. Tía Polly había caído en una triste melancolía y sus cabellos grises se habían tornado casi blancos. Todo el pueblo se retiró a descansar aquella noche, triste y descorazonado.

Más tarde, pasada la medianoche, un frenético repiqueteo de las campanas de la iglesia puso en conmoción a todo el vecindario, y en un momento las calles se llenaron de gente alborotada y a medio vestir que gritaba:

«¡Arriba, arriba! ¡Han aparecido! ¡Los han encontrado!». Sartenes y cuernos añadieron estrépito hacia el tumulto; el vecindario fue formando grupos, que marcharon hacia el río y se encontraron a los niños que venían en un coche descubierto arrastrado por una multitud que los aclamaba, rodearon el coche y se unieron a la comitiva y entraron con gran pompa por la calle principal lanzando hurras entusiastas.

Todo el pueblo estaba iluminado; nadie pensó en volverse a la cama; era la noche más memorable en los anales de aquel apartado lugar. Durante mucho más de media hora una gran procesión de vecinos desfiló por la casa del juez Thatcher, abrazó y besó a los recién encontrados, estrechó la mano de la señora Thatcher, trató de hablar sin que la emoción se lo permitiera, y se marchó regando la casa de lágrimas.

La dicha de tía Polly era completa, y casi lo era también la de la madre de Becky. Lo sería del todo en cuanto el mensajero que había ido a toda prisa a la cueva pudiese dar la noticia a su marido.

Tom estaba tendido en un sofá, rodeado de un impaciente auditorio, y contó la historia de la tremenda aventura, introduciendo muchos emocionantes añadidos para mayor adorno; y la terminó con el relato de cómo dejó a Becky y se fue a hacer una exploración; cómo recorrió dos galerías hasta donde se lo permitió la longitud de la cuerda de la cometa; cómo siguió después una tercera hasta el límite de la cuerda, y cómo, cuando estaba a punto de volverse atrás, divisó un puntito remoto que le parecía luz

283

del día; abandonó la cuerda y se arrastró hasta allí, sacó la cabeza y los hombros por un angosto agujero, y vio el ancho y ondulante Mississippi deslizarse a su lado. Si hubiera sido de noche, no hubiera visto el puntito de luz y no hubiera vuelto a explorar la galería. Contó cómo volvió hasta donde estaba Becky y le dio, con precauciones, la noticia, y ella le dijo que no la mortificase con aquellas cosas porque estaba cansada y sabía que iba a morir y lo deseaba. Relató cómo se esforzó para persuadirla, y cómo ella pareció que iba a morirse de alegría cuando se arrastró hasta donde pudo ver el remoto puntito de claridad azulada; cómo consiguió salir por el agujero y después la ayudó a ella; cómo se quedaron allí sentados y lloraron de alegría; cómo llegaron unos hombres en un bote y Tom los llamó y les contó su situación y que estaban muertos de hambre; cómo los hombres no querían creerle al principio, «porque —decían— estáis ocho kilómetros río abajo del valle en que está la cueva», y después los recogieron en el bote, los llevaron a una casa, les dieron de cenar, los hicieron descansar hasta dos o tres horas después de anochecido y, por fin, los trajeron al pueblo.

Antes de que amaneciese se descubrió el paradero en la cueva del juez Thatcher y de los que aún seguían con él, por medio de los cordeles que habían ido tendiendo para servirles de guías, y se les comunicó la gran noticia.

Los efectos de tres días y tres noches de fatiga y de hambre no eran cosa baladí y pasajera, según pudieron comprobar Tom y Becky. Estuvieron postrados en cama los dos días siguientes, y cada vez parecían más cansados y desfallecidos. Tom se levantó un poco el jueves, salió a la calle el viernes, y para el sábado estaba ya como nuevo; pero Becky siguió en cama dos o tres días más, y cuando se levantó parecía que había pasado una larga y grave enfermedad.

Tom se enteró de la enfermedad de Huck y fue a verlo; pero no le dejaron entrar en la habitación del enfermo ni aquel día ni en los dos siguientes. Le dejaron verle después todos los días, pero le advirtieron que no debía contarle su aventura ni hablar de cosas que pudieran ponerle nervioso. La viuda de Douglas presenció las visitas para ver que se cumplían esos preceptos. A Tom le contaron en su casa lo que ocurrió en el monte Cardiff, y también que el cadáver del hombre harapiento había sido encontrado junto al embarcadero: sin duda se había ahogado mientras intentaba escapar.

Un par de semanas después de haber salido de la cueva, Tom fue a visitar a Huck. Ya estaba sobradamente repuesto y fortalecido para oír hablar de cualquier tema, y Tom sabía algunos que, según pensaba, le iban a interesar mucho. La casa del juez Thatcher le cogía de camino, y Tom se detuvo allí para ver a Becky. El juez y algunos de sus amigos le hicieron hablar, y uno de ellos le preguntó, con ironía, si le gustaría volver a la cueva. Tom dijo que sí y que no tendría ningún inconveniente en volver.

—Pues mira —dijo el juez—, seguramente no serás tú el único. Pero ya hemos pensado en ello. Nadie volverá a perderse en la cueva.

—¿Por qué?

—Porque hace dos semanas que he hecho forrar la puerta con una chapa de hierro y ponerle tres cerraduras. Y yo tengo las llaves.

Tom se quedó blanco como un papel.

—¿Qué te pasa, muchacho? ¿Qué es eso? ¡Que traigan agua, rápido!... Vamos, ya estás mejor. ¿Qué te pasaba, Tom?

—¡Señor juez, Joe el Indio está en la cueva!

CAPÍTULO 34

En pocos minutos cundió la noticia y una docena de botes se pudo en marcha. Detrás siguió el vapor, repleto de pasajeros. Tom Sawyer iba en el mismo bote que conducía al juez. Al abrir la puerta de la cueva, vieron un lastimoso espectáculo: en la densa penumbra de la entrada, Joe el Indio estaba tendido en el suelo, muerto, con la cara pegada a la juntura de la puerta, como si sus ojos anhelantes hubieran estado fijos hasta el último instante en la luz y en la gozosa libertad del mundo exterior. Tom se sintió conmovido porque sabía por experiencia propia cómo habría sufrido aquel desventurado. Sentía compasión por él, pero a la vez sintió una sensación de descanso y seguridad que le hizo notar, pues hasta entonces no lo había apreciado por completo, el enorme peso del miedo que le agobiaba desde que había levantado su voz contra aquel proscrito sanguinario.

Junto a Joe estaba su cuchillo, con la hoja partida. Había cortado poco a poco la gran viga que servía de base a la puerta astilla por astilla, con infinito trabajo; trabajo que además era inútil, porque la roca formaba un umbral por fuera y sobre aquel durísimo material la herramienta no había producido efecto: el único daño había sido para el propio cuchillo. Pero aunque no hubiera habido el obstáculo de la piedra, el trabajo también hubiera sido inútil, pues, aun cortada la viga por completo, Joe no hubiera podido hacer pasar su cuerpo por debajo de la puerta, y él lo sabía. Había estado, pues, desgastando con el cuchillo únicamente por hacer algo, para no sentir pasar el tiempo, para dar empleo a sus facultades impotentes y enloquecidas. Siempre había cabos de velas clavados en los intersticios de la roca que formaba ese vestíbulo, que habían dejado allí los excursionistas; pero ahora no se veía ninguno. El prisionero los había cogido para comérselos. También había logrado cazar algunos murciélagos y los había devorado sin dejar más que las uñas. El desventurado había muerto de hambre. Allí cerca se había ido elevando lentamente desde el suelo, durante siglos y siglos, una estalagmita en lo alto. El prisionero había roto la estalagmita y sobre el muñón había colocado un canto en el cual había tallado una ligera oquedad para recibir la preciosa gota que caía cada veinte minutos, con la precisión desesperante de un mecanismo de relojería: una cucharadita cada veinticuatro horas. Aquella gota estaba cayendo cuando las pirámides de Egipto eran nuevas, cuando cayó Troya, cuando se pusieron los cimientos de Roma, cuando Cristo fue crucificado, cuando el Conquistador creó el imperio británico, cuando Colón se lanzó a la mar. Cae ahora y caerá cuando todas esas cosas se hayan desvanecido en las lejanías de la historia y en la penumbra de la tradición y se hayan perdido para siempre en la densa noche del olvido. ¿Tienen todas las cosas una finalidad y una misión? ¿Ha estado esta gota cayendo pacientemente cinco mil años para estar preparada a satisfacer la necesidad de este efímero insecto humano, y tiene algún otro fin que cumplir dentro de diez mil años? No importa. Hace ya muchos que el desdichado mestizo ahuecó la piedra para recoger las gotas inapreciables; pero aún hoy día nada atrae y fascina los ojos del turista como la trágica piedra y el pausado gotear del agua, cuando va a contemplar las maravillas de la cueva de Mac Dougall. «La copa de Joe el Indio» ocupa el primer lugar en la lista de las curiosidades de la caverna. Ni siquiera el «Palacio de Aladino» puede competir con ella.

Joe el Indio fue enterrado cerca de la boca de la cueva; la gente acudió al acto con botes y carros desde el pueblo y desde todos los caseríos y granjas de doce kilómetros a la redonda; trajeron con ellos a los chiquillos y toda suerte de provisiones, y confesaban que lo habían pasado casi tan bien en el entierro como lo hubieran pasado viéndolo ahorcar.

Este entierro impidió que tomase mayores vuelos una cosa que estaba ya en marcha: la petición de indulto en favor de Joe el Indio al gobernador del Estado. La petición tenía ya numerosas firmas; se habían celebrado multitud de lacrimosos y elocuentes mítines y se había elegido un comité de mujeres sin seso para ver al gobernador, enlutadas y llorosas, e implorar que se condujese como un asno benévolo y echase a un lado todos sus deberes. Se decía que Joe el Indio había matado a cinco habitantes de la localidad; pero ¿qué importaba eso? Si hubiera sido Satanás en persona, no hubieran faltado gentes tiernas de corazón para poner sus firmas al pie de una solicitud de perdón y mojarla con una lágrima siempre pronta a escaparse del inseguro y agujereado depósito.

El día después del entierro, Tom se llevó a Huck a un lugar solitario para tratar graves asuntos. Para entonces la viuda de Douglas y el galés habían contado a Huck todo lo concerniente a la aventura de Tom; pero éste dijo que debía de haber una cosa de la cual no le habían dicho nada, y de ella precisamente querían hablarle ahora.

A Huck se le ensombreció el semblante.

—Ya sé lo que es —dijo—. Tú fuiste a la número dos y no encontraste más que whisky. Nadie me ha dicho que fueras tú; pero yo me figuré que lo eras en cuanto oí hablar de lo del whisky; y me figuré que no habías cogido el dinero, porque te hubieras puesto al habla conmigo de un modo o de otro, y me lo habrías contado aunque no se lo dijeses a nadie más. Me imaginaba que nunca nos haríamos con aquel tesoro.

—No, Huck, yo no acusé al amo de la posada. Tú sabes que no le había ocurrido nada cuando yo fui a la merienda. ¿No te acuerdas de que tú ibas a estar allí de centinela aquella noche?

—¡Es verdad! Parece que hace años de eso. Fue la noche que fui siguiendo a Joe el Indio hasta la casa de la viuda.

—¿Le seguiste tú?

—Sí, pero no hables de eso. Puede ser que Joe haya dejado amigos. No quiero que vengan contra mí y me jueguen malas partidas. Si no hubiera sido por mí, estaría en Texas a estas horas tan fresco.

Entonces Huck contó, confidencialmente, todos los detalles de su aventura, pues el galés sólo le había contado a Tom una parte de ella.

—Bueno —dijo Huck después, volviendo al asunto principal—; quienquiera que fuera el que cogió el whisky, echó mano también al dinero. Me parece que ya no lo veremos nosotros, Tom.

—Huck, el dinero no estuvo nunca en la número dos.

—¡Qué! —exclamó Huck examinando ansiosamente la cara de su compañero—. ¿Estás otra vez sobre la pista del dinero?

—¡Está en la cueva!

Le brillaron los ojos a Huck.

—¡Vuelve a decirlo, Tom!

—El dinero está en la cueva.

—Tom, ¡di la verdad! ¿Es en broma o en serio?

—En serio, Huck. En mi vida hablé más en serio. ¿Quieres venir a la cueva y ayudarme a sacarlo?

—¡Ya lo creo! Cuando quieras, si está donde podamos llegar sin que nos perdamos.

—Lo podemos hacer de la manera más fácil del mundo.

—¡Qué gusto! ¿Y qué te hace pensar que el dinero está allí?

—Espera a que lleguemos, Huck. Si no lo encontramos, me comprometo a darte mi tambor y todo lo que tengo en el mundo. Te lo juro.

—Muy bien. ¿Cuándo quieres que vayamos?

—Ahora mismo, si quieres. ¿Tendrás bastantes fuerzas?

—¿Está muy profundo en la cueva? Ya hace tres o cuatro días que estoy levantado, pero no podré andar más de dos kilómetros; al menos, eso creo.

—Hay dos kilómetros hasta allí, por el camino que iría otro cualquiera que no fuera yo; pero hay un atajo que nadie sabe más que yo. Huck, te llevaré hasta allí en un bote. Voy a dejar que el bote baje con la corriente hasta cierto sitio, y luego lo traeré yo remando. No necesitas mover un dedo.

—Vámonos enseguida, Tom.

—Está bien; necesitamos pan y algo de comida, las pipas, un par de saquitos, dos o tres cuerdas de cometas y algunas de esas cosas nuevas que llaman fósforos. ¡Cuántas veces los eché de menos cuando estuve allí la otra vez!

Un poco después de mediodía los muchachos tomaron en préstamo un pequeño bote, de un vecino que estaba ausente, y enseguida se pusieron en marcha.

Cuando ya estaban algunos kilómetros más abajo del «Barranco de la Cueva», Tom dijo:

—Ahora estás viendo esa ladera que parece toda igual según se baja desde el «Barranco de la Cueva»: no hay casas, serrerías, nada más que matorrales, todos parecidos. Pero ¿ves aquel sitio blanco allá arriba, donde ha habido un desprendimiento de tierra? Pues ésa es una de mis señales. Ahora vamos a desembarcar.

Saltaron a tierra.

—Mira, Huck, desde donde estás ahora podías tocar el agujero con una caña de pescar. Anda a ver si das con él.

Huck buscó por todas partes y no encontró nada. Tom, con aire de triunfo, penetró en una espesura de matorrales.

—¡Aquí está! —dijo—. Míralo, Huck. Es el agujero mejor escondido que hay en todo el país. No se lo digas a nadie. Siempre he querido ser un bandolero, pero sabía que necesitaba una cosa como ésta, y la dificultad estaba en tropezar con ella. Ahora ya la tenemos y hay que guardar el secreto. Sólo se lo diremos a Joe Harper y Ben Rogers, porque, por supuesto, tiene que haber una cuadrilla, si no, no estaría bien. ¡La cuadrilla de Tom Sawyer! suena bien, ¿no Huck?

—Ya lo creo, Tom. ¿Y a quién vamos a robar?

—Pues a casi todo el mundo. Secuestrar gente... es lo que más se hace.

—Y matarlos.

—No, no siempre. Tenerlos escondidos en la cueva hasta que paguen rescate.

—Dinero. Se hace que sus parientes reúnan todo el dinero que puedan, y, después que se les ha tenido un año presos, si no pagan, se los mata. Sólo se perdona la vida a las mujeres: se las tiene encerradas, pero no se las mata. Son siempre guapísimas y ricas y están la mar de asustadas. Se les roban los relojes y esas cosas, pero siempre se quita uno el sombrero y les habla con finura. No hay nadie tan fino como los bandoleros: eso lo puedes ver en cualquier libro. Bueno, las mujeres acaban por enamorarse de uno, y, después que han estado en la cueva una semana o dos, ya no lloran más, no hay modo de hacer que se marchen. Si uno las echa, enseguida dan la vuelta y allí están otra vez. Así está en todos los libros.

—Pues, entonces, es lo mejor del mundo. Me parece que es mejor que ser pirata.

—Sí, en algunas cosas es mejor, porque se está más cerca de casa y de los circos y de todo eso...

Para entonces ya estaban hechos los preparativos y los muchachos, con Tom delante, entraron por el boquete. Llegaron trabajosamente hasta el final del túnel; después ataron las cuerdas y prosiguieron la marcha. A los pocos pasos estaban en el manantial y Tom sintió un escalofrío por todo el cuerpo. Enseñó a Huck el trocito de vela sujeto al muro con un pella de barro y le contó cómo Becky y él habían estado mirando la agonía de la llama hasta que se apagó.

Siguieron hablando en voz muy baja, porque el silencio y la penumbra de aquel lugar sobrecogía sus espíritus. Marcharon hacia delante y entraron después por la otra galería, explorada por Tom, hasta que llegaron al borde cortado a pico. Con las velas pudieron ver que no era realmente un despeñadero, sino un declive de arcilla de seis o siete metros de altura. Tom murmuró:

—Ahora voy a enseñarte una cosa, Huck.

Levantó la vela cuanto pudo y prosiguió:

—Mira al otro lado de la esquina estirándote todo lo que puedas. Allí en aquel peñasco grande, pintada con humo de vela...

—¡Es una cruz, Tom!

—Y ahora, ¿dónde está la número dos? «Debajo de la cruz», ¿eh? Ahí es donde vi a Joe el Indio sacar la mano con la vela.

Huck se quedó un rato mirando el místico emblema y luego dijo con voz temblorosa:

—¡Vamos a escapar de aquí Tom!

—¿Qué? ¿Y dejar el tesoro?

—Sí, dejarlo. El espíritu de Joe el Indio anda por aquí, seguro.

—No, Huck no anda por aquí. Rondará por el sitio donde murió, allá en la entrada de la cueva, a ocho kilómetros de aquí.

—No, Tom. Estará aquí rondando los dólares. Yo sé lo que les gusta a los fantasmas y tú también.

Tom empezaba a pensar que a lo mejor Huck tenía razón. Mil temores le asaltaban. Pero de pronto se le ocurrió una idea.

—¡No seamos tontos, Huck! ¡El espíritu de Joe el Indio no puede venir a rondar donde hay una cruz!

El argumento no tenía vuelta de hoja. Produjo su efecto.

—No se me había ocurrido, Tom; pero es verdad. Suerte ha sido que esté ahí la cruz. Bajaremos por aquí y nos pondremos a buscar la caja.

Tom bajó primero, excavando huecos en la arcilla para hacer de peldaños. Huck siguió detrás. Se abrían cuatro galerías en la caverna donde estaba la roca grande. En la más próxima a la base de la roca encontraron un escondrijo con un colchón de mantas en el suelo; había, además, unos tirantes viejos, unas cortezas de tocino y los huesos, pelados y bien roídos, de dos o tres gallinas. Pero no había ninguna caja con dinero. Los muchachos buscaron y rebuscaron en vano. Tom reflexionó:

—Él dijo *bajo* la cruz. Bien; esto viene a ser lo que está más cerca de la cruz. No puede ser bajo la roca misma, porque no queda hueco entre ella y el suelo.

Rebuscaron de nuevo por todas partes y al cabo se sentaron desalentados. A Huck no se le ocurría ninguna idea.

—Mira, Huck —dijo Tom, después de un rato—; hay pisadas y goterones de vela en el barro por un lado de esta peña, pero no por los otros. ¿Por qué será? Apuesto a que el dinero está debajo de la peña. Voy a cavar en la arcilla.

—¡No está mal, Tom! —dijo Huck, animándose de nuevo.

«El verdadero Barlow» de Tom entró enseguida en acción, y no había ahondado diez centímetros cuando tocó en madera.

—¡Eh, Huck! ¿Lo oyes?

Huck empezó a escarbar con furia. Pronto descubrieron unas tablas y las levantaron. Ocultaban una ancha grieta natural que se prolongaba bajo la roca. Tom se metió dentro, alumbrando con la vela lo más lejos que pudo por debajo de la peña; pero dijo que no veía el fin de aquello. Propuso que lo explorasen y se metió por debajo de la roca, con Huck detrás. La estrecha cavidad descendía gradualmente. Siguieron su quebrado curso, primero hacia la derecha y después a la izquierda. Tom dobló una rápida curva y exclamó:

—¡Huck, Huck! ¡Mira aquí!

Era la caja del tesoro, sin duda, colocada en una diminuta caverna, en compañía de un barril de pólvora, dos fusiles con fundas de cuero, dos o tres pares de mocasines viejos, un cinturón y otras cosas heterogéneas, todo empapado por la humedad de las goteras.

—¡Ya lo tenemos! —dijo Huck hundiendo las manos en las mohosas monedas—. ¡Somos ricos, Tom!

—Huck, yo siempre pensé que sería para nosotros. Parece demasiado bueno para ser cierto, pero aquí lo tenemos. ¡Aquí está! Ahora no gastemos tiempo; vamos a sacarlo. Déjame ver si puedo sacar la caja.

Pesaba unos veinticinco kilos. Tom podía levantarla un poco, pero no podía cargar con ella.

—Lo suponía —dijo—. Parecía que les pesaba mucho cuando se la llevaban de la casa encantada y me fijé. He hecho bien en traer los sacos.

En un momento metieron el dinero en los sacos y los subieron hasta la roca donde estaba la cruz.

—Ahora vamos a buscar las escopetas y aquellas otras cosas —dijo Huck.

—No, Huck; déjalas. Es justo lo que nos hará falta

cuando nos dediquemos al bandidaje. Vamos a tenerlas ahí siempre y además celebraremos ahí nuestras orgías. Es un sitio que ni pintado para orgías.

—¿Qué son orgías?

—No lo sé. Pero los bandoleros siempre tienen orgías y, por supuesto, nosotros las tendremos también. Vamos andando, Huck, que hemos estado aquí mucho tiempo y se nos hace tarde. Además, tengo hambre. Comeremos y fumaremos en el bote.

Aparecieron después en la espesura del matorral. Miraron cautelosamente alrededor, vieron que no andaba nadie por allí y poco después estaban almorzando en el bote. Cuando el sol descendía ya hacia el ocaso desatracaron y emprendieron la vuelta. Tom fue bordeando la orilla durante el largo crepúsculo, charlando alegremente con Huck, y desembarcaron ya de noche.

—Ahora, Huck —dijo Tom—, vamos a esconder el dinero en el desván de la leñera de la viuda, y yo iré por la mañana a contarlo para hacer el reparto, después buscaremos un sitio en el bosque donde esté seguro. Tú te quedas aquí y cuidas de los sacos, mientras yo voy corriendo y cojo el carrito de Benny Taylor. No tardo ni un minuto.

Desapareció, y al poco rato se presentó con el carro, puso encima los dos sacos, los tapó con unos trapos y echó a andar arrastrando su carga. Cuando llegaron frente a la casa del galés, se prepararon para descansar. Ya se disponían a seguir su camino cuando salió el galés a la puerta.

—¡Eh!, ¿quién anda ahí? —dijo.

—Huck y Tom Sawyer.

—¡Magnífico! Venid conmigo, chicos, que estáis haciendo esperar a todos. ¡Hala, deprisa! Yo os llevaré al carro. Pues pesa más de lo que parece... ¿Qué lleváis aquí, ladrillos o hierro viejo?

—Metal viejo —contestó Tom.

—Ya me parecía. Los chicos de este pueblo gastan más energía y más tiempo en buscar cuatro pedazos de hierro viejo para venderlo en la fundición, que la que gastarían en ganar el doble de dinero trabajando como Dios manda. Pero así es la humanidad. ¡Deprisa, chicos, deprisa!

Los chicos le preguntaron a qué venían tantas prisas.

—No os preocupéis; ya lo veréis en cuanto lleguemos a casa de la viuda.

Huck dijo, con cierto recelo, porque estaba acostumbrado a falsas acusaciones:

—Señor Jones, no hemos hecho nada.

El galés se echó a reír.

—De eso no sé nada, Huck. Yo no sé nada. ¿No estáis la viuda y tú en buenos términos?

—Sí. Al menos, ella ha sido buena conmigo.

—Pues, entonces, ¿qué tienes que temer?

Esta pregunta no estaba resuelta en la mente de Huck cuando le empujaron, junto con Tom, hacia el salón de recibir de la viuda. Jones dejó el carro junto a la puerta y entró tras ellos.

El salón estaba profusamente iluminado y toda la

gente de alguna importancia en el pueblo estaba allí: los Thatcher, los Harper, los Rogers, tía Polly, Sid, Mary, el reverendo, el director del periódico y muchos más, todos vestidos de punta en blanco. La viuda recibió a los muchachos con tanta amabilidad como hubiera podido mostrar cualquiera ante dos seres con aquel aspecto. Estaban cubiertos de la cabeza a los pies de barro y de sebo. Tía Polly se puso colorada como un tomate, de pura vergüenza, y frunció el ceño e hizo señas amenazadoras a Tom. Pero nadie sufrió tanto, sin embargo, como los propios chicos.

—Tom no estaba en casa todavía —dijo el galés—; así es que desistí de traerlo; pero me encontré con él y con Huck en mi misma puerta y los traje a toda prisa.

—Hizo usted muy bien —dijo la viuda—. Venid conmigo, muchachos.

Se los llevó a una alcoba y les dijo:

—Ahora os laváis y os vestís. Ahí hay dos trajes nuevos, camisas, calcetines, todo completo. Son de Huck. No, no me des las gracias, Huck. El señor Jones ha comprado uno y yo el otro. Pero os vendrán bien a los dos. Vestíos deprisa. Os esperaremos, y en cuanto estéis limpios bajáis.

Después se marchó.

CAPÍTULO 35

H uck dijo:
—Nos podemos escapar si encontramos una soga. La ventana no está muy alta.

—¡Un cuerno! ¿Para qué quieres tú escaparte?

—No estoy hecho a esa clase de gente. No puedo aguantar esto. Yo no voy abajo, Tom.

—¡Cállate! Eso no es nada. A mí me importa un pito. Yo estaré contigo.

Sid apareció en aquel momento.

—Tom —dijo—, la tía te ha estado aguardando toda la tarde. Mary te había ya sacado el traje de los domingos y todo el mundo estaba furioso contigo. Dime, ¿no es sebo y barro esto que tienes en la ropa?

—Anda con ojo, señor Sid, y no te metas en lo que no te importa. Y oye, ¿por qué han armado aquí todo esto?

—Es una de esas fiestas que siempre está dando la viuda. Esta vez es para el señor Jones y sus hijos, por haberla salvado aquella noche. Y todavía puedo decirte otra cosa, si quieres saberla.

—¿Cuál?

—Pues que el señor Jones se figura que va a dar un gran golpe contando aquí una cosa que nadie sabe; pero yo le oí mientras se lo contaba a tía Polly el otro día, en secreto, y me parece que ya no tiene mucho de secreto a estas horas. Todo el mundo lo sabe y la viuda también, por mucho que ella quiera hacer como que no se ha enterado. El señor Jones estaba empeñado en que Huck estuviera aquí. No podía desvelar su gran secreto sin Huck, ¿sabes?

—¿Qué secreto, Sid?

—Que Huck siguió a los ladrones hasta aquí. Me figuro que el señor Jones va a poner tono de sorpresa, pero le va a fallar. —Y Sid parecía muy contento y satisfecho.

—Sid, ¿has sido tú el que lo ha dicho?

—No importa quién fue. Alguien lo ha dicho, y con eso basta.

—Sólo hay una persona en el pueblo lo bastante mezquina para hacer eso, y ése eres tú, Sid. Si tú hubieras estado en lugar de Huck, te habrías escurrido por el monte abajo y no habrías dicho ni una palabra de los ladrones. No puedes hacer más que cosas mezquinas y no puedes soportar que elogien a nadie por hacerlas buenas. Toma, y «no des las gracias», como dice la viuda. —Y Tom sacudió a Sid un par de guantadas y le ayudó a ir hasta la puerta a puntapiés.

—Ahora vete —le dijo—. Y cuéntaselo a tu tía, si te atreves, y mañana te atraparé.

Poco después los invitados de la viuda estaban sentados a la mesa para comer; y una docena de chiquillos, acomodados en mesitas laterales, según la moda de aquella tierra y de aquel tiempo. En el momento oportuno, el señor Jones pronunció su discursito, en el que dio las gracias a la viuda por el honor que dispensaba a él y a sus hijos; pero dijo que había otra persona, cuya modestia...

Y siguió adelante por aquel camino. Dejó caer su secreto de la participación de Huck en la aventura, en el más dramático estilo que su habilidad le permitió; pero la sorpresa que produjo era en gran parte fingida y no tan clamorosa y efusiva como lo hubiera sido en unas circunstancias más propicias. La viuda, sin embargo, representó bastante bien su asombro y amontonó tantos elogios y tanta gratitud sobre la cabeza de Huck que casi se le olvidó al pobre la incomodidad, apenas soportable, que le causaba el traje nuevo, ante la vergüenza insoportable de ser blanco de las miradas de todos y sus elogiosos comentarios.

La viuda dijo que pensaba dar albergue a Huck bajo su techo y que recibiese una educación, y que en cuanto pudiera le ayudaría a ganarse la vida modestamente. La ocasión era única y Tom la aprovechó.

—Huck no lo necesita —dijo—. Es rico.

Sólo el temor de faltar a la etiqueta impidió que estallase la risa que merecía aquella broma. Pero el silencio era un tanto embarazoso. Tom lo rompió.

—Huck tiene dinero —dijo—. Puede que ustedes no lo crean, pero lo tiene a montones. No hay motivo para reírse; yo se lo demostraré. Esperen un minuto.

Salió corriendo del comedor. Todos se miraron unos a otros curiosos y perplejos, y después las miradas interrogantes se dirigieron a Huck, que seguía callado como un muerto.

—Sid, ¿qué le pasa a Tom? —preguntó tía Polly—. Ese chico... ¡Nada! ¡No acaba una de entenderle! Yo nunca...

Entró Tom, abrumado bajo el peso de los sacos y tía Polly no pudo acabar la frase. Tom derramó el montón de monedas amarillas sobre la mesa, diciendo:

—¡Ahí está! ¿Qué había dicho yo? La mitad es de Huck y la otra mitad mía.

El espectáculo dejó a todos sin aliento. Todos miraban; nadie hablaba. Después, pidieron explicaciones unánimemente. Tom dijo que podía darlas y así lo hizo. El relato fue largo, pero rebosante de interés: nadie se atrevió a interrumpir el encanto de su continuo fluir. Cuando llegó a su fin, el señor Jones dijo:

—Yo creía que tenía preparada una ligera sorpresa para esta ocasión; pero ahora se ha quedado en menos que nada. Al lado de ésta ni se ve. Tengo que confesarlo.

Contaron el dinero. Ascendía a un poco más de doce mil dólares. Ninguno de los presentes había visto junta una cantidad semejante, aunque algunos de ellos poseían mayor riqueza en propiedades.

CAPÍTULO 36

Como el lector puede suponer, la inesperada fortuna de Tom y Huck produjo una intensa conmoción en el pobre lugarejo de Saint Petersburg. Tan enorme suma, toda en dinero contante, parecía increíble. Se habló de ella, se soñó con ella, se magnificó hasta que la insana emoción llegó a perturbar la cabeza de más de un vecino. Todas las casas encantadas de Saint Petersburg y de los pueblos cercanos fueron desmontadas tabla por tabla, y arrancados y analizados los cimientos piedra por piedra, en busca de tesoros ocultos; y no por chicos, sino por hombres hechos y derechos, y de los más serios y menos noveleros. Dondequiera que Tom y Huck se presentaban eran halagados, despertaban la admiración y los contemplaban atónitos. Los muchachos no lograban acordarse de que sus opiniones hubieran sido consideradas de peso en otro tiempo; pero ahora sus dichos se recordaban y se repetían; todo cuanto hacían parecía cosa notable; era evidente que habían perdido el poder de hacer o decir cosas corrientes y vulgares; además, se hicieron excavaciones en su historia pasada y se descubrieron en ella señales de rara originalidad. El periódico de la localidad publicó algunos rasgos biográficos de los dos.

La viuda de Douglas colocó el dinero de Huck al seis por ciento, y otro tanto hizo el juez Thatcher con el de Tom, a instancias de tía Polly. Cada uno de ellos tenía ahora una renta que era simplemente prodigiosa: un dólar por cada día de la semana durante todo el año y medio los domingos. Era precisamente lo mismo que ganaba el pastor; es decir, no, era lo que le habían prometido, aunque nunca conseguía recaudarlo. Un dólar y cuarto por semana bastaba para mantener, alojar y pagar la escuela a un muchacho en aquellos inocentes días de antaño, y hasta para vestirlo y lavarlo, por añadidura.

El juez Thatcher se había formado un alto concepto de Tom. Decía que un muchacho como otro cualquiera no hubiera logrado sacar a su hija de la cueva. Cuando Becky le contó, muy confidencialmente, cómo Tom había recibido la paliza que le correspondía a ella en la escuela, el juez se emocionó visiblemente; y cuando ella trató de disculpar la gran mentira que había dicho Tom para evitarle aquel vapuleo y recibirlo él, el juez dijo con gran entusiasmo que aquélla era una mentira noble, generosa y magnánima; una mentira digna y que podía pasar a la historia junto con la conocida anécdota de George Washington acerca del hacha.[1] Becky pensó que nunca

1. De niño, George Washington, el primer presidente de Estados Unidos, destrozó con un hacha un cerezo del jardín de su padre. Cuando su padre le pidió explicaciones, en vez de mentir, el joven Washington dijo la verdad acarreando con las consecuencias de sus actos. Ésta es una conocida anécdota que se enseña a todos los niños americanos para que aprendan a decir la verdad.

le había parecido su padre tan alto y magnífico como mientras se paseaba diciendo aquello y cuando lo enfatizó con una patada en el suelo. Salió a escape y fue a contárselo a Tom.

El juez Thatcher esperaba ver a Tom algún día convertido en un gran abogado o un gran militar. Dijo que pensaba ocuparse de que el chico fuera admitido en la Academia Militar Nacional y después en la mejor escuela de Derecho del país, para que pudiera seguir una de las dos carreras, o las dos a la vez.

Las riquezas de Huck Finn y el hecho de estar bajo la protección de la viuda de Douglas le introdujeron en la buena sociedad, o, mejor dicho, le arrastraron a ella o le metieron dentro de un empujón, y sus sufrimientos fueron casi superiores a sus alegrías. Los criados de la viuda le tenían limpio y acicalado, peinado y cepillado; le acostaban todas las noches entre antipáticas sábanas que no tenían ni una mota ni mancha que pudiera él apretar contra su corazón y reconocerla como a un amigo. Tenía que comer con tenedor y cuchillo; tenía que usar plato, copa y servilleta; tenía que estudiar los libros; tenía que ir a la iglesia; tenía que hablar con tal corrección que el lenguaje se volvió insípido en su boca; de cualquier lado que se volvía, las rejas y grilletes de la civilización le cerraban el paso y le ataban de pies y manos.

Durante tres semanas soportó heroicamente sus angustias, y un buen día desapareció. Dos días y dos noches le buscó la triste viuda por todas partes. El pueblo tomó el asunto con gran interés: registraron todas las cercanías de arriba abajo; dragaron el río en busca del cadáver. El tercer día, muy de mañana, Tom, con certero instinto, fue a hurgar por entre unas barricas viejas, detrás del antiguo matadero, y en una de ellas encontró al fugitivo. Huck había dormido allí; acababa de desayunar con cosas variadas que había hurtado, y estaba tendido voluptuosamente, fumando una pipa. Estaba sucio, despeinado y cubierto con los antiguos trapos que le habían hecho pintoresco en los tiempos en que era libre y dichoso. Tom lo sacó de allí, le contó los trastornos que había causado y trató de convencerle de que volviera a casa. El semblante de Huck perdió su plácida expresión de bienestar y se puso sombrío y melancólico.

—No hables de eso, Tom —dijo—. Ya he hecho la prueba y no marcha; no marcha, Tom. No es para mí; no estoy hecho para eso. La viuda es buena conmigo y cariñosa; pero no puedo aguantarla. Me hace levantar a la misma hora exacta todas las mañanas; hace que me laven, me peinen y cepillen hasta sacarme chispas; no me deja dormir en el cobertizo de la leña; tengo que llevar esa condenada ropa que me estrangula, Tom: parece como que no deja entrar el aire, y es tan condenadamente fina que no puedo sentarme, ni tumbarme, ni echarme a rodar; hace ya... años, parece, que no me he tirado por la trampilla de un sótano; tengo que ir a la iglesia, y sudar y sudar; ¡no soporto aquellos sermones! Allí no puedo cazar una mosca ni mascar tabaco, y tengo que llevar puestos los zapatos todo el domingo. La viuda come a toque de campana, se acuesta a toque de campana, se levanta a toque de campana...; todo se hace con un orden tan atroz que no hay quien lo resista.

—Pues mira, Huck, todo el mundo vive así.

—Eso no cambia nada, Tom. Yo no soy todo el mundo y no puedo con ello. Es horrible estar atado así. Y la comida le viene a uno demasiado fácilmente: ya no me tira el alimento. Tengo que pedir permiso para ir a pescar, y para ir a nadar, y hasta para toser. Además, tengo que hablar tan a lo fino que se me quitan las ganas de abrir el pico; y todos los días tengo que subirme al desván a jurar un rato, para quitarme el mal sabor de boca, y si no me moriría, Tom. La viuda no me deja fumar ni dar gritos; no me deja quedarme con la boca abierta, ni estirarme, ni que me rasque delante de la gente. —Y después prosiguió, con una explosión de cólera y sentimiento—: Y, ¡maldita sea mi suerte! ¡No para de rezar en todo el día! Tenía que largarme, Tom; no había otro remedio. Y además iba a empezar la escuela y tenía que ir; y eso no puedo soportarlo. Mira, Tom: ser rico no es lo que se dice por ahí. No es más que reventarse y reventarse, y sudar y sudar, y querer uno morirse cuanto antes. En cambio, esta ropa es de mi gusto y esta barrica es de mi gusto, y no pienso dejarlas. Nunca me hubiera yo visto en esta desgracia si no hubiera sido por aquel dinero. Anda y coge mi parte para ti, y me das diez centavos de vez en cuando. No muchas porque no me gusta que se me pague por algo que no cuesta conseguir. Y vas y le hablas a la viuda por mí para que me deje.

—Huck, ya sabes que no puedo hacer eso. No está bien; y además, si haces la prueba un poco más de tiempo, ya verás cómo acaba por gustarte.

—¡Gustarme! Sí, me gustaría tanto como un brasero si tuviera que estar sentado encima un buen rato! No, Tom, no quiero ser rico, y no voy a vivir en esas malditas casas donde se ahoga uno. A mí me gustan las arboledas, y el río, y las barricas, y aquí me quedo. ¡Maldita sea! ¡Ahora que teníamos escopetas y la cueva y todo arreglado para ser bandoleros, viene esta condenada tontería y lo estropea todo!

Tom vio su oportunidad.

—Mira, Huck —le dijo—, ser rico no va a evitar que yo sea bandido.

—¿No? ¿Lo dices de verdad? ¿Es en serio, Tom?

—Tan en serio como que estoy aquí sentado. Pero mira, Huck, no podemos admitirte en la cuadrilla si no vives decentemente, ¿sabes?

A Huck se le aguó la alegría.

—¿No me podéis admitir, Tom? ¿No me dejaste que fuera pirata?

—Sí, pero no es lo mismo. Un bandido es una persona de más altura que un pirata, por regla general. En muchos países son de lo más alto de la nobleza: duques y cosas así.

—¡Tom! ¡Tan amigo mío como has sido! No me dejarás fuera, ¿verdad? Eso no lo haces tú, Tom.

—Huck, no quiero; pero ¿qué diría la gente? Pues diría: «¡Bah, la cuadrilla de Tom Sawyer! ¡Hay en ella personas con malos antecedentes!». Y lo dirían por ti, Huck. A ti no te gustaría, y yo no quiero que lo digan.

Huck permaneció callado un buen rato. En su mente se libraba una batalla. Al cabo dijo:

—Bueno; pues me volveré con la viuda por un mes y lo probaré de nuevo, a ver si puedo llegar a aguantarlo, si tú me dejas entrar en la cuadrilla.

—¡Vale! ¡Trato hecho, Huck! Vente conmigo, compadre, y yo pediré a la viuda que afloje un poco.

—¿De veras, Tom? Muy bien. Si afloja un poco en las cosas en que me cuestan más trabajo, fumaré a escondidas y juraré a solas, y saldré adelante o reventaré. ¿Cuándo vas a armar la cuadrilla para hacemos bandoleros?

—Muy pronto. Reuniremos a los chicos y esta misma noche celebraremos la iniciación.

—¿Qué celebraremos?

—La iniciación.

—¿Qué es eso?

—Es jurar que nos vamos a defender los unos a los otros y no decir nunca los secretos de la cuadrilla aunque le piquen a uno en tajadas, y matar a cualquiera, incluida toda su familia, que haga daño a alguno de nosotros.

—Eso es divertido, la mar de divertido. Te lo digo yo.

—Ya lo creo. Y todos esos juramentos hay que hacerlos a medianoche, en el sitio más solitario y de más miedo que se pueda encontrar. Una casa encantada sería lo mejor, pero ahora están todas hechas escombros.

—Bueno, pero con hacerlo a medianoche vale.

—Sí, vale. Y hay que jurar sobre una caja de muerto y firmarlo con sangre.

—¡De primera! Vamos, ¡que es un millón de veces mejor que piratear! No me voy a apartar de la viuda hasta que me pudra, Tom. Y si llego a ser un bandido de los de primer orden y todo el mundo habla de mí, me parece que se sentirá orgullosa de haber sido ella la que me recogió de la calle.

CONCLUSIÓN

Así se acaba esta crónica. Como es estrictamente la historia de un chico, tiene que terminar aquí; no podría ir mucho más lejos sin convertirse en la historia de un hombre. El que escribe una novela de personas mayores sabe exactamente dónde hay que rematarla: en una boda; pero cuando escribe sobre chiquillos tiene que pararse donde pueda.

Muchos de los personajes que actúan en este libro viven todavía y tienen una vida próspera y dichosa. Quizá valga la pena reanudar algún día la historia de los más jóvenes y ver en qué clase de hombres y mujeres llegaron a convertirse; será, por tanto, lo más prudente no revelar por ahora nada de esa parte de sus vidas.

Mark Twain

Mark Twain fue el nombre con el que Samuel Clemens firmaba sus libros; se cuenta que tomó prestado el pseudónimo de un capitán de barcos de vapor, o que ese nombre era en realidad una expresión marinera para indicar la profundidad del agua. Como su personaje Tom Sawyer, vivió su infancia a las orillas del Mississippi, en un lugar y una época en la que la enfermedad, la esclavitud y la violencia eran más que habituales. Entre las variadas profesiones que ejerció en su vida, fue piloto de barcos de vapor en el río Mississippi durante unos años, una profesión que le encantaba pero que tuvo que abandonar debido al inicio de la Guerra de Secesión para dedicarse al periodismo, al mundo editorial y a la literatura. Su sentido del humor y sus experiencias juveniles en el sur de Estados Unidos las encontramos en *Las aventuras de Tom Sawyer*, que no ha dejado de editarse desde que se publicó en 1867. Años más tarde publicó su obra más celebrada, *Las aventuras de Huckleberry Finn*.

ÍNDICE

Austral Intrépida recopila las obras más emblemáticas de la literatura juvenil, dirigidas a niños, jóvenes y adultos, con la voluntad de reunir una selección de clásicos indispensables en la biblioteca de cualquier lector.

OTROS TÍTULOS DE LA COLECCIÓN:

Alicia en el país de las maravillas, Lewis Carroll
Las aventuras de Tom Sawyer, Mark Twain
La Isla del Tesoro, R. L. Stevenson
El Libro de la Selva, Rudyard Kipling